巨艦の幻影

倉園沙樹子

本の泉社

目次

Ⅰ　短編小説　1

Ⅱ　掌編小説

Ⅲ　短編小説 2

Ⅰ　短編小説1

亀山先生

一時間目終了のチャイムが鳴った。桐原律子は手早く答案用紙を回収し、ざわめき立つ教室から飛び出した。廊下にあふれ出してくる生徒たちは皆、テストの出来・不出来を互いに言いふらし合っている。テストが終わるたび校舎内は、安堵と嘆息、得意と落胆の混ぜ返されたような喧騒を繰り返す。

律子は、ちょいと御免よ、とでもいったふうに右手を前に突き出すと、生徒らの群れをひょいひょいとすり抜け、やっとのこと、人影のまばらな三階の渡り廊下に出た。ここには天井を覆う屋根がない。夏の陽射しはコンクリートの床面に容赦なく照り付ける。見上げると、「菫ヶ丘高等学校」と書かれた巨大なサイコロ状の看板が、空高くくっきりと浮かび上がっている。

律子は本館に向かって歩を早めた。職員室は本館二階の西端に位置している。階段を下りていくと、職員室の出入り口付近は教師たちでごった返している。

その日は、一学期末テストの初日であった。律子は二時間続きでテスト監督が入っていた。それで、数学Ⅱの答案用紙を担当教師に手渡すと、すぐさま世界史のテスト問題と出席簿をひっつかみ、そのまま回れ右をして、二年九組の教室へと向かった。九組は、律子が担任をしているクラスである。今さっき下りてきた階段を、たたたたっと駆け上がり、北館の方へ渡り廊下を逆戻りする。

「あ、先生」

すれ違いざまに呼び止められた。古典を教えている生徒であった。

「俺、古典の点数、あと何点取ったらいい？」

その生徒は前回のテストが欠点だった。今回、何点取れば欠点が帳消しになるかという質問だ。課題の提出点や授業中の態度点をもとに、平常点をつけてみなければ、「あと何点」とは答えられない。それで律子は、意地の悪い返答をとっさに返した。

「さあ、六十点ぐらいでしょう。あんた、平常点なんかないもの」

「えーっ、六十点？」

悲鳴にも似た声を渡り廊下にうっちゃり、北館へ向かって足を速める。

九組の教室の扉を開けた。室内が整然としていることに満足感を覚え、律子はほのかに笑みを漏らした。さっきの三組とは大違いだ。テスト期間中は、教室内に私物を置いたままにしてはならないという決まりがある。それなのに、三組にはまだ多くの私物が残っていた。体操服の入った袋がいくつも机のフックにかかっていたし、掃除用具入れの上には、何冊もの教科書が積み上げられ、埃まみれになっていた。黒板の右端に「私物は家に持ち帰れ！」と殴り書きされたチョークの文字は、担任である男性教師の怒りが剝き出しになっていた。

その点、自分のクラスは――と思ってふと見ると、私物が残っているではないか。整然とした教室内の一角、後部のコート掛けのいちばん隅っこに、丸められ、帯でぐるぐる巻きにされた柔道着が、見苦しくぽつんと引っかかっているのである。ただそれだけのことが、律子をひどく苛立たせた。その薄汚れた白色の塊は、自分をせせら笑っているかのように思われた。

持って帰れって言ったのに。「犯人」である阿川省吾に目をやると、彼は横向きになってイスに掛けていた。座板のへりに行儀悪く立てた右足の膝がしらに顎をのせ、開いた教科書に視線を落としている。いつも成績が学年で下位の彼は、合格点などとれるわけがないと半ば観念したような顔つきで、それでもなお意味不明の活字を目で追っていた。

律子はそんな省吾の最後のあがきになどは頓着せず、コート掛けの方へ歩いていって、柔道着を手に取ると、省吾に近づき、叱りつけた。

「これ、持って帰れって言ったでしょ」

言うなり柔道着を省吾の首根っこにぐいぐい押し付けた。周囲の生徒たちは笑い転げながら省吾をいじった。

「先生、こいつ、学校の決まりを守る気、ないで」

「昨日、俺が持って帰れって言ったのに、ええねん、ええねんとか言って、置いて帰りおった」

すると、省吾は彼らの方を指さしながら、「こいつらの言うことウソやで」と懸命に律子に訴える。

「俺、マジで忘れててん。俺、オヤジからアルツハイマー言われてんねん。ホントやで。ホントやで」

「何がアルツハイマーよ。私をどんだけなめたら気がすむの」

もう時間がない。一番後ろの窓際の出っ張り部分に柔道着を押し込み、カーテンで隠した。

「今日、持って帰らなかったら、ごみ箱にほかすよ。わかった?」

そう言い放つと、教卓に戻って茶封筒からテスト問題を取り出した。

省吾は担任の言いつけを何一つ守れない生徒であった。二年生のサンダルは水色と指定されているのに、その辺で拾ってきた三年生指定の茶色のサンダルを履き続ける。学校の決まりであるから教室内にジュースの缶は持ち込むなと言うのに、調子のいい返事だけして、二、三日後には担任との約束事など忘れてしまう。掃除当番の日には、しじゅう神経をとがらせていなければ、目を離した隙にいなくなる。

教員歴が十年を超える律子は、たいていどんなことも器用にこなす。が、省吾との果てしのないいたちごっこは、正直、きつい。体力が、というよりも、律子のプライドにとって、きつい。生徒が言うことを聞かないのは教師をなめているからであり、生徒になめられるのは力量がないからだ――そう考える習癖が、骨の髄までしみついてしまっている。なめられたってよいではないか、力量のない教師でよいではないか――そう思えたならば、どんなに荷が軽くなるかしれないのに。

テスト開始の三分前になった。筆記用具以外のものはすべてカバンの中に入れ、かばんは座席の下に置くよう、生徒たちに指示をする。一分前には私語をやめさせ、姿勢をまっすぐに正させる。一人の例外もなく、生徒全員が自分の指示通りに動くこのような瞬間が、律子には心地よい。

チャイムが鳴った。各列の枚数分に仕分けをした問題用紙と解答用紙を、一番前の生徒の机上に置いていく。生徒たちは自分の分の一枚をとると、後ろへ後ろへと用紙を送っていく。

いつものように、生徒たちはかぶりつくような勢いでテストに挑む。挑もうとした寸前に、手が止まった。律子はおやっと思った。隣と顔を見合わせている者、小声で何かぼやいている者、何かもの言いたげに律子の顔を見上げている者……。

テストの雰囲気にはそぐわない、無遠慮な声を上げたのは省吾だった。

「先生、名前書く欄、ないでー」

彼の一声のせいで、緊張のタガが緩んだ。「またや」「カメさんや」という声が起こり、誰かが、

「ご、ごめんなさい。

な、名前の欄が抜けてました。わたし、カメヤマです」

と、亀山という非常勤講師の口まねをしたので、皆がどっと笑った。

「テスト中よ。いい加減にしなさい」

律子は口まねをした生徒をキッとにらんだ。名前は解答用紙の右上に書くよう指示すると、生徒たちはいつもの真剣な表情になり、テスト中のごく当たり前の雰囲気に戻っていった。

それにしても、と律子は思った。なんて実務能力のない人なのだろう、亀山という人は。生徒が「またや」と言ったのは、彼にはこの種のミスが多いからである。出席簿の記入ミスはこれまでに三度あった。プリントが手書きの場合がたまにあるが、生徒の話によると、亀山の書く字はミミズの這ったようで読みづらく、たとえ変換ミスや改行ミスがあったとしても、ワープロ打ちしたプリントの方がましだと言う。成績処理の期限の前日、夕方遅くまで社会科教室に電気がついているので見に行くと、亀山がひとり不器用に電卓をたたいていた、という噂も聞いている。

この人にどうして教師がつとまっているのだろう？　いや、つとまってはいないのだろう。定年までまだ数年あるのに非常勤講師をしているのは、教師の仕事がつとまらなかったからに違いない。

数分経って、息をハアハアさせながら亀山が教室へやってきた。彼の体つきはひょろ長く、ゆるい「く」の字型に腰のあたりがしなっている。しなびたキュウリのような顔には、黒くて小さな目がぽっつり見開き、額の上の、ふさふさとウェーブのかかった前髪は、顔の輪郭をいっそう長細く見せている。

亀山が現れると、生徒たちは何か突飛なことを期待する目で彼の顔を凝視した。

「も、申し訳ないです」

ひとこと口を開いたとたん、亀山の両の目が一本の細い線になり、唇からは真っ白い歯にっとこぼれた。そのカラカラと照り輝く太陽のような満面の笑顔は、生徒たちにも伝播した。が、テスト中であるからして、彼らは笑いをぐっとこらえた。

「し、氏名欄が抜けていました。か、解答用紙のどこかに名前を入れておいてください」

いつものことながら、ひどく甘ったるい調子のしゃべり方だ。そして、軽い吃音が彼にはある。

律子は亀山にそっと耳打ちした。

「『どこかに』では、あとの点検の時に困ります。生徒たちには解答用紙の右上に書くよう言ってあります」

亀山はまたにっと笑うと、「そうですね」と言い、再び生徒らの方を向いた。

「ご、ごめんなさい。今わたしの言ったことを訂正します。な、名前は、担任の先生が言われた通り、解答用紙の右上に書いてください。何か質問はないですか？」

六人もの生徒が手を挙げた。亀山は彼ら一人一人の質問に答え、教室から出ていった。

それから十分ほど経って、困ったことが起きた。一人の生徒が手を挙げ、律子を呼んだ。シャーペンの先で問題用紙の一か所を指しながら、

「答えがありません」

と言う。

「え？」

生徒の指し示す箇所を見た。イから二までの選択肢が並んでいる。その選択肢の中に正解がないというのだ。

「亀山先生がまた回ってこられるでしょうから、それまで待ってなさい」

その内、他の生徒からも同じ質問が相次いだ。その場先の生徒に対するのと同じ指示をして、その場を何とかしのいだが、いつまで待っても亀山は現れない。律子はやきもきした。テスト終了の

五分前になった。どうにもしようがなくて、生徒たちに言った。

「五番の問題の問の四ですが、先ほどから正解がないという人が何人もいます。そう思う人は、選択肢は無視し、自分が正しいと思う答えを記述しなさい」

欄が小さすぎる、などと生徒たちがぼやいていると、亀山が転がり込んできた。

「せ、選択肢が一つ足りません。『ニ』の後に、『ニ』の後に、『ホ』を付け加えてください」

気が動転しているらしく、何番の問題の選択肢であるかも、告げるのを忘れていた。彼は生徒たちに背中を向けると、黒板に「ホ、ディオクレティアヌス帝」と書いた。書いている最中にテスト終了のチャイムが鳴った。書き終わって生徒の方へ向き直ると、亀山はしばらく茫然自失の態で教壇に立っていた。焦点の定まらぬ目は宙を泳いでいた。唇はゴム糸がゆるんだように、しまりなく開かれたままであった。生徒らは「ホ」が正解であると了解し、瞬時の内に答えを書き換えた。

律子は、いつもならテスト終了のチャイムと同時に答案用紙を裏返しにさせるのだが、そのタイミングを逸してしまった。あたふたした雰囲気のなかで、答案用紙は集められた。

テスト期間中も教師は忙しい。律子はこれから現代国語のテスト問題を印刷しなければならない。一時からは職員会議がある。生徒一人一人の欠席数・遅刻数も数えなければならないし、未点検のワークもうずたかく積み上がっている。

それらの仕事に手を付ける前に、律子は誰かに愚痴を聞いてほしくてたまらなかった。それで、ちょうど背中合わせの席に座っている英語教師の畑中美保の方へ、腰かけていたイスをぐるっと回転させた。

「今日は二時間目の世界史のテスト、大変だったのよ」

美保もテストの採点をしていた手を止め、律子の方へ体を向けた。

「あーあ」

律子の一言ですべてを察した、といったような声を出した。

「亀山先生でしょ。どこかネジが一本、ゆるんでるよね。お宅の阿川省吾みたいね」

二人は声を上げて笑った。しばらく経って当の本人がやってきた。律子は今さっき彼の陰口をたたいたことに、何の後ろ暗さも感じなかった。たとえ彼が自分たちの会話を聞いていたとしても、気にかけはしなかったろう。亀山の風貌はいかにも鈍そうで、その心も鈍感に出来上がっているに違いないと、そうした不遜な思い違いをしていたから。

「桐原先生」

と呼ぶ声で、律子は後ろを振り返った。そこに亀山が立っていた。彼は常日頃からしなっている腰をいっそうたわませ、首を斜めに傾けると、律子の目を覗き込むようにした。

「きょ、今日はどうもご迷惑をおかけしました」

ぽっつりした小さな目が、間近にあった。

「念には念を入れて点検していただかなくては、生徒たちが混乱します」

不機嫌な表情を繕おうともせず、容赦なく相手をなじった。

がんらい律子は、他人の失敗に対して寛容な質だった。それが、ここ数年の間に職場全体が余裕を失うにつれ、律子もまた変化していった。

職場が余裕を失うに至った原因は、生徒数の減少に伴って、教員数が年々減っていったことにある。一人一人の請け負う仕事量が増えたのだ。仕事量が増えたからといって、皆が皆、フル回転できるわけではない。それぞれに得手・

不得手があり、能力の差があり、個性もある。ところが、職場ではしだいに仕事の「できる者」「できない者」という基準で互いを見るようになり、互いに対する物言いも自ずと厳しくなっていったのだ。

校長が教員一人一人に成績をつけ、その成績に見合った賃金を支払う制度を「成績主義賃金」という。そのような制度が導入されようとしていることに、教職員組合は反対していた。教育という仕事は、その成果がはっきりと目に見える形で現れるものではなく、また、目に見える成果ばかりを求めたなら、どこかに歪みが生じてしまう、というのが組合の主張であった。それに対して、「皆が同じ賃金というのは不公平ではないか」「働きに応じて給料は払われるべき」「民間企業はどこでもそうしている。教師の世界は時代遅れだ」といった声が年々増えていく。律子は煩わしいことにはかかわりたくない。だから組合とも距離を置いている。が、成績に応じた賃金を、と主張する人たちのことは何となくいけ好かない。彼らはものの言い方がつっけんどんで、ことさらに人の弱点をあげつらう。無礼である。にもかかわらず、知らず知らずの内に、律子は彼らの影響を受けていた。仕事の「できる者」「できない者」という基準で同僚たちを評価し、不寛容になっていた。

律子の一言で、亀山の顔はいっそうクシャッとしなびたようになり、いかにもすまなそうに、「ああ、ほ、ほんとうに申し訳なかったですねえ」とまた言った。律子はぷいと背中を向けた。

その翌日のことである。亀山が採点済みの答案用紙を持ってきた。ショートホームルームで生徒らに返却してくれというのだ。期末テストの答案はふつう返さない。生徒たちは通知簿によって自分の点数を知るだけだ。

「ふつう期末テストはどの科目も返しませんよ」

亀山は、思わず「ああ」と声を吐き出しながら、ゴム鞠の空気が抜けたようになった。

「そ、そこを何とかできないでしょうか」

亀山はいつも以上に腰をたわませ、懇願した。

「き、期末テストを返さなければ、生徒たちは通知簿によって数字だけを突き付けられることになるでしょう」

「なんですって。つまりその、どういうことですか?」

亀山の言葉の中に批判的ニュアンスを嗅ぎとり、自ずと険のある口調になった。亀山は驚いて、「いいえ、いいえ、いいえ」と言いながら、首を上下に、右手を大きく左右に振った。何が「いいえ」なのかわからない彼の所作は、懸命に誤解を解こうとするものらしかった。彼はしばらく口をもぐもぐさせたのち、やっと口を開いた。

「あ、あなたやこの学校のことを非難しているわけではないんです。ど、どこの学校でも、担任の先生にお願いして、そうしてきたんです。今の子たちは、数字でしか自分を測れなくされています。テストのたびごとに点数やら順位やらたくさんの数字が示される、そ、それを彼らは自分の人間としての力量だと、思いこまされているんです」

「そうでしょうか」

律子はカチンときた。この人は生徒の味方ばかりしたがる人だ、おかげでこっちはすっかり悪者にされてしまう――。

律子が亀山の言ったことに反感を覚えたのには、わけがあった。

六月半ば、クラスの女子生徒四人と阿川省吾が授業をエスケープする事件があった。女子生徒らはともかくとして、省吾に関しては、他にも問題行動がたび重なったので、いちど親を呼びつけ、親の前でガツンと言わねばと思っていた。ところが、その「ガツンと言う」きっかけを逸してしまった。それというのも、エスケープしたのは世界史で、授業担当者である当の亀山が、事情を知り尽くしていたばかりか、彼らをすっかり許し、優しい言葉さえかけてやったというからだ。

エスケープの事情とは、次のような他愛もないものだった。

水森千穂という生徒が、自分の好いていた異性に恋人ができたことを、三人の友だちから知らされた。千穂はそれを知ったとたん教室から飛び出し、三人は後を追った。日頃から省吾は千穂と仲が良かった。恋愛感情はないが、大切な友だちだった。三人の女子が千穂を追うのを見た時、自分も追いかけねばと彼は思った。五時間目始まりのチャイムが鳴った。省吾の耳にその音は聞こえなかった。彼はバネがはじけたように駆け出した。亀山は、教室から飛び出す寸前の省吾とぶつかった。「どうしたのかな？」と尋ねると、事情を早口で話してくれた。本人自身、ことのいきさつをはっきりと呑み込めていないために、省吾の話はまったく要領を得なかった。が、その真剣な顔つきから、何かよほど重要なことに違いないと亀山は判断し、後で詳しい事情を話してくれとだけ頼んで、省吾の訴えを聞き入れた。

その話を亀山から聞いた律子は呆れ果て、しばらく言葉が出なかった。亀山の顔をまじまじと見つめながら、こう言った。

「いったい、そんな幼稚な恋愛ごとと学校の授業と、どっちが大切なんでしょう」

亀山は恥じ入って全身がひしゃげたようになったが、表情はたちまち笑顔になった。

「ぼ、僕の授業より恋愛や友だち関係の方が、彼らにとっては大切だったんでしょうねえ」

「それにしてもなんて幼稚な。授業を中抜けしてはいけないことぐらい、高校生にもなってわからないのかしらねえ」

亀山は壊れたポンプのようにぎこちなく息をホッホッと吐き出しながら、声を立てて笑った。

「じ、人生八十年時代ですからね。ゆっくり成長すればいいでしょう」

律子は亀山の呑気さにまた呆れた。

「そんなことでは……」

そんなことでは世の中に出てから通用しないでしょう、と言いかけてやめた。

「でも、阿川省吾は中抜けの上手い口実を見つけたものですね」

「ゆ、友情を示す必要があったんでしょう。友情の示し方の下手な阿川省吾にとっては、今日は願ってもないチャンスだったんですね」

こうして省吾に「ガツンと言う」気力をなくした律子は、結局、彼に型通りの注意を与えただけで終わった。


しかし、この出来事には付録がついた。二人のやりとりを周りで聞いていた教師たちが、亀山はすこし頭がおかしいとみなすようになり、ことあるごとに亀山のことが話題に上るようになったのだ。会話の少なかった職場は、格好の話のネタを得たというわけだ。

律子は事件のことを思い出し、ひどく意固地になっていた。

「ぜひとも必要なことなら仕方ありませんが、私はその必要はないと思います」

「な、なんなら僕が教室まで行って返却します。先生のお手を煩わすようなことはしません」

「それなら結構ですけど、テストの最終日にしていただけませんか」

亀山の顔はまたクシャッとなった。

「い、いえ、できれば早く彼らに届けたいんです」

「欠点の生徒はいませんか？　まだ何科目かテ

ストは残っているのに、その子はやる気をなくすでしょう」

亀山は、います、います、と言いながら、首をこくん、こくんと縦に振った。

「阿川省吾です。三十二点です」

欠点者を出したことが、あたかも自分の過失ででもあったかのように、彼は申し訳なさげな顔つきをした。

「テストを返すっていうことは、その子に点数を突き付けることと同じではありませんか」

すると、今まで大事そうに胸に抱えていた答案用紙の束を、不器用な手つきでごそごそと広げ、「見てもらえますか」と言いながら、律子の方へ差し出した。律子は驚いた。一人一人の答案用紙に、赤ペンでメッセージが書かれてあったのだ。答案用紙を受け取り、ぱらぱらと何枚か繰ってみた。

〈プリントナンバー3「ヘレニズムとヘブライズム」のところを読んでくれた君の声は、覇気があってよかったよ。あの後、君のおかげで授業がとても引き締まった。〉

〈ネロ帝のキリスト教迫害にもかかわらず、信者たちはカタコームという地下墳墓を集会所として信仰を守り続けたという話をし出すと、君はふっと顔を上げて聞き入っていたね。〉

〈いつも授業を活気づけてくれてありがとう。いつだったか、カラカラ帝の大浴場の話から、君の国元の露天風呂の話へと話題が発展してしまったことがあったね。〉

亀山のやさしさは、部類のものだった。だが、その字の読みづらさも、部類のものだった。小指の爪の先ほどの小さな字が、あちらを向き、こちらを向きして、踊っていた。そうはいうものの、彼の懸命さをこれ以上退ける気は失せていた。

興味本位で阿川省吾の答案用紙をめくってみ

た。ほとんど白紙に近く、点数の欄に三十二点とある。しかも、真ん中あたりに落書きがしてあった。誰かの肖像画らしい。それには吹き出しが添えてあり、「余に芸術点を与えよ」と書かれてあった。

〈僕はめったにハンバーガーは食べないが、そこに行けば君に会えるだろうと思って、いつかの学校からの帰り道、Ｓ駅の近くのマクドナルドに立ち寄った。僕は君がそこで生き生きと立ち働く姿を見た。君は店長からもだいぶ気に入られているようだね。君があの時、おどけたふうに「まいど」って言って僕に笑いかけてくれた、あの時の輝く瞳を、授業中も僕に見せてくれないかな。それから、君の描いたカラカラ帝の絵は実にうまく描けている。芸術点は五点満点なのだが、満点をあげたよ。〉

「じゃ、明日のショートの時、来てください」

つんとした声で律子は言った。

「ああ」

亀山の喉から喜悦の声が漏れた。彼は頭をぺこりと下げた。そして、例のカラカラと照り輝く太陽のような満面の笑みを、律子の心に残して去っていった。

翌日は風のきつい日であった。テスト用紙が飛び散らないよう、窓を閉め切っていたために、教室の中は蒸し風呂のようだった。暑さとテスト疲れのせいで、生徒たちはぐったりとなっていた。そこへ亀山は嬉しそうにやってきた。とたんに生徒たちは活気づき、「カメさんや」「カメさんや」と言い出した。亀山の口まねをやり出す生徒もあった。

「ナ、ナンバー２のプリント、竹田くん、読んでください」

「い、いまの音読、いいですねえ」

皆はどっと笑った。

「テスト、返します」

朗らかに宣言した亀山は、いったん教卓の上に答案用紙を置くと、ズボンのポケットに指を突っ込み、何やらごそごそと探り始めた。生徒たちは、亀山の一挙手一投足が面白いらしい。今にも笑いがはじけそうな空気をたたえて、彼らは亀山を注視している。やがて亀山は、ポケットから引っ張り出したハンカチで、汗のしたたっている顎のあたりをひと拭きした。

予期せぬことが起こった。誰かが窓を開けたのだ。ひゅっと吹き込んできた風のために、答案用紙がぱたぱたと飛び散った。亀山は宙に舞った答案用紙をつかもうとして、ひょろ長い腕で空間をやたらめっぽう掻き回した。驚きのためにぽっつりした小さな目は黒々と見開かれ、唇は筒の形に開いていた。

「慌てんでええで。慌てんでええで」

と言いながら、答案用紙を拾い始めたのは、省吾だった。何人かの生徒たちも彼に倣った。

その時、律子には生徒たちがいつもとは違って見えた。生徒たちは亀山をやさしく許している。なぜなのだろう。答案拾いを手伝いながら、律子は心のなかでそんな問いを繰り返した。

金星煥《キムソンファン》

　学校が春休みを迎えたせいか、公園の中の一本道は人影がまばらであった。多くの子どもたちの通学路ともなっているこの道は、いつもならば騒々しい。高校生たちの快活な話し声や弾けるような笑い声は、落ち穂に群がりくる雀のさえずりのように、一時も止むことなくあたりを賑わわせる。ランドセルを背負った小学生たちが、樹々の合い間から突然走り出てくることもある。が、この日はそうしたこともなく、うねうねと曲がりくねった目の前の道が、いつになく白く寒々と目に映る。

　その一本道を、勤務校である瀬田高校に向かってゆるゆると歩きながら、笹木園子は金星煥のことを思っていた。

　金星煥は園子が一年間担任した生徒である。つい先日、成績会議で星煥の留年が決定した。もし留年になるようなことがあれば、退学以外に選択の道はない——彼の父親は前々からそう本人に強く申し渡していた。二年生をもう一度やり直すのか、それとも中退するのか、家族会議の結果をこの日、彼は報告に来る約束になっていた。結論は、彼の友人である山原卓也が本人よりも先に伝えてくれた。学校を続けることになったらしい。園子はひとまず安心した。が、下級生に交じって新たに二年生をやり直すのも、星煥にとっては大きな試練であるに違いない。

　園子はこのところ、寝つかれない夜が数日続いた。そのせいで、まぶたのあたりが腫れぼったく、全身がけだるい。葉をすっかり落とした樹々が織りなすモノトーンの風景は夢のようにぼんやりと淡かった。現実味を持ってありありと見えてくるのはむしろ、連綿と心に浮かぶ星煥にまつわる記憶の断片だ。

星煥はどんな顔してやってくるかしらん。この日の朝から何回も繰り返した問いを、園子はもういちど吟味する。彼のうちしおれた様が頭に浮かぶ。いや、彼は案外ケロリとした顔で姿を現すかもしれない。その方がどちらかというと星煥らしい。周囲の心配を尻目に「だいじょうぶ、だいじょうぶ」と高をくくっては、たちまちどうあがいても立ちゆかない状況にまで落ちてゆく、軽薄男の星煥。でも、留年決定とならば、さすがの彼も気落ちするだろう。自分ひとり取り残される淋しさは、まだ自立しきれていない心には、底無しの深い闇のように感じられることだろう。それならば、いま星煥にはカウンセリングが必要だ。

カウンセリング？

本当をいうと、カウンセリングを受けたいのは園子自身だ。園子はしばしば教師を辞めたいという思いにとらわれた。それは、ある種の淋しさのためである。

始終イライラしている生徒がクラスにいて、彼らが園子に対してむやみやたらと反抗的態度を示すことがある。そんな時、腹立たしいよりも、むしょうに淋しい。授業中、生徒たちが退屈しているのがわかっていながら、なおも直接話法を間接話法に書き換える手順を教え込む。そんな時も、淋しい。決して生徒たちのせいではない。彼らを引き付ける魅力の、自分に欠けていることが淋しいのだ。自分のクラスの生徒たちが時折、学校が面白くないと口にする。ともすればそんなことまでも自分に責任があるように思えてきて、淋しいのだ。つまるところ、教師であるということ自体が重荷なのだ。園子は切実に思う。身軽な小鳥のように生きていきたいと。

カウンセリングだなんて。まるで病人が病人の手当てをするみたい。しかも、相手の方が数倍、心の病を蹴散らす力が強く、回復も早いに違いないのに。

と、何の脈絡もなく、星煥と山原卓也とのたあいもない会話を思い出した。脳裏に放課後の教室が鮮やかによみがえる。

「俺に言わせれば、お前なんかクズやで」

掃除当番だった星煥は、ほうきを持つ手を適当に動かしながら、卓也に言った。二人はともにサッカー部員である。星煥は入学早々レギュラーに抜擢されており、サッカープレイヤーとしての能力は彼の方が格段に優れていた。卓也が言い返す。

「俺に言わせれば、お前なんかカスやで。お前なんか、ついでに二年に上がれたようなもんやからな」

星煥は、一年次の英語と国語の単位を落としたまま、二年生に上がっていた。あと一科目落としていたなら、一年生の時点で留年になっているところだった。

「俺はサッカーのこと言ってんねんで」

「俺はサッカー部員である前に瀬田高生や」

ついでに二年に上がれたということを、星煥は否定しなかった。ほうきを持つ手を適当に動かしながら、彼は手以上に口の方をよりせわしなく動かした。

「松川先生の点数のつけ方、わけわからんで。だって俺、化学は八十点とらな合格点に達しへんはずやのに、学年末、ほとんど当てずっぽうで書いて合格やで。わけわからんって。俺が思うに、松川先生が一けた間違って計算したんや。理科の先生が計算間違うって、どういうこと？ あり得へん」

「お前、単位もらってありがたいと思えよ」

星煥は、自慢にもならぬ話をべらべらとしゃべり散らす。園子がくすくす笑うと、自分の話が担任に「ウケている」と思うらしく、彼の舌先はいっそう調子づく。

「俺がこの瀬田高校に入学できたんは、入試の時に松川先生が一行欄を見間違えたからや」

入学時、星煥は、下から二番目の成績で入ってきた。彼はそのことを微塵も恥じるところがないばかりか、自分自身の出来の悪さを誰彼なしに面白おかしく吹聴した。

そんな思い出の中に、別の記憶が割り込んできて、へらへらとふざけた星煥の顔つきがきりっと引き締まる。

「日本人と同じように日本に暮らしていて、税金も払っているのに、在日韓国人に選挙権がないのはおかしいと思います」

四月初めの二者懇談の際、在日外国人の選挙権のことを話題にした時、彼はそう言った。ほんの時たま、星煥は、普段に似合わぬ大真面目なことを言う。そんな時きまって、彼の顔つきは凛々しくなる。


が、思い浮かぶのはまたしてもへらへらした星煥の姿である。

「俺がビリから二番目やったんはな、一人テストを欠席した奴がいるからや」

星煥はしゃべり出したら止まらない。


学校に着き、職員室の自分の席にカバンを置くと、ストーブのそば近くに寄っていった。やかんが白い湯気を吹き上げている。瞼は重く、頭はぼんやりとして、目に映る現実は靄がかかったように頼りない。

園子はしばらくぼうっとストーブに手をかざしていた。春休みということもあり、職員室は閑散としている。

話し相手のいないさびしさからか、年配の数学教師が寄ってきた。

「今日はクラブ付き添いですか?」

彼は、顔の輪郭は丸いのだが、目のあたりがくぼんでいた。そのくぼみ一杯に笑みをたたえている。

「いいえ、今日は金君が来るんです」

「ほう……。笹木先生、この一年間、ようあいつの面倒、見はりましたね」

目のくぼみに笑みをたたえたまま、おっとりした口調で彼は言った。

「いいえ、私は特に何も」

「あいつは、こっちが補習してやってんのに、一時間もせん内に、ひと言、限界ッて言って投げ出すんですわ。辛抱の足りん奴ですな」

「ずいぶんご迷惑をおかけしました」

「いえいえ、先生こそこの一年、ご苦労様でした。僕ならとうに匙を投げてるとこでしたよ。しかし、まあこれで、あいつも少しは懲りたでしょうな」

「懲りてくれるといいのですけど」

するとと、間髪を入れず、「懲りんでしょう」と口をはさんだ者があった。格技担当の体育教師である。四つ向かい合わせた机の一つに、三、四十枚ほどもある書類を広げ、彼は園子たちには背中を向ける格好で、何かの事務仕事をやっていた。

「あいつは学校をなめてますからね。いっぺん社会に出て、どつかれんことにはわかりませんわ。僕は十回、二十回、繰り返し言ってやりましたよ。お前、俺の授業をこれ以上さぼったらどうなるかわかってんな、体育の単位はないぞ、ええか、わかったかってね。十回、二十回繰り返し言ってこの結果ですわ」

体育も星煥が落とした科目の一つであった。あたかも星煥本人を目の前にしているかのように、彼は強い語調でしゃべり立てた。

「二年生をもういっぺんやり直したところでおそらくおんなじでしょう。まったく処置なし」

彼の、投げつけるような粗野な物言いがおか

しくて、園子は思わずくすっと笑った。散らばった書類をささっとかきあつめて束にすると、彼は園子に笑いかけながら、

「いや、ホント。ドしゃあない奴ですわ」

と、また言った。そして、書類の束を抱えて職員室を出ていった。

星煥は、九時半という約束の時間きっちりに現れた。

「おはよう」

星煥は背が高いので、園子はいきおい相手を見上げる格好になる。星煥は何も言わずにただ会釈した。園子は彼を応接室へと導いた。

クリーム色のカーテンを開けると、春先のきらきらした陽射しが部屋いっぱいにこぼれてきた。埃をかぶった小さなストーブはなかなか火がつかない。それで園子は、ガスの通りをよくするために、ホースを何度も左右に揺すった。

ストーブの火がつくまでの間、星煥はずっと戸口近くに突っ立って、園子からの指示を待っていた。園子は精一杯の笑顔を作ると、星煥に向かって言った。

「こっちへおいで。こっちのストーブに近い方へ」

その一言で、星煥の切れ長の目はふっと優しくなった。

「どうだった？　お父さんとは、話できた？」

長机をはさんで彼と向き合う位置に座った園子は、すでに答えのわかっている質問をして、話の糸口にしようとした。

「はい。学校を続けます」

星煥は、珍しくきちんと敬語の使える生徒である。わけてもこの日は、精一杯よそ行きの顔で園子に対しようとしているのが感じられた。

「よかった。じゃ、お父さんを説得できたのね」

「説得というか、俺が話をする前にオモニが話をしてくれていて、アボジも高校ぐらいは出とけって言ってくれたんです。そのかわり、この

次ダメだったらあとはない、今度こそ退学させるって言われました」

これを聞いて、園子は残念に思った。父親との対決が、母親の配慮によって回避された。それは、自立への絶好のきっかけの一つを、つかみ損ねたということではないのか。

「そういうことであれば、今日は決意文を書いてもらうね」

「決意文？」

「そう。二年生をもういっぺんやり直すっていうのは、大変なことよ。相当の決意がなければ、たぶん途中でギブアップするよ。下の子たちとうまくつきあえなかったり、勉強がやっぱりわからなかったりして、退学していった子たちを私、何人も知ってるよ。今年の反省とこれからの決意を文章に書くことで、改めて気持ちを固めることにしよう」

星煥は文章を書くことを好まない。が、彼はごねたりはしなかった。こくりとうなずき、園子に対してどこまでも礼儀正しさをもって対しようとしている。

「でも、いきなり今年の反省を書けって言われても、書けないよね。この一年間のこと、一学期から順に振り返ってみて。どういうところを反省しなければならないかっていうことを」

頭の回りの早い星煥は、即座に答えた。

「俺は英語と国語を落としてるから、今年は頑張らなって最初の内は思ってたんです」

今年は頑張らなければと思っていたなんて、園子には意外であった。英単語の小テストで三回続けて零点をとった時、呼びつけて注意すると、勉強しないことが俺のポリシーですなんて言っていたではないか。園子は、心持ち身を乗り出すようにして、彼の次の言葉を待った。

「そう思っていたから、めちゃめちゃ頑張ったんです」

「めちゃめちゃ」というところに彼は力を込めた。そんなことってあったかしらん。四月当初から授業中いねむりしている姿しか、どうしても思い出せない。目を見張っていると、

「めちゃめちゃ頑張りすぎて、とうとう三日目にキレたんです」

彼はさらりと付け加えた。「キレた」というのは、限界に達したという意味である。

「み、三日目？」

思わず平生より高い声が喉から出た。あとは言葉が続かなかった。

園子の様子を見て、自分の言ったことの滑稽さに気づいたらしい。彼は一瞬、笑った表情になった。が、またすぐ真面目な顔つきに戻ると、夏休み前までの自分の頑張りの足りなさをよどみなく語っていった。話が夏休みに入ると、彼の舌先はいっそうなめらかとなり、そのつやつやした頰は上気した。

「夏休みに英語の追認補講があったでしょう。あの時ばかりは勉強しましたね。先生にも前に話したけど、俺は中学二年の時、英語の授業に三回しか出なかったんです。中三の時に先生が変わって、授業に出るようにしたんですけど、ついていけなくなってたから、やっぱり勉強はしなかったんです。あの夏休みの補講の時は、勉強しましたね。俺の人生の内であんなに勉強したのは初めてです」

俺の人生の内であんなに勉強したのは初めてですなんて、あなた、あの時たいして勉強しなかったじゃない。園子は返事につまり、むりやり「そお」と相槌を打った。そして、あきれながら、まじまじと星煥の顔を見つめた。

その顔立ちは、もういっぱしの青年と言ってよかった。切れ長の目に時折きらめく光は、いかにもはしっこそうだった。ゆるやかにウェーブのかかった前髪が額にかかる様は、ちょっと

大人びて彼の顔立ちに似合っている。ただ唇のあたりだけは熟していなかった。そこだけはまだ幼く、甘ったるくくびれており、未熟な内面をほの見せている。

星煥はしゃべり続けながら物問いたげに園子の目をうかがい見た。俺、何かおかしなこと言いましたか、とでもいったふうに。彼の舌先が一瞬にぶる。が、またすぐ自分のペースを取り戻し、二学期以降へと話を進めた。

園子は思い出していた。英語の追認補講のことを。追認補講というのは、前年度単位を落とした生徒対象の補講のことである。一科目でも単位を落としたまま上の学年に上がった者は、夏休み中に補講を受け、追認テストに合格しなければならない。

英語の単位を落とした六名の内、最も成績の低いのが星煥だった。園子はある願望にとりつかれた。「単位の取得」というニンジンを星煥の鼻先にぶら下げて勉強させ、彼の中に磨かれずにある能力を発掘したいという願望だった。園子は彼の心を揺さぶることのできそうな教材をあえて選んだ。コルチャック先生の逸話である。在日韓国人の彼は、ナチに迫害されたユダヤ人の運命をどう受けとめるだろう。そんな思いがあった。

追認補講は、文法や構文をむやみに暗記させるやり方が一般的である。が、辞書を持ってこさせて勉強の方法を一から教えつつ、文学作品としての読み取りに力を入れた。毎回カセットデッキを持ち込んで音声の力もつけてやろうと意気込んだ。

ところが星煥は、勉強を自分に与えられた罰か何かのように思いこんでいる節があった。補講についての説明をしてから実際に補講が始まるまで、彼の愚痴を聞かない日はなかった。

「夏休みになんで四時間も勉強せなあかんねん」

廊下で顔を合わせるたび、駄々っ子のように言うのである。星煥は国語も落としているので、連続四時間になってしまうのだ。

「一年生の時に勉強を怠けたツケが回ってきたんだから、仕方ないでしょ」

するとと今度は、

「英語も国語も、一日一時間でいいやん」

と言う。

「追認補講は六日間。たった六時間では遅れた学力は取り戻せません」

突っぱねるように言うと、顔をしかめ、情けなそうな声で彼は言った。

「十二時間やって取り戻せるわけでもないやん」

補講が始まって二日目、彼は腹痛のために欠席した。それで、次の日の午後、さらに二時間とって、抜けた分を補った。星煥の不平不満は大変なものだった。夏休みになぜ六時間も勉強しなければならないのか、などといつまでも文句を言い続け、園子がマンツーマンの補講を強行すると、やっと彼の口は閉じられた。

その時の星煥の様子は、いつもとはまったく違った。頭の回転の速い彼は、いつもなら園子の質問にいち早く答えるのに、のろのろと動きが鈍く、辞書を引くのも、ノートをとるのも、すべていつもの倍の時間がかかった。質問をしても固く口を閉ざして答えない。眉根にしわを寄せ、時折そのしわになったあたりがひくひく動く。園子が説明している時には、あらぬ方向をじっと見据え、決して園子の顔を見ようとしない。ほとんど聞き取れないほどの小さな声で「ムカツク」などと言う。その時は、何か冷え冷えしたものを背筋に感じた。

園子の主観的な思いがどうあろうとも、追認補講は星煥にとって「罰」でしかなかった。一年時に勉強をさぼった。だから今「罰」として勉強させられている。これが星煥の意識のすべてであった。だから、ユダヤの人々の悲劇的運命も、星煥にとっては何のかかわりもない他人事なのだ。それは、単位認定のためにむりやり与えられる意味のない知識に過ぎなかった。

補講の最終日、園子は教材の一節を全員に暗誦させた。例によって、星煥は異議を唱えた。

「暗誦なんかやってなんになるねん」

「英語はね、声に出してそのリズムを身体で覚えるのが一番効果的なのよ」

「やみくもに覚えさすから英語嫌いが増えるねん」

「英語はね、リズムのいい言語なのね。だからね、すらすら言えたらきっと好きになるから」

「なるわけないやん」

「一度やってみることよ」

「意味ないって」

暗誦できたら言いにくるよう言い置いて、職員室で待っていると、星煥以外の五名は三十分ほど経ってやってきた。星煥も後から来るには来たが、どうしても覚えられないと言う。

「俺にとって英語は宇宙人の言葉と変わらんねんで」

「そんなはずないでしょ。それは金君のやる気がないだけ」

星煥は例によって眉根にしわを寄せた。彼は職員室の床にぺたりと座り込んで膝を立て、机の側面に持たれる格好でテキストを開くと、ぼそぼそとけだるそうな声で本文を読み始めた。

十二時を過ぎてもまだやっているので、食事休憩をとるかと聞いたが、黙って首を横に振るばかりで、立とうとしない。その内、「限界ッ」と言ってテキストを放り出し、目をつぶったまま動かなくなってしまった。園子は彼の肩をゆすって起こそうと試みた。ふにゃふにゃしているかに見える彼の体は思いのほか重たく、揺すられて首をがくん、がくんさせながらも、彼はしつこく目を開こうとしなかった。

結局は、園子の方が精魂尽き果てた。二文ずつ区切って覚えさせ、むりやり「合格」とすることで、彼をこの拷問から解放した。

何となく星煥に裏切られた気分だった。この時も園子は不眠症だった。不眠症になると、神経が高ぶりやすくなる。星煥が帰った後、職員室で泣いた。独りよがりの「善意」は必然的に裏切られる運命であるのに、自分自身の観念の中で悲しみを不必要に膨らませ、子どものように泣いたのだった。

園子は星煥の話の方へ意識を戻した。星煥は、三学期にまで話を進めていた。その間、相槌を打ち続けていたために、園子がしばらく上の空であったことに、星煥は気づかなかったろう。

「三学期は俺としては頑張ったんです。この調子ではヤバイって思いましたからね。物理や数学も本気でやろうって思ったけど、途中から授業聞いてもさっぱりわからなくなってたんです」

「頑張ったのはわかったわよ。英語は今までで一番いい点だったものね」

今までで一番いい点といっても、四十二点であった。最終成績は、年間五回の点数の平均点をもとに算出する。四十二点では合格点に程遠い。が、星煥は思わず身を乗り出し、人差し指を園子の方へ突き出すと、

「そうでしょう、英語はよかったでしょう。五十点はあったでしょう」

とたたみかけた。まだ熟さない唇がゆるんで、幼い子どもの顔つきになった。うっかり地が出てしまったのだ。

「五十点には届かなかったけれども、それに近い点よ」

「何点?」

「四十二点」

彼は「えーっ」と情けなそうな声を上げた。

「四十二点取れたら上出来よ。いつもの倍の点

数なんだから。来年は最初からこの調子ね」

　星煥は殊勝らしく「はい」と答えて、話を続けた。

「三学期は、放課後も残って勉強して俺なりに頑張ったんで、こんなふうにやれば点数が取れるねんなって、見通しっていうか、自信がついたんです」

　放課後も残って勉強したと星煥は言ったが、自ら残ったのではなく、園子が残したのだった。クラスで数学の勉強会を開き、数学の得意な子たちの力を借りた。古典や世界史は園子自らが勉強の手助けをし、化学と生物については教科担当のところへ連れていって補講してほしいとお願いした。

　生徒たちの学力が年々低下している事実はあっても、世間的には「進学校」と宣伝されている瀬田高校では、手厚い援助は甘やかしとみなされた。そのせいで、なんとなく周囲の目が気になった。そればかりでなく、園子はだんだんと自分のやっていることがわからなくなってきた。点数を取らせるためだけの勉強に、何の意味があるだろう。そんな疑問が頭の中をぐるぐる巡った。

　星煥の話が一区切りつくと、決意文を書くよう指示をして応接室を出た。星煥が書けたと言って決意文を持ってきたのは、一時間ほど経ってからだった。

「じゃあ、これを持って、新しい担任の先生に会いに行こうね」

「新しい担任の先生は誰ですか？」

「生物の磯川先生よ」

　この時、自分はもう星煥の担任ではないのだということを、園子ははっきりと意識した。私がいなければこの子はやっていけない。そんなふうに思いたかった。それは子離れできない母親の心理にどこか似ていた。

星煥の新しい担任である磯川は、理科の男性教師であった。彼はこの瀬田高校ではスーパーマン的存在だった。授業はわかりやすく、ユーモアにも富んでいた。仕事は何でもそつなくこなし、生徒指導も抜け目がない。

星煥はきっと新しい担任を気に入るだろう。みごとな授業、みごとなクラス運営を目のあたりにして、園子との日々の記憶など、たちまち色あせていくだろう。本当はそれこそが望ましいことなのに、淋しいと思ってしまう自分の心を、どうすることもできない。

思い出は皆、特段どうということもない、見栄えのしないスナップ写真のように、やがてはうち棄てられるに違いない。この子の心に私は、おぼろな記憶の輪郭だけを残すのだろう。

園子と星煥は、磯川が待機している生物準備室に向かって歩いていった。饒舌な星煥が珍しく黙り込んでいる。彼の心を察して、園子は言った。

「磯川先生は気さくないい先生よ。すぐになじめるからね」

歩きながら、この日はかえって園子の方が饒舌だった。

磯川は星煥をにこやかに迎え入れた。彼の指示で星煥がソファに掛けると、園子はそばにあったパイプイスに腰掛けた。

磯川はしばらく園子の手渡した星煥の決意文に目を通していたが、読み終わると言った。

「ここに書いたことを忘れるなよ。遅刻はしない、真面目に授業を受ける、提出物をきちんと出す。これがもし口先だけの決意やったら、同じことの繰り返しになるぞ。新学期からは気持ちを入れ替えて頑張れよ」

彼は星煥の左肩をぽんと叩いた。しゃちほこばった様子で、はい、はい、とうなずいていた星煥の頬が、肩を叩かれたことで少しゆるんだ。

磯川の励ましの言葉はごくありふれたものだった。が、その立ち居振る舞いは、いかにも教師らしかった。

「君、お父さん、お母さんの仕事は？」

「アボジは韓国料理店で働いていたんですけど、店がつぶれたんで新しい職を探してるところです。オモニは看護婦をやってます」

「親父さんは失業中か。大変やなあ。で、兄弟は何人や？」

「四人です」

「四人も？」

「はい、兄貴と弟二人と俺の四人です」

「ほう、男ばっかしか。兄弟はみな仲良くやってるか？」

「兄貴とは仲いいです。二歳年下の弟はいま反抗期で、よくケンカします。ケンカした時は弟を殴ることもあります。一番下はまだ小学校の一年で、かわいいです」


母親以外、男ばかりでごった返した家の中を、園子は想像した。

いつだったか、半月板を損傷して足の手術をした星煥を病院に見舞ったことがある。ちょうど成績不振者対象の懇談をしなければならない時期だった。「退院してから、懇談は金君の家でやろうか」と尋ねると、「来たらあかん」と彼は言った。

「どうして？　松葉杖ついて学校まで来るの、大変でしょ」

「俺の家、ぎりぎり満杯やねん」

「ぎりぎり満杯？」

「先生が来たら重量オーバーやねん。先生が来たら、俺とこの家、沈没や」

そんなやりとりをしたことを、園子は思い出していた。

「それで、将来の進路はどう考えてんや？」

「プロのサッカー選手になりたいです」

磯川は一瞬、妙な顔をしたが、「そうか」としか言わなかった。

彼は他にもクラブのことや中学時代のことを星煥に尋ね、最後に言った。

「まあ、新学期まで間があることやし、春休みの間にとりあえず宿題だけはきっちりやれよ」

園子が立ち上がって「よろしくお願いします」と言うと、星煥もそれに倣った。磯川は「頑張れよ」と言い、今度は彼の両肩を強く握って、軽く揺さぶるようにした。

生物準備室を出た後、園子は星煥を引き連れて、それぞれの教科の担当者を訪ね、春休みの宿題を集めて回った。本当は、事前に集めておき、ひとまとめにして手渡してやってもよかった。いつまでも、あれやこれやと世話を焼きたい気持ちが、そうさせなかったのだ。もう何もすることがなくなった時、ふいに園子はうなだれた。そうして、ただ長い廊下を歩き続けた。星煥は、園子がどこへ行こうとしているのか、わからなかっただろう。

歩きながら、この一年間のさまざまな苦労を思い起こした。それは、自分の努力に満足したいがためではなかった。園子は淋しかった。追認補講の時、あんなに手を尽くしてやったのに、古典や世界史の勉強の手助けまでしてやったのに、この子は私のことなんか忘れてしまうんだ。不眠症による神経の高ぶりが、またしても園子を襲った。こみあげてくる悲しみを、息を詰め、喉もとで塞き止める。そのように心は熱い涙で一杯なのに、それなのに頭の中はひどく乾いていて、冷ややかなささやき声が聞こえてくる。

――あんたのやろうとしたことは、単なる知識の詰め込み。

――点数とるための勉強なんて、意味がない。

――この子は結局、自立できないまま。

靴箱に通じる渡り廊下のところまでやってき

た。園子は立ち止まり、利己的で身勝手な悲しみを払いのけると、くるりと星煥の方を向いた。そして、ささやかな挨拶の言葉を彼に贈った。

「たくさんつらいこともあるでしょうけど、みんなつらいことを潜り抜けて、いい大人になっていくのよ。二十歳になった時、きっとあなたはいい感じの大人になってるわ」

言ってしまってから園子は、自分の言葉がいくぶん教師らしからぬのを意識した。

星煥は切れ長の優しい目で園子を見つめていたが、少しはにかみながらたどたどしい口調で、

「ありがとうございました」

とひと言、言った。そうして、靴箱のある方へと去っていき、とんとんとんとリズミカルな音を刻みながら、階段を下りていった。

あれから三ヵ月が経った。

職員室でワープロを打っていると、格技担当の体育教師がこんなことを言うのが聞こえた。

「今年も僕の授業にはろくすっぽ出てきません。一学期の成績は確実に欠点です」

近頃、星煥についての好ましくない噂を耳にしていたので、誰のことだかすぐにピンときた。

「一学期の成績が出る前に辞めるんちゃいますか」

磯川の声だった。

「そうでしょうな。クラスの奴、みんな言ってますわ。あいつは辞めるらしいって」

「身の回りのものを人に譲ったりもしてるらしいですよ」

「身の回りのものって何ですか？」

「サッカー部のユニフォームとかでしょう」

「今日は来てますか？」

「いいや。家は出てるらしいんですけどね」

「いったいどこをほっつき歩いてるんですかね」

「昨日も五時間目から来たんで問いただしてみたら、公園にいたって言うんです」

「公園？」

公園と聞いて園子は驚いた。が、まったくあり得ない話でもない。公園は、学校に足の向かない生徒たちの避難場所になっていると聞いたことがあったからだ。

新学期が始まって以来、星煥とは廊下で会った時に言葉を交わす程度で、気にかけつつもかかわりを控えてきた。が、今日はこちらからつかまえて、星煥を学校へ引き戻そう。時計を見ると、四時間目が始まってまだ十分と経っていなかった。作りかけのクラス通信がワープロの画面の中ほどで途切れている。通信は明日発行すればよい。

園子は職員室を出た。校門を抜け、学校の行き帰りにいつも通っている公園へと向かった。

公園の入り口までやってきた時、園子は思わずたたずんだ。なぜか不思議な心地がした。真っ昼間の公園は、自由さにあふれ返り、伸びやかな時間が流れていた。さっきまで心を圧していた息苦しさは何だったのだろう。

くねくねとうねる白い道を歩いていきながら見回すと、初夏の陽射しを浴びた明るい空間を突き抜けて、幾本もの樹木の黒々とした幹は、上へ上へと伸びていた。頭上では、網目状に広がる梢を、深緑色の葉がうずめ尽くし、葉がちらちらと翻るたびごとに、透明な光線は砕けて純白の光を無数に散らした。

園子は方向を変え、草々を踏みしだきながら樹々の間に入っていった。途中、人知れず咲くシロツメ草をつみとり、枝から枝へと飛び渡る鳥たちの鳴き声に耳をすませ、薄墨色の斑点を持つオレンジ色の蝶をいつまでも目で追いかけた。いろいろなものに出くわしたが、星煥には出会わなかった。

緑地を抜けたところに広場があった。水色のブランコ、桃色のすべり台、薄緑色のジャングルジム、クリーム色のシーソーが、ひっそりと時間の流れの中に取り残されている。星煥はそこにもいなかった。

が、星煥が学校へ行かずに公園で時間を過ごしたという話は、嘘ではないように園子には思われた。学校という息苦しい空間から逃れて、彼は確かにここへ来たのだ。

何ということもなしに、園子はブランコに腰掛けると、後ろへバックしてからひょいと足を浮かせた。目の前にそびえたつセコイアの木が近づいては遠ざかる。星煥がひとりでブランコをこいでいる姿を想像してみた。こうやってブランコをこぎながら、あの子は何を考えていたのかしらん。小鳥のように、心が不思議と軽くなっていくのを感じながら、園子はブランコをこぎ続けた。

茶髪狩り

朝、目覚めたのち、布団の中で二転、三転、寝返りを打ってから、おもむろに体を起こす。まぶたが重い。茫洋とした海をさまようクラゲのように、しばらく夢うつつの境界線をゆらゆらと浮遊する。沖田浩介の一日の始まりは、いつでもそんなふうだった。

ところがこの日は——転任先で新たなスタートを切ることになるこの日は、覚醒と同時にしゃっきりと目があいた。緊張しているのか？いや、そんなはずはない。まもなく五十に手が届こうとする沖田は、高校教員としての経験をすでに十分に積んできたのだから。

だが、洗面所の鏡に映った顔は、やはりいくぶん硬直していた。両手を頬に当て、顔面の筋肉をもみほぐす。それから、真面目くさった、しかし目だけはいたずら坊主のひょうきんさをほのかに湛えたいつもの表情になって、がしがしと歯を磨き始めた。

歯磨きと洗顔をすませると、沖田はダイニングの扉を開けた。ガラス戸にかかった白いレースのカーテンがわずかに開き、木目のフロアに朝の光がこぼれていた。畳三畳ほどの庭には、ガラス戸に寄せてチューリップを植えた鉢が置いてある。輪郭を失った花弁の赤や黄色が、カーテン越しにぼうっと滲んでいる。

夫婦ともに高校教員という沖田家では、朝食はセルフサービスだ。先に食卓についていた妻の友美は、コーヒーを飲みほした後のマグカップをテーブルに置き、沖田の方を振り向いた。

「おはよう」

「おはよう」

友美の目が笑っている。

「なんやねん？」

「いよいよやね。やっていけるん？」

「やっていける、やっていける。そんなもん、どこに行ったかておんなじや。馬鹿にすな」

オーブントースターに食パンを入れ、タイマーをひねる。友美は向こう向きになって食器を洗い始めた。

沖田は十二年間、伝統校と呼ばれる高校に勤めた。教科は体育である。友美の言い草を借りれば、手のかからぬ生徒たち相手にぬくぬくと平穏に過ごしてきた。今日から勤めることになる八重福富高校は、総合学科に分類される。噂ではそうとう大変らしい。何がどのように大変なのか、まだよくはわからない。ただ、わずかに垣間見た様子から、「数々の無理を耐え忍んでいる学校」という印象を沖田は受けた。

辞令交付式の行われる四月一日、出勤すると、さまざまな会議が立て続けに開かれた。沖田にとって、その日は驚きの連続だった。

まず、教科会議では、週に二十時間の授業を受け持ってくれないかと教科主任から頼まれた。前任校での持ち時間数は十五時間。それでも決して楽ではなかった。常識から考えて、ぎりぎりいっぱい持ったとしても、十八時間が限度である。二十時間とは多過ぎる。が、科目数が百八十にも及ぶ八重福富高校では、数々の無理が生じるのも致し方ない。

「構いませんよ。何でも言うてください。二十時間であろうが、それ以上であろうが、持たしてもらいます。それが仕事ですから」

もともと降りかかってきた仕事は愚痴ひとつこぼさず引き受けるのが、沖田一流の人生美学から来る習慣であったから、即座に承諾したのだった。

また一年生の学年団会議では、学年の「生徒指導主担」という肩書を仰せつかった。赴任早々、

「主担」と名のつく役目が回ってこようとは、想像だにしなかった。学年団のメンバーは十名いた。その内の一名は主任。六名は担任。「主担」と名のつく役は、あとの三名の内、学校の事情をよく知る者の中から選ぶのが常識というものだ。ところが、体育教師は強面であり、生徒指導は強面の人間でなければ務まらない、という先入観があるらしく、学年主任は最初から沖田に狙いを定めていたようなのだ。

「生徒指導主担は沖田先生にお願いしたいんですが、いかがですか?」

「あ、そうですか」

不意を突かれた感があった。沖田は体育教師だが、顔の作りが童顔ときている。どう見ても強面とは言いがたい。この顔を見て、学年主任はなぜ、おのれの人選ミスに気付かないのか。だが、またしても沖田一流の美学がうごめいた。

「いや、もうなんでもやらしてもらいます。前の学校はほとんど放任でしたから、生徒指導なんかあってないようなものでした。それで、だいぶ頭がぼやけとります。ですが、少しずつ勘を取り戻していこうと思います」

こうして沖田は、あっさりと生徒指導主担を引き受けた。

家に帰ってこのことを話すと、友美はあきれた様子で沖田に言った。

「新転任者に『主担』? それも『生徒指導主担』? おかしな学校やなあ」

「ああ、俺かてそう思う。そやけど、男の美学や、男の美学」

「そんなんはなあ、平たく言うたら、ええかっこしいって言うねんで」

友美とそのようなやりとりをしてから、一週間が経っていた。

オーブントースターがちーんと音を立てた。こんがり焼けたトーストを取り出し、マーガリンをたっぷりぬる。マグカップにインスタントコーヒーを入れ、ポットから湯を注ぐ。かぐわしい朝の匂いが立ち上る。それから沖田は、二階に向かってどら声を張り上げた。

「直人、起きたか？　お前、新学期早々、遅刻したらかっこ悪いぞ」

高三になる息子の直人は、時たま学校を遅刻する。

しばらくして、せわしない足音を立てながら、パジャマ姿の直人が二階から下りてきた。「ヤバッ」と言いながら洗面所に駆け込んだ。遅刻するまいという気持ちだけは持っているらしい。時に失敗はするものの、根は真面目なのだ。

新学期がスタートするこの日の午前中、始業式が行われた。入学式は午後なので、二、三年生だけである。

はじめに着任教師の紹介があり、続いて校長挨拶、大会で三位になった水泳部の表彰、教務部長からの訓話、進路部長からの報告といった順に式は進行した。

沖田はしじゅう生徒たちを観察していた。彼らのマナーの悪さは目に余った。教師の話などそっちのけで、ケータイの文字盤の上で親指を動かしている者がいる。後ろの生徒と頭を寄せ、プリクラ帳をのぞき込んでいる者もいる。もっと質が悪いのは、あたりかまわずしゃべり散らしている輩である。ところが、生徒指導部長が前に立つと、喧騒は不思議と収まった。

有吉という名の生徒指導部長は、頭を丸刈りにした、大柄な男であった。目は細く、唇は薄く、しかし笑うと愛嬌がにじみ出る。が、生徒の前に立ち現れた有吉は、石像のように無表情で、それでいて、とんでもない威力の爆発力を腹に隠し持っているような、不穏なムードを醸していた。遅刻をしてはならない、授業は大切にせよ、自転車通学者はマナーを守れ、頭髪を染めている者は直してこいなど、話の中身自体は、わざわざ言う必要もないような、ごく平凡なことばかりであった。しかし、変に抑えた調子の語りが、一種の魔術めいた効果を上げ、生徒たちは息を詰めて有吉を注視していた。

訓話は終わった。演技の仮面を脱ぎ捨て、有吉は声のトーンをたちまち変えた。彼のふだんの声だった。

「それでは、頭髪検査をおこないます。担任の先生方、お願いします」

有吉の一声で、各担任はいっせいに列の中へと入っていった。館内は再び喧騒に包まれた。有吉はその喧騒を上回る大音声を張り上げた。

「担任から注意を受けた者、その場に残れ」

頭髪検査が一段落し、集会は終わった。生徒たちはぞろぞろと各ホームルーム教室へと戻っていった。頭髪検査に引っかかった五十名ほどの生徒らが、体育館に残っていた。有吉は彼らを自分の周辺に呼び集め、再び彼独特の調子で訓話を始めた。

これら一連の生徒指導部のとりくみを、沖田はぼんやりと他人事のように眺めていた。

残された生徒たちを見回したところ、髪を金髪に近い色に染めている十数人ほどの生徒たちの存在が、まず沖田の目を引いた。しかし、前任校にも、ロックミュージシャンを気取ってか、黄色い髪を逆立てている男子生徒がいた。十八世紀の西洋の音楽家、バッハやヘンデルのかぶっていたかつらのような、派手派手しい髪型の女子生徒たちもいた。「その頭、どないした?」「その髪型、ちょっとエグないか?」「頭、爆発しとんがな」などと声をかけた程度で、特に指導した覚えはない。それほど頭髪の問題は沖田にとってどうでもよいことであったし、学校も、旧来からの牧歌的校風をガラパゴス的に温存していた。

　だが、前任校は例外中の例外である。このことを沖田も承知している。金髪に近い茶髪の生徒が今、注意を受けているのは、しごく当然のことと沖田にも理解できた。沖田が驚いたのは、黒々とした髪の生徒までが、五十人の中に混じっていたことである。なるほど、よく目を凝らせば、ある者は微妙に茶色がかっていた。ある者は赤味がさしていた。が、これしきの生徒は前任校には山といた。沖田の色彩感覚からすれば、彼ら彼女らの頭髪の色はみな「黒」だった。

　同様のことは、午後にも新入生対象にとりくまれた。入学式が終わると、各教室でホームルームが行われる。その後、茶髪の新入生は、一年生の教室と同じ並びの社会科教室へ行くよう担任から指示された。

　いよいよ沖田の出番である。有吉や学年主任とも協力し、頭髪検査に引っかかった生徒らひとりひとりに注意を与えなければならなかった。もはや他人事ではすまされない。

　社会科教室で待っていると、生徒たちが一人、二人とやってきた。

　沖田が最初に対面したのは、松浦佑介という生徒だった。目はくりくりとして人懐こさに満ちあふれ、微笑を浮かべた唇の隙間から、健康的な白い歯がのぞいていた。彼は髪をダークブラウンに染めていた。その色に沖田はほとんど違和感を感じなかった。が、担任から不合格と判定され、沖田のもとへ来た以上、「この程度ならかまへんやろう」などといったセリフは禁句である。

　佑介の頭のぐるりをしげしげと眺め、観察したのち、沖田は言った。

「さほど目立たへんけど、確かに染めてんな。生え際だけ黒い色が残っとる。今週中に直して俺とこ見せにこい」

佑介は唇から歯をのぞかせたまま素直に、はい、と返事をした。彼の素直さに沖田は少しばかり気をよくした。

その次は、香川美央という生徒だった。丸顔で、体つきもふっくらしており、愛想がよかった。髪は黄褐色に染めていた。

「この色、あかんの?」

トーンの明るいハスキーな声で、ごく無邪気に彼女は聞いてきた。

「あかんからこうして呼んだんや。学校いうところは勉強するとこやからな、髪の毛いじくる必要なんかあらへん」

「そうやんな、勉強が大事やんな」

「今週中に真っ黒にして俺とこ見せにこい」

「はあい」

気持ちのよい返事を残して、彼女は教室から出ていった。どいつもこいつも、ええ奴やんけ、と沖田は思った。

だが、この仕事はそう甘くはなかった。日頃、茶髪にしている者も、入学式の日ぐらい黒く染めてくるだろうと、教師たちは誰もが高をくくっていた。ところが、ふたを開けてみると、予想外に多くの生徒が頭髪検査に引っかかった。社会科教室の前の廊下には、順番待ちの生徒たちが列をなし、なかには、早よしてえや、などと無遠慮に文句を言う者もいた。

岸本梨花という名の生徒は、自分の髪は地毛だと頑強に言い張った。名前が醸し出すイメージ通り、なかなかの美少女だが、知恵の素早く回る様は、敏捷でずる賢い子猿を連想させた。肩にかかった髪はブロンドに近く、彼女が西洋人であるならば納得もしようが、どう見ても地毛とはみなしがたい色である。こいつに押し負けるようなことがあってはならない。沖田は直ちに反撃した。

「お前、ウソもほどほどにしろよ」

はっしと見開いた目で梨花は沖田の顔をじっと見据えた。

「ウソちゃう。地毛やって」

「こんな地毛、あるか」

「あったらどうする？」

「あらへん、あらへん」

「あったらどうするって聞いてんねん」

「どうするもこうするもあるか」

「答えてえや」

「何を答えるんや」

　押し問答が続いた。陰影のくっきりした彼女の桃色の唇は、それ自体が生き物ででもあるかのように盛んに動き、沖田の心を惑乱させた。困り果てた沖田は奥の手を使った。

「よっしゃ、わかった。今日、お前のお母ちゃんに電話して、地毛か地毛でないか確かめるわ」

　すると、梨花は目を吊り上げ、騒ぎ立てた。

「家に電話なんかせんとって。電話なんかしたら、リカ、もう明日から学校、来うへんから。そうなったら先生のせいやで」

　沖田はすかさず相手の弱みに付け込んだ。

「電話されんのが嫌やったら、その頭、今週中に直してこい」

　梨花は、はい、はい、と生返事を繰り返しながら、くるりと沖田に背を向けた。

「まだ話は終わってへんぞ。髪の毛直したら俺とこ見せにこい。わかったか」

　黙って行ってしまおうとする梨花に向かって、

「わかったか？」

と念押しすると、

「わかった。しつこい」

と、ひと声吠えて去っていった。


　相談したいことがあるというので、会議室へ行ってみると、有吉の他、二、三年の生徒指導主担もいた。深刻な面持ちで有吉は話を切り出した。

「今回の頭髪指導は失敗でした」

沖田は身を固くした。新転任者である自分に何か手抜かりがあったのではないか、という不吉な予感がよぎったからである。

ただならぬ事態に直面していることを伝えんがためか、しばらく間を置き、緊張感を漂わせておいてから、有吉は再び言葉を継いだ。

「担任によって基準が全く違ったために、だいぶ混乱しとるんです」

なんや、そんなことか、と沖田は安堵した。

「少々染めていても、これぐらいならええかと見逃す担任もおれば、真っ黒以外は認めへんという担任もおる。そうすると、あの子がオッケーやのに、なんで私はダメなんという文句を言う奴が出てくる。現にそういう声が起こってるんです。確かに今のやり方では、不公平は避けられません。こうした不公平を解消するには、僕はもう限られた人間の目で全体を見ていくしかないと思とるんです」

「限られた人間」とは、自分たちを置いてほかにはいない。にもかかわらず、有吉の言葉を沖田は他人事のように聞いていた。

沖田にとって、頭髪指導は断じて教育の本筋ではない。教育の名に値する、神聖にして崇高な仕事は別にある。が、沖田は異論を唱えることをしなかった。本音を口にすることで、人間関係が気まずくなっては困る。屁理屈をこねて仕事をさぼろうとしているのではないかと、勘繰られたりしても具合が悪い。さらに、そうしたイメージが定着して、周囲から怠慢教師のレッテルを貼られでもしたなら、とんだ災難である。それで沖田は、有吉に同意しているかのふうを装った。

だが、同意しているふうを装っているつもりが、徐々に沖田の心持ちに変化が生じた。有吉の苦渋に満ちた表情を目にし、深刻に思い詰めているらしい声を耳にする内、相手の悲嘆はしだいに沖田にも伝染した。やがて悲痛な挫折感にとりつかれ、一時的にせよ、頭髪指導は必ず成功させねばならないという気分に、我知らず引きずり込まれた。これも、有吉の魔術のなせる技であるのかもしれなかった。

生徒指導部が「限られた人間」による頭髪検査に踏み切ったのは、四月末のことだった。彼らはその試みをホームルームの最中に実施した。この時期は遠足を間近にひかえており、バーベキューのグループ分けをしているクラスもあれば、グループに分かれてメニューを決めているクラスもあった。教室はどこも自由に満ちており、生徒たちの表情はほぐれていた。そういった中に入っていき、有吉はいったん生徒たちを自分の席につかせた。机を移動させているクラスでは、授業と同じ配列に戻させた。生徒たちは、息を詰め、家宅捜査に乗り出した警察の動向をうかがうように、突然の闖入者を警戒した。

有吉はこれから頭髪検査をおこなうことを宣言した。沖田は担任に名票を手渡し、依頼した。

「今から言う席に座っている生徒の名前のところにチェックを入れてください」

有吉は生徒たちの頭に素早く目を走らせた。

「廊下側の列の前から三番目。その後ろ。二列目の一番後ろ。三列目の後ろから二番目。四列目の――」

こうして茶髪生徒を摘発した結果、その人数は百人を優に超えた。全校の生徒数は六八二人であるから、六、七人に一人という確率になる。

今回の頭髪指導は、まずまずの成果を収めた。成功の秘訣は脅しである。生徒指導部の指定した期日までに直してこない場合には、保護者を学校に呼び出すと宣言したのだ。保護者招喚は生徒が最も嫌う罰だった。

それでも直してこない生徒がおり、ある日の放課後、十数名の親たちが会議室に集められた。彼女らの八割方は髪を茶髪に染めていた。茶髪の母親たちを前にして、有吉は例の変に抑制した口調で訴えた。

「学校では茶髪を禁じております。茶髪はどう考えても学習の場である学校にふさわしいとは思われません。世間の評判も落ちます。世間の評判なんかどうでもよいと言う生徒も中にはおるんですが、おのれはよくても、真面目にしておる大多数の生徒にとっては迷惑なんです。企業も、あんな学校には求人票を送らんとこうとなるやもしれません。そうなったら、もう一度言いますが、真面目にしておる生徒が迷惑なんです。そこのところをよろしくお考えいただきたい」

迷惑だ、という言葉を有吉は繰り返した。そのたび沖田は心にずきりとくるものがあった。有吉の隣席に座っていながら、どういうわけか、彼は被告席に連なる母親の立場に身を置いていた。がんらい沖田は同情心に篤い男なのだ。

有吉が話を終えた後、予想外のことが起こった。保護者から質問が出たのである。赤味がかった髪をポニーテールにまとめた、若々しい感じの女性であった。

「先生のおっしゃることはわかるんですけど、そのことをもっと早い段階でおっしゃっていただけなかったものでしょうか？」

有吉が聞き返した。

「それはなぜですか？」

「こちらは自由だとお聞きしたものですから」

「で、もっと早い段階でとおっしゃいますのは、いつの段階のことでしょうか？」

「体験入学の時です」

「体験入学？」

二の句が継げないとでもいったふうに、有吉は一瞬、言葉をとぎらせた。内心では、それもそうだと母親に同感しながら、ふっと溜め息をつくことで、沖田は有吉と一心同体であることを母親たちに見せつけた。すると、さっきまでの母親たちへの同情心は消え、何やら自分が優位に立ったような気分になった。

この後、有吉が事態をどう処理するのかと思って見ていると、三年生の生徒主担が母親にやんわりと反論した。

「それはそうかもしれません。でも、お母さん、お子さんはもうすでに八重福富高校に入学されているんですよ。入学された限りは学校の決まりに従う。それが常識というものです。そうじゃありませんか?」

勇気を奮って意見を述べたポニーテールの母親は、学校に盾突いた非常識な保護者であると、暗黙の裡に見なされた。彼女は顔を赤らめ、口を閉ざした。他の親たちも、胸に一物抱えていたとしても、言うに言えない空気の中で黙り込んだ。

このようなとりくみの結果として、少なくとも一年生に関しては、茶髪はほとんど影をひそめた。

夕食時に頭髪指導の話をすると、からかうような調子で友美は言った。

「ご苦労なことやね」

直人は部活や予備校通いで帰りが遅く、家族そろって食卓につくのは、土・日と祝日ぐらいである。この日も友美と二人きりだった。

焼き魚をつつきながら、友美は続けた。

「昔と違って、今は親が子どもの髪を染めさせる時代やんか。それも幼児の頃から。どだい無理な話なんよ」

「そっちはどうなん、頭髪指導はないの?」

「ある、ある。生徒指導部に言われた通りやってるわ。頭髪指導なくしましょ、なんて言ったら、市民権なくなるしな」

自嘲気味に友美は言った。猫舌の沖田は用心深く味噌汁をすすった。

「もしも最後まで粘る子がいたら、どうするんよ」

と友美が聞いた。

「どうしても直らん場合は校長訓告、それでもダメな場合は帰宅指導、さらに停学処分、いうふうになるんちゃうか」

他人事のように沖田は言った。

「そこまでいったら、人権侵害やん」

人権侵害と言われると否定してみたくなった。

「それはその通りやねんけど、ただな、頭髪をいじくる生徒らは、確かに自分勝手で生意気でだらしがないねん。もっと言うとな、頭髪指導の厳しい学校ほど落ち着いてる。現実はそうなっとんねん」


「その定理を逆さに見てみ。体育祭でリーダーとしての手腕を発揮するのん、茶髪の子が多いで。ああいう子ら、エネルギッシュで、クリエイティブで、私ら教師はかなわんわ。学校はがちゃがちゃやけどな」

そんな話をしていた時、直人が帰ってきた。二階へ上がる前にダイニングに顔を出し、

「今度の日曜、試合が入った」

と母親に告げた。彼はサッカー部に入り、ゴールキーパーとして活躍していた。

「どこと？」

「森下工業高校」

「強豪校やんか」

そうしたやりとりの間、沖田は息子の髪の毛をしげしげと眺め見た。その髪は多少赤味がさしていた。


一件落着と相成り、生徒指導部が勝利したか

に見えた頭髪指導も、単なる前哨戦に過ぎなかった。五月中旬、若葉が青々と茂り出す頃、再び生徒たちの頭は花が咲いたようににぎわい始めた。

生徒指導部会で有吉が次なる手段として提案したのは、全教師の目で頭髪チェックする方法だった。そうすることで、頭髪への問題意識を全体で共有するという狙いがあった。そして、六月半ばに行われる前期中間テストの最中にそれを実施したいと彼は言った。

テスト中、監督に当たったすべての教師が生徒たちの頭髪を観察する。テスト問題を入れる封筒に事前に貼り付けておいた受講者の名票に、観察結果を記入する。その際、色の度合いによってＡＢＣの評価をつける。それをもとに指導対象を拾い出し、前回同様の手順を踏んで第三回の指導に入る――というのが有吉の具体案だった。

何かもっと他に教育の名においてやるべきことがあるはずだ。沖田の中でその思いはますます募った。誰か一人でも異論を唱える者はいないか？　が、みな当然のことのように、有吉の提案を受け入れた。沖田も、いったん始めたことを途中でやめるわけにはいかないという事情を理解し、自分自身を奮い立たせた。

一方、日々生徒と接触している担任も、言われるがままになっていた。彼らは忙し過ぎて、現状を批判するゆとりを持たなかった。上からの指示に従うことで、平和は保たれ、その日その日を乗り切れる。職場環境に適応するしか、彼らに生きる術はないのである。

有吉の提案通りに、頭髪検査は実行された。名票にチェックされた名前の集計を行い、ＡＢランクの者をピックアップしてみると、またしても指導対象者は百名を超えた。

生徒指導部は、担任を通じ生徒たちに次のような指示を伝えた。

〈六月中に頭髪を改善し、生徒指導部長か生徒指導主担に見せにくること。改善の見られない者については、保護者を招喚し、学校の方針を説明する。それでも改善の見られない場合は、本人を呼び出し、校長説諭を行う〉

こうしたお触れを出しておいて、生徒指導部は生徒たちの反応をうかがった。はじめは音沙汰なしだった。数日経って、ようやく彼ら彼女らは姿を見せた。頭髪指導にあたるべき四人の内、三人までが体育教師であったから、体育教官室は検査場としてにぎわった。

八重福富高校では、カリキュラムが複雑すぎて時間割が全体的に歪である。運の悪い教師は、曜日によっては六限まるまる詰まってしまう。沖田の場合、木曜日がそれだった。

よりによって、その木曜日に生徒らがどっと押しかけた。有吉は出張だった。あとの一人は校内巡回当番にあたっていた。

四時間目の授業を終え、グランドから戻ってきた沖田は、教官室の入り口付近で待ちかまえている生徒たちを、まずは交通整理しなければならなかった。

「おい、一列に並べ。中へは五人ずつ入ってこい」

ちっと舌打ちする生徒がいた。「待つの、ダルイ」と文句を言う生徒、「今ぱっと見てえや」と督促する生徒もいた。沖田は教官室のドアを閉め切り、生徒たちの間に生じている不平不満のざわめきを、ぴたりとシャットアウトした。

最初に点検した男子生徒は、文句なしに合格だった。黒く染めた彼の髪は、とってつけたようでどこかしっくりこなかった。しかし、ともかくも合格だった。

二番目の女子生徒の髪ははっきりと赤みを帯び、「黒」とは断定しがたかった。

「これは合格にはできんな」

女子生徒は不服そうな声を上げた。

「だいぶ直ってんで。努力を認めてえや」

「努力は認めるにしても、不合格は不合格や」

女子生徒は子どものように足をじたばたさせ、手をすり合わせた。

「お願い、先生、親呼ばんといて」

「そんなら真っ黒に直してこい」

女子生徒は観念して引き下がった。

あとの三人は合格だった。次の五人を呼び入れると、入学式の日に指導した香川美央がいた。沖田の顔を見るなり、愛嬌のある笑顔を見せた。

「直してきたで。真っ黒やろ」

「よっしゃ、二度と染めんなよ」

「はあい」

この前と同じ返事を残して、彼女は教官室を出ていった。

松浦佑介も五人の中にいた。いったん黒くなったはずの彼の髪は、しばらく見かけぬ内に黄色に変じ、今はありふれた茶色になっている。右から、左から、沖田は注意深く佑介の頭を観察したが、合格点には達しない。

「だいぶ落ち着いた色になったんやけど、まだ十分とは言えんな。もう一度染め直してこい」

入学式の日と同様、佑介は唇の間から白い歯を見せ、ほんのりと人懐こい微笑を浮かべていた。そして、あの日と同様、はい、と素直に答えて去っていった。

順番待ちの生徒たちが、待ちきれぬのか、様子見にドアを開けた。

「まだなん？」

「昼休み、終わってまうやん」

「早くしてえや」

さざ波は重なり合い、響き合って、室内にがやがやと流れ込んだ。

「ドア開けたん、誰や？　閉めろ」

沖田の怒鳴り声と女子生徒の無遠慮な金切り

声が重なった。

「ちょっと、何やってんの。遅いって。アッちゃんを先に見たって。次、体育やねんから」

教官室にぬっと首を突き出したのは、岸本梨花である。彼女は頭髪検査では名前が上がってこなかった。が、見ると、肩まで伸びた髪が明るい狐色に染まっている。テスト期間中だけ黒くしたか、かつらでもかぶって検査をうまくすり抜けたのに違いない。かつらとは、一般的には考えにくいが、梨花ならばやりかねない。

「岸本、お前、その頭はなんや」

梨花は一瞬、しまった、バレたか、というような顔をした。

「ちょっと来い。お前も指導対象に加える」

「えーっ」

梨花は絶叫するような声を上げた。

「なんやの、それ。頭髪検査は終わったんちゃうん?」

「検査の時だけ黒くして、それですり抜けたと思ったら大間違いや。学校をなめんな」

これ以上、梨花の相手はしていられない。

「おい、伝えるべきことはお前に伝えた。俺はいま忙しいんじゃ。あっちへ行け」

腹立ちまぎれに、梨花は体育教官室のドアをどんと蹴って出ていった。

放課後も同様の状況が延々続いた。とうとうこの日、沖田は昼食にありつくことができなかった。

翌日、押しかけてくる生徒はいっそう増えた。それなのに、この日も体育教官室は沖田しかいなかった。ケンカが発生したため、有吉はその対応に追われていた。もう一人の体育科の生徒指導主担は、一時間目の授業中にけがをした。プールに張ったロープを片付けようとして、手を深く切ったという。最寄りの病院へ行ったきり、いつまでたっても戻ってこない。それで、次々とやってくる生徒たちを沖田は一人でさばいていった。こうした場合の手際よさを、悲しいかな、沖田は誰よりもすばらしく身につけた。

来る日も来る日も頭髪点検に明け暮れた。昼食はほとんどまともに取れなかった。生徒たちは沖田のことを「頭髪検査の先生」と呼ぶようになっていた。

自分はいったい生徒らに何を教育しているのか、考えるとわからなくなってくる。沖田は極力ものを考えないことにした。七月半ば、改善の見られなかった生徒に対し、校長説諭を行うことになっている。その日まで頑張れば、あとは夏休みが待っている。そう自分に言い聞かせ、一日一日を耐え忍んだ。

ある日、Ｈ駅から電車に乗ると、他校の生徒たちが五人ばかり、同じ車輌に乗ってきた。自然と彼らの頭髪に目が行った。

五人のうち二人は坊ちゃん刈りで、髪の色はカラスのごとく真っ黒だった。茶髪を見慣れた沖田の目に、その黒さは鮮烈だった。他の三人の内の一人は、ふんわりした髪をダークブラウンに染めていた。一人は、三センチほどの長さの茶髪をハリネズミのように立てていた。一人は、ぼさぼさの髪を赤味がかった褐色に染めていた。

沖田は心のなかでつぶやいた。

あいつはＢ、あいつは合格、あいつはＡ、あいつは――。

数日後、ようやく校長説諭の行われる日がやってきた。学年の生徒指導主担の仕事はないと有吉から言われ、沖田はようやく解放された。

その後の三日間は、土日に祝日が続いて三連休となり、沖田は久々にのんびりと日を過ごした。この間、直人が髪を明るめの褐色に染めてきた。その髪は具合が悪いのではないか、と言おうとして、やめた。本来、髪の色など他人がつべこべ言うべきではない。赤も良し、黄も良し。沖田は自分自身に言い聞かせた。

夏休み前の最後の日が訪れた。八重福富高校では二期制を採用している関係から、夏休みの前日であっても二時間だけ授業があった。沖田は二時間目に一年生の保健の授業が入っていた。

教官室を出て一年生の教室へ向かう途中、手に持っていたノートで顔を隠す生徒があった。

「お前、その頭はなんや」

香川美央である。

彼女の髪はすっかり元の木阿弥となっていた。美央はノートを鼻のあたりまでずらし、目だけをそっと現した。

「先生、ごめん。先生、ごめん」

謝りながら、彼女はこらえきれない笑いをくっくっと喉から漏らした。沖田は憤然となったが、次の瞬間には怒りが萎えた。ノートの上からのぞかせた彼女の目は、いつも見慣れた愛嬌たっぷりの目であった。

「先生、夏休みが終わるまでには直してくる」

「直したら、今度こそ二度と染めんな」

はあい、という例のあてにはならない返事をして、沖田とは逆方向へ歩き去った。

一年五組の教室へ入っていき、教壇に立つと、松浦佑介がふらりと目の前に現れた。彼もまた、髪を黄褐色に染めていた。人懐こい目をくりくりさせ、悪びれる様子もなく、

「先生、頭髪検査って今度いつあるの？」

と聞いてきた。

「お前、また染めたんか」

「頭髪指導って、もう終わったからええんやろ」

「ええことあるかい」

佑介とそうしたやりとりをしていると、岸本梨花が、首の後ろに手をまわし、学校指定のリボンのホックを留めながら、教卓の前まで寄っ

てきた。暑いからと言って、常日頃、彼女は体操服で学校生活を過ごしている。制服を着用した彼女は清楚であった。

沖田に自分の姿を見せながら彼女は言った。

「これでええ?」

「これでええって、何が?」

「金曜日、体操服着てたから、校長説諭、受けられへんかってん。服装をまずちゃんとしてこいって。これであかん言われたら、リカ、キレんで」

「それでええ。それで十分や。毎日そのカッコで来い」

「いやや。暑い」

「何が暑いじゃ。そのカッコで……」

梨花の相手をしつつ教室を見渡した沖田は思わず唖然とした。根絶したはずの茶髪が今再び増殖せんとしていたのだ。もちろん、現時点ではほんの数人であったのだが、沖田の感触から言うと、後々それは、雨後の筍のように強い繁殖力を持つものと予感された。

「お前らなあ……」

生徒たちはきょとんとした目をこちらへ向けた。沖田ははたと思い至った。この間、苦闘を繰り返し、手痛く敗れた頭髪指導は、しかし、生徒らからすれば恒例行事の一つにしか過ぎず、喉元過ぎれば忘れる類のものであったのだ。

「お前らなあ……」

継ぐべき言葉が見つからない。

「いいかげんにせえよ」

沖田が口にできたのは、この一言だけだった。

暮れゆく春に

一

母が真生会病院を退院し、老人ホーム「桃里苑」へ入所する日がやってきた。ひりひりと焼けつくような思いで里美はこの日を待っていた。天井ばかり眺めて暮らした一ヵ月もの入院生活。その索漠とした無味乾燥の日々は耐え難く、母は時折、「早く死にたい」と漏らすようになっていた。

「桃里苑」に入所したなら、さまざまなイベントが催され、心慰められることもあるだろう。職員さんや他の入所者など多くの人々に囲まれ、そこに温かな交流も生まれるだろう。車いすに乗って、花々の咲きほころぶ春景色を見にいくこともできるだろう。それらのことが、ほんのわずかにでも母の最晩年に淡い彩りを添えるとしたなら、これほど望ましいことはない。必要な手続きのため病院と施設の間を行き来する内、そうした思いがいつしか募った。そして、ようやくこの日を迎えたのだった。

「野々村さん、『桃里苑』からお迎えの車が来ましたよ」

女性職員の涼やかな声が響いた。

入院グッズでぱんぱんに膨らんだ旅行カバンを肩にかけ、着替えや洗面用具を詰め込んだキャリーバッグを引きずり、母をのせたストレッチャーの後を追った。最初の四日間、一緒に宿泊する予定であった。行く手にはぼんやりとした希望の光が見えていた。

送迎車が「桃里苑」に到着すると、母は三〇七号室のベッドに寝かされた。幾人もの職員や看護師、医師、作業療法士、ケアマネージャーといった人々が挨拶に訪れた。母が多くの専門職の人々に見守られているということが、里美には心強かった。

室内で昼食をとった後、食堂で行われるイベントを見にいくことにした。

職員が母を車いすに移してくれた。母は鼻に酸素吸入のための管を入れている。酸素吸入器から管の端子を抜き、酸素ボンベにつなぎ直す。そうした作業を手早くやってのける職員の手つきに、訓練された技が見て取れ、自ずと敬意の念が湧いた。

里美が車いすを押したのは、この時が初めてだった。それは傍目で見るより重かった。その重さがかえって、ゆらめくろうそくの炎にも似た喜びを心にともした。多くの人々の力を借りながら、自分にもやれることがある。そう実感した。

そして、考えた。車いすがあれば、さまざまなことが可能になる。中庭の風景を眺めることもできる。春の陽射しを浴びることもできる。そよ風に吹かれることもできる。少し遠出してショッピングを楽しむことさえできるかもしれない。

食堂では、一人の中年女性が、むかし流行った歌を思い出すままに歌っていた。母はさして興味をそそられるふうでもなく、そのひどく素人っぽいショーを眺めていた。イベントは一時間ほどで終了した。腰が痛いと母は言った。部屋に戻り、ベッドに身を横たえると、そのまますぐに眠りに落ちた。

一年前の四月、奇妙な病が母を襲った。腹部に水がたまる病気である。そのせいで、母の腹部は妊婦のように膨れている。

水がスムーズに抜ける内はまだよかった。水は腫瘍の塊と化し、しだいに抜ける部分が少なくなった。水の状態も変化した。今では、どろどろと粘っこく、太い針を刺して絞り出すようにしなければ抜くことができない。病名は腹膜偽粘液腫——末期癌の一種である。

そんな状態であってもなお、八尾市内の都塚にある一軒家に、母は一人住み続けた。腹部の膨張を嘆きつつも、「ボケないように」と、ルーズリーフに「天声人語」を書き写し、「自分でトイレに行けなくなったら情けない」と、毎朝、杖をつきながら畑道を散歩し、足を鍛えた。

その間、高校教員をしている里美は、三度、管理職に介護休暇を願い出た。一度目は、検査の結果、母が癌であることが判明した時。二度目は、薬の飲み間違いがもとで意識不明となった時。三度目は、認知症らしき徴候があらわれた時。

しかし、けっきょく三度とも自ら申請を取り下げた。その理由は、負担を負わねばならない同僚たちに気兼ねしたという以上に、母が、仕事を持つ娘の「お荷物」となるのを嫌った、という事情が大きい。

週末、里美は弟の文也と交代で実家に泊まり、家事をしたり、母の話し相手になったりした。大丈夫やから。お母さんは何とかやってるから。いつでも母はそう言って気丈に振る舞った。それどころか、日曜の正午を過ぎると、急き立てるように帰宅を促した。そろそろ帰る準備し。遅なったら、あかん、早よ帰り。雨、降ったら難儀や、もう帰り——。

そのようであったから、母を支えたのはむしろ、家族よりも近所の見舞い客である。母はもともと世話好きだった。自分で縫った綿入れやじんべを親戚や知人に贈り、皆に喜ばれるのが生きがいだった。人とのつながりは自ずと広がった。そうした人々からしばしば、取れたての野菜や調理されたごちそうが届けられた。進んで通院に付き添ってくれる人も現れた。

そうはいうものの、やがて一人暮らしの限界はやって来た。発症から一年経った三月、母は自ら望んで高齢者住宅「光明苑」へ入居した。ところが、四日と経たぬ内に廊下で転倒し、病院へ運び込まれた。

入院生活が一ヵ月もの長きに渡った原因は、岸和田にある大きな病院で手術を受けてはどうかと、主治医に勧められたためである。一度腹部の腫瘍をすっかり取り除いてしまえば、水も抜きやすくなると医師は言った。藁にもすがる思いで、遠方の岸和田まで、二度足を運んだ。恐ろしく待ち時間の長い病院で、一日がかりの仕事となったにもかかわらず、医師から得たのは、「手術は不可能」という回答だった。

他の病院に転院する必要はないとなれば、母が真生会病院にとどまる理由もない。では、今後の人生をどこで過ごすか。「光明苑」は、身の回りのことが自力でできる高齢者のための住居である。母は一ヵ月の入院中に、すっかり歩けなくなっていた。認知症も進行した。もう「光明苑」へは戻れない。そうかといって、実家へ連れて帰り、里美が介護するのも難しかった。腹部に巨大な腫瘍を抱えている母の体は重たく、里美一人の力ではとうてい支えることはできなかった。それに、自宅に戻っても、寝てばかりいるのでは入院生活と変わりない。そこで自ずと浮上してきたのが、真生会病院と提携している「桃里苑」への入所という選択だった。母も入所することに同意した。


老人ホームでの四日間は、里美にとって思いのほか長かった。

高齢者に交じって食堂でとる食事。食事前の体操や食後の口腔ケア。掃除、洗濯、入浴準備。

時間は日常とは異なるテンポで流れていく。母が眠るわずかな隙に、翌週の授業の準備をした。

困ったのは、夜だった。里美の睡眠は一時間か二時間おきに中断された。それというのも、母が頻繁に尿意を催したからである。

「里美ちゃん、トイレに連れていってんか」

里美は絨毯敷きの床に布団を敷いて寝ていたが、母の声で目が覚める。電気をつけ、里美は言う。

「お母さん、そういう時、まずどうするんやった?」

母は、こうやって、と言いながら両手でベッドの手すりをつかみ、もう一度、こうやって、と言いながら頭を起こす。

「違うよ。頭起こす前に、これ押して職員さんを呼ぶんやよ」

里美は母の枕元に転がっているナースコールのボタンを示す。

「こんな時間に職員さんに来てもらうのは気の毒やんか」

「でも、そのために夜勤の職員さんがいてくれてはるねんよ」

「トイレ、すぐそこにあるやん」

母は、ベッドの脇に置いてあるポータブルトイレを指す。

「お母さん、職員さんに介助してもらわないと立てないでしょ。それに、柵も開けてもらわないと」

ベッドに取りつけられた柵は開閉が可能だが、夜は転落防止のため閉じている。

「職員さんもこんな時間には寝てはるやん」

「夜勤の職員さんは、昼間寝てはるねん」

「桃里苑」での最初の夜、母のトイレは五度に及び、そのつど同じやりとりを繰り返した。トイレの回数はその後さらに増えていった。二泊目には七回、三泊目には九回というふうに。

里美はこの四月から、高齢者部分休業という制度を利用し、週三日勤務にしてもらった。週に四日は「桃里苑」で過ごし、可能な限り宿泊するつもりである。とはいえ、勤務のある日は施設に来られない。だから、どうしてもナースコールの仕方を覚えてもらう必要がある。ところが、事はそう容易でなかった。母にボタンを握らせると、どこを押すんや、と言いながら、いつまでもボタンのあちらこちらを指でいじくり回している。

昼間は、母の欲することのすべてに応えようと、心を砕いた。鉄火巻が食べたい、おそばが食べたい、と言えば、近くのスーパーで買ってきて食べさせた。熱いおしぼりで顔を拭きたい、と言えば、湿ったタオルをレンジで温めた。足がだるいと言えば、さすってやった。談話室から新聞を借りてきて、楽しめそうなテレビ番組を探したりもした。

母が病院を退院する前、主治医から聞かされた話が、ことあるごとに脳裏をよぎった。

「この病気になった人で、こんなにお元気なのは、珍しいです。いつお亡くなりになっても不思議ではありません。ひょっとして、『桃里苑』に入ってすぐに亡くなられるかもしれません」

その時、里美は思った。あと少しの命であるならば、おいしいものを食べたり、きれいな景色を見たり、人と言葉を交わしたり、笑ったり……そうしたささやかな幸せを大切にしたい。そして、もしも痛みがあるならば、医師にモルヒネを打ってもらい、苦しまずに逝ってほしい。逝く時には、耳元で「お母さん、よく頑張ったね」と八十五年の人生を惜しみなく讃えてやりたい。

四日目の朝、建物の周囲を散歩した。車いすを押して外へ出るのは初めてだった。

駐車場内に設けられた歩道沿いに、南北に細長くサツキの木々が植わっていた。青々とした蕾は葉にうずもれ、緑一色の、のっぺらぼうの茂みである。

歩道の上を里美はゆっくりと進んでいった。車いすは重かった。

ふと遠くを見やった視線の先に、したたり落ちた赤い滴のようなものを発見した。その方を指さしながら、里美は声を上げた。

「お母さん、サツキの花」

「ほんとやなあ。咲いてんなあ」

母はふっと相好を崩した。里美は近くまで車いすを押して行った。見ると、早咲きの花が二つ、身を寄せ合うようにして咲いている。母が久々に見る花だと思えば、その花弁の鮮烈な赤さが目に染みた。

建物の裏手には日本庭園風の庭がある。里美はUターンしてその方へ向かった。途中の通路は桜並木になっていた。満開期はとっくに過ぎていた。だが、ほろほろと絶え間なく宙を舞う花びらも、それが積もっていちめん乳白色の、点描画のように見える地表も、母にとってはこれが最後の春かもしれないと思えば、今までに見たどの春景色よりもあでやかに目に映じた。

里美は庭までやってくると、歩みを止めた。形よく剪定された松の木、蛙や鶴の置き物、川に擬せられた薄墨色の砂利、ゆるやかに反りかえった石造りの橋……。庭の一角には作られたばかりの藤棚もあって、四隅から花をつけない蔓が一房ずつ垂れている。

外の空気が吸えた、これで得心した、と言って母は喜んだ。

里美が「桃里苑」を離れる時、母はしきりに不安を訴えた。食べるものはあるのか、トイレに行きたくなったらどうすればよいのか、朝起きた後、何をすればよいのか……。たくさんの職員さんがついているから大丈夫、と何度言っても、すぐまた同じことを聞いてくる。

里美は、明日は仕事がある。帰り際、事務室に飛び込んだ。母はナースコールができないので、何度も部屋をのぞいてやってほしいとお願いして、「桃里苑」を後にした。

二

一日置いて、里美は再び「桃里苑」を訪れた。火曜日だった。毎週火曜日は、母を病院へ連れていくことになっている。

たった一日置いただけなのに、「やあ、来てくれたんか」と言って母は喜んだ。里美をじっと見つめる目は、まるで何年も会えずにいた人のようにうるんでいた。ベッドの柵をつかむ母の手を、里美は思わず握りしめた。

病院の予約時間に間に合うよう、昼食は室内で早めにとった。移動式の長テーブルの上に、食事がセットされたトレーを二つ並べて置き、母と里美は向かい合って食事をした。サバの味噌煮と切り干し大根の煮物、うどん入りのおすまし、ごはん、そして、デザートとしてココアのプリンがついていた。

「二人で食べたらおいしいなあ」

食事中ずっと、視線を手元に落としている時でさえも、幸せに満たされた母の笑顔が揺らめき、その印象が睫毛のあたりに消えずにあった。

「お父さんがたくさんお金を残してくれたから、こんなごっとが食べられる」

実際に出されたものは、「ごちそう」には程遠い、ごく普通の食事である。それを「ごちそう」と勘違いしている母を憐れみつつも、その満ち足りた笑顔を、里美は神様からの贈り物のように尊く感じた。

八年前、肺炎を患った父は、病院に搬送された後、わずか一週間で亡くなった。生きることの幸せをかみしめる、最後の時間が与えられることもなく、みるみる衰え、あっけなく命を閉じた。

食事を終えた後も、母の笑顔の残像が残っていた。母も、食事時の楽しい気分がいつまでも消えないようだった。

「桃里苑」に入所して初めての通院なので、この日は看護師も付き添うことになっていた。送迎車で病院へ向かう途中、看護師は後部座席の方を振り向いて身を乗り出し、妊婦のように膨らんだ母の腹部に手を置いて尋ねた。

「水を抜くのに、いつもどれくらいの時間、かかってる?」

いまだ幸せの余韻に浸っている母は、笑顔で答えた。

「はい、美味しいによばれました」

看護師は里美の方を見て、目で笑った。

「そう、それはよかったねえ」

彼女は質問するのをやめ、前を向いた。


同じ週の金曜から日曜にかけて、里美は二度目の宿泊をした。木曜日に男性職員から職場へ電話があり、母が寂しがっていると伝えてきた。それで、二日間、寂しい思いをさせてしまったことへの埋め合わせをしなければ、という思いがどこかにあった。

母はベッドのへりに、里美はパイプイスに腰掛け、昨日おとといの様子など尋ねる内、「家に帰りたい」と言って泣き出した。その実現はどう考えても無理だった。それでも、母がそう望むのなら、ぜひとも実現させねばならない気がした。

「外泊っていう形で試してみる?」

母は承知した。里美はまず、相談員と看護師から外泊の許可を取りつけた。だが、段取りをあれこれと考える内、たとえ帰宅したとしても中へは入れないことに思い至った。

実家は、引き戸を開けたところに狭い玄関がある。その玄関は、以前、母が人工関節を入れる手術をした際、中央に手すりを付けたので、さらに狭くなっている。車いすが入れる余地はない。仮りに入れたとしても、上がり口は五十センチほどの高さがある。母は自力で立てないから、車いすごと持ち上げて、そこへのせる必要がある。母を車いすごと持ち上げるには、怪力の持ち主をどこからか駆り集めてこなくてはならない。しかも、やっとの思いで家に戻ったところで、何の面白いことがあるだろう。歩けるからこそ可能であった生活は、そこにはもうない。寝るためのベッドがあるだけだ。「桃里苑」で暮らす方が、はるかに人間らしい余生が望める。

思い悩んでいると、ベッドに横たわっていた母が妙なことを口にした。

「お母さんはどこに行ったん？」

母はもとから少しばかり認知症の兆しがあったので、べつだん気にも留めなかった。里美はふっと笑って、母の方へ手を伸べた。

「お母さんはここにいるやん」

母はきょとんとした目で里美を見つめた。

「お母さんがいてたやん。しっかり者で、何でもてきぱきやってたお母さんが」

病気になる前の、しっかり者の自分はどこへ行ってしまったのか、という意味かと最初は思った。それとも、もしや、と思って訊き返した。

「そのお母さんって、お母さんのお母さん？」

答えは聞く必要もなかった。母の「時間」は少女時代に巻き戻ってしまっていた。

「お母さんのお母さんはもういないよ」

母はまたきょとんとした目で里美を見つめた。

「もういてへんのか？」

「もう四十年も五十年も前に亡くなりはったよ」

里美は母方の祖母を知らない。四十年、五十年というのは、適当な数字である。

「お父さんは？」

「お父さんも」

「兄弟は？　もうみんな死んだんか？」

「恵子伯母さんと松子叔母さんは生きてはるよ」

「昔は大勢いたのになあ」

母は寂しげにつぶやいた。


母は四人姉妹の次女で、ほかに二人の弟もいた。姉妹の内、最も自分のしたいように生きたのが母である。「女に学問などいらない」という考えの持ち主だった父親は、娘たちに進学することを固く禁じた。それなのに、親の言いつけに背いて母は女学校へ進学した。卒業後は銀行に就職し、父と職場結婚した。父はこつこつと働く温和で優しい人だった。やがて二人の子——里美と文也——をもうけた。仕事の都合で一家は何度か転居を繰り返したが、八尾市内の都塚に建てた一軒家に定着した。少し余裕が出てくると、母はむかし身に付けた和裁の腕を生かし、内職を始めた。多くの注文が来て、忙しいが充実した日々だった。進学率も就職率も右肩上がりの時代であったから、里美も文也も、順調に公立の大学に進み、安定した職にも就けた。

昭和年代を通じて「女の幸せ」とされた人生を、これまで母はたどってきた。本箱には、和裁の雑誌や料理本が何冊も眠っていた。たんすの引き出しには、端数まできっちりと記録された家計簿が保管されていた。それらは、「幸せ」をつかもうと、母が懸命に生きた痕跡を残している。

ありふれてはいても——「女の幸せ」というものに、里美自身はこれっぽっちも興味はないけれど——「幸せ」を求めて人知れず払われた懸命の努力は、何をおいてもいとおしい。

思えば母の人生は、強行突破する形で決行した、女学校への進学なくしてはあり得なかった。そして、実家は——里美が想像するに——夢多き少女の天真爛漫を包み込む、半透明の羊膜のように優しい場所であったのだろう。

「家はまだあるんか？」

「家って、都塚の家？　それとも、お母さんが子どもの頃に住んでた木の本の家？」

「木の本に大きな家があったやん」

「ああ、そっち。あの家はまだあるけど、もうよその人が住んでるよ」

母の実家は、家を継いだ末の妹が夫とともに住んでいたが、夫婦亡き後、一人娘が売り払ったと聞いている。

「そうか。よその人が住んでるんか。そんなら帰られへんなあ」

車いすごと母を持ち上げる方策など、考える必要はなかった。母が帰りたい家は、父がおり、母がおり、兄弟姉妹たちがおり、そうした中で自由奔放に過ごした木の本の家——もはや思い出の中にしか存在しない家であったのだ。

土曜日の午後、文也が来た。三人で近くのスーパーに出かけた。里美が車いすを押し、文也がカゴを持ち、母の買いたいものをその中へ入れていく。母にとってショッピングは、半年ぶりのことだった。バナナとミニカップ麺、三時のおやつにあべかわ餅を買って帰った。

スーパーから戻ると、おやつにした。ささやかな幸せのひとときを、可能な限り積み重ねていくことが、今は何よりも大切にしたいことだった。

おやつを終え、食器を流しで洗っていると、文也と母の会話が聞こえてきた。

「文也。お母さんを木の本の家に連れて帰ってえな」

「木の本の家？　木の本の家なんか、もうあらへんで」

「大きな家があったやん」

文也は笑った。

「だから、ないって」

「もうないんか？」

「あるにはあるけど、今は他人の家や。田村のおっちゃんが死んだ時、あんな大きな家に一人では住まれへんって言って、博美ちゃんが売ったやんか」

「そうか。もうないんか」

この類の会話は、もうこれで四度目だった。


「桃里苑」に入所して二週目の週末が終わろうとしていた。母はやはり不安げだった。

それで、壁にかかっているカレンダーを指さし、ゴールデンウィークが来たならば、毎日一緒に過ごすことを約束した。そして、その後は、可能な限り早い時期に介護休暇を取る。里美はひそかにそう決めていた。

母は「桃里苑」に今なお適応できずにいる。職員ともなじめない。ナースコールはたまにするようになったらしい。とはいえ、毎度毎度とまどい、ボタンを押すのに手間取っているようだ。それに、里美がいないと寂しがる。問題は、休暇に入る時期である。ゴールデンウィーク明け？　代替は見つかるか？　中間テスト後？　遅すぎる。では、テストの初日？

帰り際、また事務室へ寄った。そして、何度も部屋をのぞいてやってほしいと、前と同じ依頼をして、施設を出た。

三

二度目の通院の日がやって来た。

里美の顔を見るなり、母は喜びの声を上げた。

「やあ、来てくれたんか。嬉しいことみんかあ。まさか来てくれるとは思わなんだわ」

「〜みんかあ」というのは、感嘆符の意味をあらわす河内弁であるようだ。この前、別れてから一日置いただけなのに、「嬉しい」という言葉を母は何度も繰り返した。

先週とは違い、通院に介護タクシーを利用することになっていた。「桃里苑」の送迎車は、車の台数もドライバーの人数も足りなかった。聞いていた話と違う、とは思ったが、「桃里苑」も手いっぱいの状態であることは、職員の様子からうかがえた。

この日は、母の体調に不具合が次々生じた。朝は、喉元まで出てくる痰が吐き出せないと言っていた。病院では、診察室に入るなり「きみずいものが上がってくる」「戻しそう」と訴えた。仕切りの向こうにいる看護師にそのことを伝え、戻ってくると、ティッシュで鼻を押えている。「鼻血が出た」と母は言った。ティッシュを広げてみると、確かにうっすらと赤いものがついていた。が、その色は血には見えず、鼻から出たのか、口から出たのか、看護師たちも首をかしげた。それで、主治医はいつものように腹部の水を抜いた後、さまざまな検査を行った。

長い待ち時間の間、里美は持ってきた本を開いたが、字面を追うばかりで内容は少しも頭に入らなかった。もうだめなのだろうか。そう思うと、頭の中をさまざまな思い出の断片が去来した。

里美がひとり暮らしを始めたのは、四十を過ぎてからだった。親元を離れてから、忙しさにかまけ、ほとんど実家に帰らなかった。一方、母の方は、おおよそ月に一度、いそいそと里美のマンションを訪れた。そういう時、タッパーに詰めた手料理や、ぱりぱりに糊付けしたシーツを、キャスター付きのバッグに入れて持ってきた。そして、忙しい娘に気兼ねして長居はせず、用がすめばすぐ帰っていった。空のバッグを引きずりながら、エレベーターの乗り口の方へと去っていく母の後ろ姿は寂しげだった。それなのに、母が行ってしまうと、「さあ、仕事、仕事」と自分を急き立て、即座に授業準備にかかるのが、里美のいつもの習慣だった。

両親が子どもらに注ぐ愛情に比して、里美の家族への関心の希薄さは、仕事に追われていたとはいえ、今思えば薄情と言うほかない。

診察室から母の声が聞こえてきた。

「看護婦さん、看護婦さん」

「野々村さん、なあに?」

「もう帰ってよろしいですか?」

「もうちょっと待ってて。検査の結果がまだ出てへんからね」

看護師は、子どもをなだめるように優しく言った。母はなおも訴えた。

「娘が寒いのに外で待ってますねん」

娘が……という言葉が耳に舞い込んだ拍子に、里美はあわてて立ち上がり、中をのぞいた。

「娘さんにそばにいといてもらいましょうか」

看護師はほっとした表情になって里美に目くばせした。里美は中へ入り、母の傍らのイスに腰掛けた。

「お母さん、むかむかはおさまった?」

「おさまった」

しばらくたって、里美だけが別室に呼ばれた。主治医は言った。

「お腹の水は一・六リットル抜けました。しかし、肺にも水が溜まっています。痰が出るのはそのせいです」

小型のスクリーンに母の腹部と肺の断面を映

しながら、主治医は丁寧に説明した。画像は白い花のようだった。

「痰を切る薬を出しておきましょう」

と医師は言った。

介護タクシーのドライバーに連絡を入れてから、里美は会計を済ませた。その時に薬の処方箋を渡された。今から薬局へ行かなければならない。誤算であった。

車いすを押して行くと時間がかかる。ロビーから離れている間にタクシーが着くかもしれない。それで、母をロビーで待たせることにした。

「お薬、もらってくるから、ここで待ってて」

受付で教えられた通り裏口から外へ出た。そして、教えられた通りの方向へ向かって駆けた。薬局までは思いのほか遠かった。薬をもらいに行くために里美が病院を出たということを、母に記憶できるはずがない。娘はどこへ行ったのか、と今ごろ不安を募らせているに違いない。

里美は今さらながら後悔した。

息せき切って薬局に飛び込むと、お願いします、と言ってカウンターに処方箋を差し出した。そして、店員に尋ねた。

「時間、どれぐらいかかりますか？　母親を待たせているんです」

「それほどかかりませんよ」

と店員は答えた。自分自身がせっぱつまっているので、店員の落ち着きがひどく冷淡に感じられた。ソファに腰掛け、名前が呼ばれるのを、じりじりしながら里美は待った。

この間、文也が来た時、車に乗せてもらって、二人して実家に戻った。薄手のコートなど必要なものを取りに行くためだった。どこへ何をしに行くかは知らせてあった。それなのに、帰ってくるなり、二人ともいなくなったので心配した、と母は泣かんばかりに騒ぎ立てた。

病院のロビーで今頃、ほったらかしにされたと思って、母はパニックになっているかもしれなかった。見知らぬ人々が行き交う中で、ぽつんと取り残されている母の姿が脳裏に浮かんだ。

名前はなかなか呼ばれなかった。しだいにじっと座っておれなくなり、里美は不意に立ち上がった。そして、さっきの店員の前に歩み寄った。

「いったん戻って、母親を連れてきます」

やけを起こして、つい口走った。いったん戻り、車いすを押してまた来るなど、馬鹿げている。その上、感情をぐっと押さえても、口ぶりに苛立たしさは自ずと滲み出た。この人は何を怒っているのか、と訝しむ相手の目があった。一方的に腹を立てている自分自身のみっともなさに、里美はなお苛立った。

その時、まるで客の辛抱の限界を察知したかのようなタイミングで、左手のカウンターから薬剤師が里美を呼んだ。本当に危うく出ていくところだった里美は、救われた。

薬を受け取り、支払いを済ませ、もと来た道を走って帰った。

三日後の金曜日、里美が行くと、母は浮かぬ顔でポータブルトイレに座っていた。そばには職員が三人いた。彼女らは、久々に便が出たと言って喜んでいる。

この週末は、土曜日に用事があって宿泊できない。その埋め合わせをしなければ、という思いがあった。それで、いつもより遠方への散歩を試みた。

「桃里苑」の裏手に一本の川が流れている。川沿いには木々の緑が生い茂り、まだ花をつけないアヤメやアジサイも植わっている。五月、六月には、色彩豊かな花々の楽園となるであろう。川中でコイが群れ泳ぐのを見たこともある。

「今日は少し遠くまで行ってみよう」

裏門に通じる通路をゆっくり進んだ。格子状の門は、昼間は開いている。そこから塀の外の裏道へ車いすを押し出した。すると、母の体が前後に揺れた。車輪ががくんと地面に食い込むような感覚があり、そのまま前にも後ろにも動かなくなってしまった。折悪しく左方向から車が来た。車はストップした。

隣接する公園の出入り口に、車いすが入れるほどのスペースがある。その方を指さしながら、ドライバーに向かって叫んだ。

「すみません。あそこへ移動させます」

車は少し下がってくれた。里美は正面に回って力づくで車輪を持ち上げ、車いすを裏道へと引っ張り出した。そして、公園の出入り口まで移動した。車は走り去った。

その後、里美は川沿いの道を行こうとした。コンクリートの道は、レンガを敷きつめたようなデザインになっていた。そこを行くと、母の体が小刻みに揺れた。その様が、母をぞんざいに扱っているように感じられ、耐え難かった。それで、遠方への散歩はあきらめ、引き返すことにした。

ところが、また困ったことが起きた。先ほど、裏門から力づくで車いすを引っ張り出したのだが、その逆は無理だった。門の中の方が、裏道より一段高くなっていたからだ。車輪を持ち上げ、車いすを中へ引っ張り込もうと試みたが、かなわなかった。仕方なく、裏道を「桃里苑」の塀に沿って進み、住宅街を抜け、東西に走る表通りを通って戻った。車の絶え間なく行き交う道だった。車いすは今にも車に接触しそうで、里美は何度も立ちすくんだ。

車いすには多少の段差があっても対応できる仕組みがある。このことを知ったのは、「桃里苑」に帰りついた後だった。たまたま玄関口にいた職員から、そのことを教えられた。

母は何も言わなかったが、里美は惨敗した気分であった。

お昼近く、近所のスーパーに行って、握り寿司をふたパックとインスタントのお吸い物を買ってきた。昼食はキャンセルしてあった。前日に職員から電話があり、母がお寿司を食べたがっていると聞いたからだ。

いつものようにキャスター付きの長テーブルをベッドの脇につけ、二人向かい合ってお寿司を食べた。母はさほどおいしそうでもなく、八つの内三つを残した。

「昔はこんなもん、ぺろっと食べられたのに」

そう言って母は嘆いた。

食事の後、便が出そうだと言うので、ポータブルトイレに座らせた。職員は呼ばなかった。職員が排泄の介助をするのをもう何度も見てきたので、自分でもやれそうに思ってやってみた。妊婦のように腹部の膨れた母の体は重かった。それでも、ベッドの柵につかまって、かろうじて立つことができるので、案外スムーズに介助できた。

あちらこちらに針の刺し痕のある腹部が、でんと便器の上に載っている。肌はまぶしいくらいに白く、巨大な鏡餅のように見える。トイレに座っている母は、ほっと安堵したような、のどやかな気分を醸していた。

「あんたやからええけど、職員さんに便が出るまでずっと待っといてもらうわけにはいかへんやんなあ」

母は長い間トイレに座っていた。便は出なかった。一時間ほど経ってまたトイレに座った。時間がゆったりと流れていく。便はやはり出なかった。

排泄をあきらめると、ベッドに横になった。少しの間、眠った。目覚めると、また便が出そうだと言った。この日、母をトイレに座らせることに二度成功していた里美は、またさっきと同じ要領でトイレの介助をしようとした。ところが、手順がどう狂ったのか、母は膝が立たなかった。

「お母さん、もういっぺん、ベッドに座ってみて」

中腰の状態になっている母に里美は叫んだ。しかし、ベッドに座るには、少し体の向きを変えねばならない。

「じゃあ、いったんトイレに座ろう」

しかし、トイレに座るには、少しだけ後ろへ下がらねばならない。母の足は一寸たりとも動かなかった。里美は母の左腕をつかみ、ありったけの力で体を引っぱり上げようとするのだが、臀部は徐々に沈んでいく。両腕がふさがっているので、ナースコールのボタンも押せない。にっちもさっちもいかなくなった時、里美の声を聞きつけた職員が入ってきた。助かった。なかなか職員になじもうとしない母も、この時ばかりは感謝に堪えない様子であった。

その後、長い間、母はトイレに座っていた。腫瘍が腸を圧迫するのか、便はやはり出なかった。

もう十年以上も前から、里美はある文学サークルに入っていた。翌日の土曜日は、その会合が開かれる日であった。それで、この週末は宿泊しないことにした。三週間ぶりの、宿泊のない週末である。

金曜日の夕方、日曜日にまた来るからと母に告げ、帰途についた。「桃里苑」を出る時、一歩外へ踏み出したとたん、足取りが軽くなった。ふっと吸い込んだ外気が爽やかだった。額に降り注ぐ陽射しがまぶしかった。今週は宿泊しなくていい。そう思うと、解放感が臓腑の隅々にまで染み渡った。それは、その時の偽りのない気持ちであった。

翌日、土曜日の会合は、気持ちが浮き立つせいか、里美はいつもより多弁であった。そのことが何となくやましかった。文学について皆と語り合うのは、楽しかった。その楽しい気分がなおいけなかった。いまだに施設になじめない母は、里美がこうしている間も寂しがっているに違いなかった。ナースコールのボタンがうまく押せず、不便を忍んでいるに違いなかった。ゴールデンウィークに、この埋め合わせをきっとしよう、きっと。

翌日の日曜日、「桃里苑」へ行くと、母はいつも以上に感極まった声を上げた。その目は涙ぐんでいた。

「やあ、来てくれたんか。嬉しいことみんかあ。まさか今日来てくれるとは思わなんだ」

この日、母は施設への不満を口にした。職員の中には意地悪な人がいて、呼んでもすぐには来てくれない、というのだ。

すぐに来てくれないのは確かであった。だが、それは、入所者数に対して職員の数が決定的に足りないせいでもある。職員が母のトイレの介助をする間にも、彼らのエプロンのポケットからは、ＰＨＳがひっきりなしに鳴っていた。一クラス三十人から四十人もの生徒たちを見なければならない教員の仕事とも照らし合わせ、彼らへの同情の思いがまず湧いた。あるいは、意地悪な職員がいるというのは、本当なのかもしれなかった。が、「意地悪な職員」を生み出す背景にも、里美は思いを致さずにおれなかった。この四月、新たに多くの若い職員が採用された。世の人々からこれほど必要とされる職種であるにもかかわらず、介護の現場は、若者が必ずしも夢を託せる場所ではない。時に里美は考える。今こうして高齢者の介助をしている若者たちは、将来「桃里苑」に入所できるだけの報酬を、与えられているのだろうか。

明らかな虐待の事実がない限り、母からの訴えはひとまず聞き置くだけにした。そのかわり、なるたけ早い時期に介護休暇を取り、もっと長い時間、自分が母のそばにつくことが、一番の解決法だと里美は思った。

散歩に出ようと誘ったが、横になりたいと母は言った。

「じゃあ、もう少し後ろに下がれる？」

母はおしりの筋肉を左右交互に動かし、わずかばかり後ろに下がった。そうしなければ、頭部が枕にのらないのだ。

「頭を枕の上にのせて」

母はあおむけの状態で体を横たえた。里美は母の右足を、それから左足をベッドにのせた。むくれてぱんぱんに張った足は重かった。その重い足を、片足ずつ持ち上げ、右、左、右、左……と交互に少しずつずらし、ちょうど具合のよい位置まで持っていく。

ベッドに横になった母は、里美の顔をまじまじと見つめながら言った。

「あんたは一人やからな、強く生きていきや」

里美が独り身であることを、気がかりに思うらしかった。

「心配しなくってもいいよ。仕事もあるし、住むところもあるし、一人でも生きていけるようにお母さんが育ててくれたから、助かってるよ」

本当は、健康を損なった場合のことや、老後の身の処し方など、心細いことは数々あった。が、それらはどうでもよいことで、今は母を安心させることだけが重要だった。

「よかった、よかった」

と言いながら、母はほっとした表情でまぶたを閉じた。

一昨日は失敗の連続だった。この日は自分にやれることが見つからなかった。何もできないまま過ぎた週末の、最終日に聞いた「よかった、よかった」という母の言葉に慰められた。

四

　翌日、仕事中に「桃里苑」勤務の看護師から電話があった。嘔吐物の中に黒い血の塊が混じっていたため、母は真生会病院に緊急搬送されたと伝えてきた。

「まだ検査の途中なので、入院することになったらまた電話します」

「お願いします」

　その後、電話がかかってきたのは、五時を過ぎた頃だった。里美は急いで病院へと向かった。

　待ち時間は長かった。一時間ほど経ってようやく診察室へ通された。主治医はおらず、初対面の医師が次のような説明をした。

　野々村さんは、運ばれる途中も、病院に着いてからも、吐血した。普通なら、胃カメラを入れてホッチキスのようなもので出血を止める処置をする。しかし、野々村さんの場合、そのような処置が難しい。理由は二つ。一つは、腹部が膨れているためである。普通なら、臓器を膨らませ、中の様子を見ながら処置をする。それが、野々村さんの場合、腹部の腫瘍が邪魔をして、中が見えない。もう一つは、酸素の数値が下がっているためである。胃カメラは鼻から入れる。そうなると、野々村さんには大きな負担となる。本人は「しんどい、しんどい」と言うばかりなので、胃カメラによる処置をどうするかは、家族に判断をゆだねるしかない——。

　母は延命措置を拒否している。自前のエンディングノートには、そのことを明記し、ハンコまで押してある。そんな母の意志を尊重するなら、結論は明白だった。

「苦しい処置は望みません。ただ、できる限り苦痛を取り除いてやってほしいです」

里美はまた長い時間、待たされた。だいぶ経ってから再び診察室へ呼ばれた。さっきの医師が輸血をしたいと言い、里美の同意を求めてきた。この処置に苦痛はなく、しない方がしんどい、すれば急変する率も下がる、という説明だった。里美は処置をお願いした。

その後も長い待ち時間があり、時刻はいつしか八時を回っていた。しだいに人影はまばらになり、蛍光灯の明かりも、待機する人のいる一角だけを残して消えてしまった。向かいのソファに老夫婦が並んで掛けていた。ひそやかに語らい合っている。この人たちはどうしてこんなに遅くまでここにいるのだろう？　病気しているのはどちらだろう？　それはどんな病気なのだろう？　とりとめもない考えが浮かんでは消え、消えては浮かぶ内、診察室から言い争うような声が聞こえてきた。母の声である。若い看護師が懸命に母をなだめている。

「ポータブルに座らして」

「尿袋を付けたから、トイレに座らんでもおしっこできるよ」

「一回、座らして」

「管がついてるから、おしっこしいたい時にいつでもしてええんよ」

「そんなん言わんと、座らして」

押し問答は続いた。

別の部屋から出てきた看護師が、里美に告げた。「空き部屋がないので今日は個室に入院してもらいます。エレベーターの前で待っててください」

エレベーターの前で待っていると、看護師が押す車いすに乗せられて、母が姿を現した。「桃里苑」ではいていたズボンをはき、赤と青の太い縦じまの柄が入った着物を上半身に羽織っている。

「やあ、こんな遅い時間に来てくれたんか」

「お母さん、吐き気はどう？」

「おさまった」

危険な状態は脱したのだと、里美はほっと安堵した。個室へ移動する間、里美は母の手の甲に自分の掌を重ね、温める時にするように撫で続けた。

「木の本の家に帰ろう。そこで一緒に暮らそう」

と母が言った。

「うん、もう少し元気になったら帰ろうね」

個室のベッドに移されると、母はまたさっきと同じことを口にした。

「看護婦さん、ポータブルに座らして」

「野々村さん、さっきから何べんも言うてるやろ。尿袋付けたからね。おしっこはちゃんと出てるよ」

里美も母に言い聞かせた。

「お母さん、管をつけてもらってるからね、トイレに座る必要ないねんよ」

ところが、母はなおも騒ぎ立てた。

「看護婦さん、看護婦さん、娘が遠いところから来てますねん。この子がいる間にポータブルに座らせて。一回だけ、一回だけでいいからポータブルに座らせて」

眉根に深いしわを寄せ、目に大粒の涙をため、母はただもうひたすら哀願した。なぜ娘がいる内にと思うのか、よくはわからないが、その表情があまりに悲しげなので、気持ちは揺れた。

若い看護師はどこかへ消え、熟年の看護師が途中からついていた。里美はその看護師にそっと尋ねた。

「一回だけ、座らせることはできませんか」

質問に答える代わりに、看護師は母をなだめにかかった。

「野々村さん、今は安静にしてな危険やからね」

命が危険だと言われれば、もう何も言えなかった。

数枚の書類を挟んだバインダーを看護師から

渡された。部屋の奥に簡素な応接セットが置いてある。ソファに腰かけ、必要事項を書類に記入していると、母が騒いだ。

「里美ちゃん、どこ行ったんや。顔見せてえな」

　里美は左手でバインダーを抱え、母の目の前で書類を書いた。すると今度は、もう遅いから早く帰るよう促し始めた。

「看護婦さん、看護婦さん」

　スタッフステーションの方へ向かって、母は叫んだ。看護師の一人が部屋の中へ入ってきた。

「この子、遠いとこから来てますねん。時間、遅いですし、早く帰らしたってください」

　書類は家に持って帰って書けばよいと言う母に、「すぐ書けるから、大丈夫」と言いつつ、里美は急いで書類を仕上げた。

　母は依然として目に大粒の涙をためていた。いったん突き上げてきた痛切な悲しみが、心ばかりか表情にも染みついて、元に戻らなくなってしまったとでもいうように。

「帰る準備はできてるか？」

　実家を訪れた時、正午を過ぎると、いつでも決まって母は言った。そろそろ帰る準備し。遅なったら、あかん、早よ帰り。雨、降ったら難儀や、もう帰り――。

　里美は看護師に尋ねた。

「明日、朝早くに来てもいいですか？」

　面会時間は通常は午後一時からとなっている。

「かまいませんよ」

　ごくあっさりと看護師は答えた。

　里美は今日のところは、いったんマンションへ引き上げることにした。ベッドの柵を握りしめる母の手の甲を撫でさすりながら、里美は言った。

「お母さん、しんどいけど、頑張って。明日また来るからね」

　この時、つい口をすべらした「しんどいけど、頑張って」という言葉が、里美自身の耳に空疎な響きを返してきた。後悔したが、口から出た言葉はもはや取り消す術もない。

マンションに帰り着いたのは夜中の十時半頃だった。遅い夕食をとり、風呂に入り、床に就いたのが午前一時。その十五分後、電話が鳴る音で飛び起きた。この時間に電話がかかってくるということが、どういうことを意味するか。鉛を飲み込んだような心地がした。里美は受話器に飛びついた。

「野々村さんの様子が急変しまして、呼吸が止まりました」

すぐに行きます、と言って電話を切った。文也に電話してから、パジャマを脱ぎ捨て、手近にある衣類を身に付けた。出しなに、高額のタクシー代を払わねばならない可能性のあることにふと思い至り、数枚の万札をバッグに突っ込んだ。外へ飛び出すと、夢中で駆けた。駆けながら考えを巡らせた。

こんな時間に電車はない。タクシー乗り場に必ずタクシーが停まっているとも限らない。その場合はどうする?

最寄りの東生駒駅の改札は、右方向へ湾曲するコンクリートの坂を上ったところにあり、向かいがロータリーになっている。昼間であればそこに何台かのタクシーが停まっている。祈る思いで坂を駆け上がる。案じた通り、タクシーは一台も停まっていなかった。

果てしない宇宙空間に投げ出されたような心細い気分であった。あるはずのないタクシーを探し求め、惰性的に、絶望的に、走り続けた。すると、漆黒の闇はますます深まった。だが、途方に暮れている場合ではない。もと来た道を引き返し、改札の正面から地上階に通じる階段を駆け下りた。そして、たった一つ煌々と光を放っているコンビニに飛び込んだ。

「近鉄タクシーの電話番号を教えていただけませんか」

店員は初め、わからないと答えたが、里美の差し迫った状況を察し、すぐさまスマホで調べてくれた。

およそ十五分後、タクシーは到着した。ドライバーは真生会病院を知らなかった。

「じゃあ、近鉄八尾駅までお願いします」

八尾駅まで行けば、大きなタクシー乗り場がある。そこのドライバーなら皆、真生会病院を知っている。

タクシーの中で里美は考えた。呼吸が止まったからといって、また息を吹き返さないとも限らない。お母さんはまだ生きている。

これまで、里美は何度か母の臨終の場面を想像した。そこには必ず家族がいた。それ以外のシチュエーションはあり得なかった。病を得て以来、里美や文也の訪れがないと、母はひどく寂しがった。そうであるなら、息を引き取る瞬間は、どうしても家族がついてやらねばならなかった。人生という大業をなし終えた人が索漠とした孤独の暗闇の中で人生の幕を閉じる。そんなことがあってはならない。そして、いよいよ最後の時が来たならば、母の手を握りしめ、八十五年の人生をねぎらってやりたかった。お母さん、今までよく頑張ったね。ありがとうね――。

それなのに、昨晩、里美が口にしたのは、社交辞令のようなつまらない言葉であった。「お母さん、頑張って」だなんて、「しんどいけど、頑張って」だなんて、あんな他人事の軽い言葉を口にすべきではなかったと、後悔しても遅かった。

里美が最後に見た母の顔も思い出された。眉根に深いしわを寄せ、目に大粒の涙をためていた。今思えば、自分が翌朝にはもうこの世にいないことを知っている顔だった。それなのに、なぜあの時、病院に宿泊しなかったのか。なぜマンションに引き上げてしまったのか。里美にとってそれは取り返しのつかない重大な過失であった。時間を五時間前に戻せたなら……。

近鉄八尾駅でタクシーを降りると、別のタクシーに乗り換えた。車内に乗り込む間際、ドアに「個人タクシー」と書かれてあるのが目に入った。たまたま飛び乗ったのがいつもの近鉄タクシーではなかったことに、不安を覚えた。このドライバーは真生会病院までの道を知っているのだろうか。稼ぎを増やすために回り道をしたりはしないだろうか。そういう疑いの心を持って車窓から外を眺めると、風景がいつもと違って見えてきた。おかしい。いつもなら、こんな細い道は通らないのに。いつもなら、そろそろ団地が見えてくるのに。

しかも、車内には演歌がかかっていた。ずんちゃかちゃっちゃ、ずんちゃかちゃっちゃ、と曲はひどく間延びしたテンポで流れ、里美の張りつめた気分にそぐわなかった。

電話がかかってきてから一時間が経とうとしていた。それでもまだ、生きているのではないかという思いがどこかにあった。

病院へ着くと、里美は息せき切って院内に駆け込んだ。

スタッフステーションで里美を迎えたのは、昨晩の熟年の看護師だった。里美は母のベッドの前まで導かれた。その時、看護師はぴったりと身を寄せ、里美の体を抱きしめた。そうした優しい心遣いに触れた瞬間、里美はすべてを了解した。淡い望みは消え去った。

ベッドに横たわる母の顔から、昨晩の悲痛の表情は消えていた。だが、亡くなるまでのおよそ四時間、どんなに寂しかったか。それを思うと、胸がふさがった。ほんの数時間前に見た母の表情、母の声、母の一挙一動を、里美は痛恨の思いで思い返した。

看護師は言った。

「昨夜、帰られた後も、ポータブルトイレに座りたいって言うので、座らせたら便が出ました」

生きている証としての便が、白くつややかな便器に寂しく転がるさまを想像した。生ある者の基本ともいえる欲求の一つを、最後に満たせたということが、里美にはわずかな慰めだった。

通夜と葬儀は、父の時にそうしたように、こじんまりと内々だけで行った。

実家に「葬儀用」と書かれた箱があり、葬儀の際、着せてほしい着物も、骨壺を入れる袋も、遺影用の写真も、必要なものはすべて用意されていた。他に、副葬品として二枚の写真が入っていた。その内の一枚は、母が若い頃の写真であった。大型百貨店をバックに、よそ行きのスーツ姿で写っている。もう一枚は、テーマパークで撮ったものだった。母、そして、まだ幼い里美と文也の三人が写っている。父の姿が見えないのは、この写真の撮影者だったからだろう。

葬儀の翌日、文也から電話がかかってきた。ゴールデンウィークの初日に荷物を「挑里苑」から引き上げるので、四時ごろまでに実家へ行って、荷物の整理をしてほしいというのだった。承諾したものの、内心ひどく動揺した。母と最後の時間を過ごした場所を、もう見ることはないのだという、何ともわびしい思いが心に湧いた。それで、頭の中でいろいろと口実をこしらえて、ゴールデンウィーク初日の九時頃、「桃里苑」を訪れた。

少し遠方まで散歩して母に見せたいと思っていたアヤメは、想像していたような紫ではなく、目も覚めんばかりの黄色い花を咲かせていた。

午前中いっぱい、バスタオルや衣類の洗濯をしたり、小物を箱や袋にまとめたりして、時を過ごした。

何人もの職員から声をかけられた。少し長話を始めると、笑顔でいるつもりが、喉元までこみ上げてくるものがあり、声がみっともないくらいに上ずった。目に涙もたまった。それで、人と言葉を交わすのは、挨拶程度にとどめるようにし、黙々と作業に専念した。

「桃里苑」は、名前が連想させるような理想郷では決してなかったし、自分が母に対してしたことは、「介護」と呼べるほどのものではなかった。「桃里苑」での時間は、母との最後の思い出を心に刻むためだけにあった。

気が済むまで里美は部屋を片付けた。そして、ようやく得心した。

部屋から去ろうとして、もう一度振り返った。ベッドが室内のおよそ半分を占めている。ほんの数日前まで、母は確かにそこにいた。ある時は体を横たえ、ある時はへりに腰掛け、母は確かに生きていた。介助する時、その体は重かった――。

里美はベッドに向かって手を合わせた。わずか二十日にも満たない日々であったのに、何ヵ月にも、何年にも、錯覚された。

長い合掌の後、二度と訪れることのないその場所を後にした。

折れ線グラフ

一

英語教師の向坂夏美は、担任クラスの終礼をすませ、二年生の学年部屋へ戻ってきた。一息つく暇などない。今から成績不振者対象の補講がある。必要なプリントを急いでレターケースから取り出し、カラーバスケットに放り込む。

すると、化学教師の手塚吾郎がいつもの「お経」を唱え出した。彼は四六時中、パソコン画面上の論文を読んでいる。論文は英語で書かれている。それを彼は時折、声に出して読む。口の中でぼそぼそとつぶやくその声が、まるで「お経」のように聞こえるのだ。

この「お経」が始まると夏美は、常日頃は忘れていた不安を呼び覚まされる。

あの先生が読んでる英文、私に読めるやろか。

子どもの頃から英語は得意科目であった。テストでも毎回、高得点を取ってきた。難関大学の入試も突破してきた。だが、それ以上の専門的な力はない。教師になって四年半、能力を高める努力はしてこなかった。仕事に追われ、そもそも研修に割く時間的余裕など、なかった。

スーパーの買い物かごのようなバスケットを提げ、部屋を出た。廊下を左方向に歩いていこうとしてふと見ると、建築科教師の西内俊也が向こうからやってくる。彼はおやっという顔つきをしてこちらを見た。夏美は身を固くした。また何か嫌なことを言われるに決まっている。

「おい、向坂、どこ行くんや？」

西内はぶしつけに聞いてきた。

「補講ですよ。不振者補講」

「校長面談、入ってるんやなかったんか?」

「わかってます。西内さん、私のことをアホと思ってるでしょう。生徒らにドリルをやらせておいて、十五分だけ教室、抜けます」

西内は、お前、大丈夫か、と言いたげな顔をした。

校長面談は夏美の次が西内だ。夏美が「ぽか」をやらかすと、懇談時間は狂ってくる。相手のことを心配するというよりも、自分のこうむるであろう迷惑を予想し、そんな顔をするのだ。

「大丈夫ですって」

おどけた調子で言い、夏美はそのまま、ついっと西内から離れた。

嫌な感じだ。西内は年が五歳しか違わないのに、夏美のことを呼び捨てにする。教師として半人前とみなしている。それに、夏美のちょっとしたミスをとらまえ、皆の前でからかいの種にする。

廊下の突き当たりは階段になっている。補講教室に指定した機械科二年A組は、階段を下りたフロアの奥にある。

その方へ向かっていると、同じ英語教師の本庄牧子が、後ろから夏美を追い抜き、階段を上がっていった。

半年前、本庄は進学校から転勤してきた。夏美より二十五も年上だ。何となく夏美は本庄に避けられているような気がしてならない。今だって、挨拶一つせず、傍らをすり抜けていってしまった。

教室には、機械科ばかり七人の生徒たちがいた。桜庭工科高校は、機械科、電気科、建築科と、三つの「科」に分かれているが、成績不振者は機械科に集中している。

教壇に立つと、鈴木圭太のトレードマークである黄色いキャップが目についた。彼は授業中もキャップを取らない。そのため、しばしば教師とのトラブルを引き起こす。

　出席をとった。呼び出し状を渡したのにこの場にいない生徒が四人いた。その内の一人は、トイレに逃げ込んだところをクラス担任に発見された。彼は今、廊下で叱責を受けている。担任は声を荒げて怒鳴っている。

　生徒たちは補講を嫌がる。だからといって、これをしなければ勉強のできない子たちは単位が取れない。留年する者も出るだろう。それだから、彼らを手厚く指導することが、教師としての誠実・良心・熱意の証であると、夏美は信じて疑わない。

　補講を始めようとすると、圭太が唐突に聞いてきた。

「先生、補講に出たら何ポイント？」

　夏美は面食らった。

　教師になりたての頃、夏美の授業は崩壊していた。生徒たちは好き放題にしゃべり、騒ぎ、立ち歩き、奇声を発した。そんな時、先輩の女性教師からポイント制という方法を伝授された。授業中、指名されて答えたら1ポイント、自ら手を上げて答えたら2ポイント加点する。私語をしていて注意されたら1ポイント、三回注意されたら2ポイント、五回以上なら3ポイント減点する――というものだ。平常点はポイントをもとにつける。

　このやり方を続ける内、加点・減点のルールはしだいに増え、煩雑になっていった。だが、ポイント制を振りかざすことで、夏美の授業はかろうじて体裁を保っている。だから、ポイント制は手放せない。もっとも、夏美にポイント制を伝授した先輩教師は、どういうわけか、昨年から精神疾患で休職している。

　圭太の質問を受け、夏美はとっさに答えた。

「じゃあ、1ポイント加点するね」

「えーっ、たったの１ポイント？」

と不満げに言う者がいた。

「１ポイントだって馬鹿にはできへんよ。一点の差で結果が左右されることだってあるからね」

すると、欠席した者を減点してくれと生徒たちは要求してきた。

「減点って……」

夏美は返事に窮した。

「それぐらいせな、補講に出る意味ないやんか」

「そや、そや」

「さぼっても罰がないんなら俺かてもう帰るで」

中には帰ろうとしてリュックを背負う者もいる。夏美は慌てた。

「罰ならある、ある。当然やん。欠席者はもう一回呼び出して、その呼び出しにも応じなかったら、５ポイント減点する」

そう宣言したものの、欠席者をいつ呼ぶのか。放課後は会議や三年生の面接指導で忙しい。では、昼休み？

まだ得心が行かないらしい生徒たちを前に、夏美は今からやることを説明した。

「テストには毎回、英単語の問題が三十問、出るよねえ。覚えるべき単語はたったの五十個。これを完璧に覚えて三十点きっちり取れたら、欠点取るはずないよね。だから、まず英単語問題からテスト対策しよう」

生徒の中には露骨に顔をしかめる者もいた。

「具体的に、今からやること、言うね。英単語五十個を、それぞれ十回ずつ書いて覚えること。いい？」

夏美は格子状に線の入ったプリントを掲げて見せた。左端に覚えるべき英単語が記してあり、表裏三枚のセットになっている。

「この課題をやった後、テストするね。合格点が取れたら、帰って良し。取れなかったら、六時でも、七時でも、八時でも残ってもらうからね。合格点は四十五点」

　生徒たちは一斉に不満の声を上げた。

「五十分の四十五？　取れるわけないやん」

「スペル覚えられへんから、俺らここに来てるねんで」

「てっとり早くテストに出るとこ教えてえや」

「そや、そや」

「てっとり早くいこう、てっとり早く」

　そうしたやり取りの最中に、さっきまで廊下で担任から叱責を受けていた生徒が入ってきた。初めは、脱獄に失敗して再び牢につながれた囚人のように悄然としていたが、しだいに活気づき、説明を半分しか聞いていないのに、不平不満の大合唱に加わった。

　どうにも収拾のつかない状況になった時、さっさと終わらそうや、と言いながら手を突き出してきたのは、圭太であった。夏美はプリントを彼に渡した。圭太はキャップをかぶったままだった。夏美は注意しなかった。もうキャップどころではなかったのだ。圭太の態度は教室の空気を変えた。それは、「意欲」というより「諦念」を生徒たちにもたらした、と言った方が正確だった。俺も、俺も、と言って彼らは手を伸ばしてきた。

　ドリルに取り組みながら、生徒たちはしきりに口を動かした。

「スンダイ、スンダイ、スンダイ……」

「サンデイじゃ」

「わかっとるが。俺はスペルを覚えとるんじゃ」

「俺ら、何で英語なんか勉強せんならんねん。あー、イライラする」

「兄貴が言うとった。外国ではコーヒー言うても通じんらしい。コフィー言わなあかんのやと」

「コーヒーでもコフィーでも、どっちでもええわ。俺ら一生外国なんか行くことないし」

　夏美の神経はきりきりした。口を動かしていては、スペルは頭に入らない。黙ってやりや、集中しいや、と何度も注意するのだが、沈黙は一分と持たなかった。

とはいえ、夏美は生徒たちが好きだった。とりわけ機械科の生徒たちが好きだった。機械科には、常識の枠に収まらない生徒が多い。どこか突拍子もないところがある。体育祭の応援パフォーマンスの折など、男臭のむんむんする腕を振り、精一杯愛らしく体をくねらせ、腰を揺らし、ステップを踏んで、「恋のフォーチュンクッキー」を踊ったりする。そんな芸当を彼らは天真爛漫にやってのける。審査員席に座っていた夏美は、笑い過ぎてイスから転げ落ちたほどだった。

生徒が好き――これだけが、夏美のただ一つの「強み」と言えた。

何人かの生徒たちがプリントの裏面に取り掛かろうとした時だった。校内放送が入った。

「英語科、向坂先生、英語科、向坂先生、今すぐ校長室まで。向坂先生、今すぐ校長室まで」

校長室から学年部屋へ連絡が入ったのだろう、西内の声だった。夏美ははっと飛び上がった。校長面談のことを忘れていたのだ。

生徒たちは一様に顔を上げ、好奇の目で夏美を見た。

「先生、何かやらかしたん？」

「違う、違う」

あらぬ疑惑を打ち消そうと、夏美は犬掻きで泳ぐ人よろしく両腕を交互に上下させた。

「すぐ戻るからね。四十五点以上取れるようにしっかり覚えときや。帰ったらあかんよ」

そう言い置いて夏美は慌てて教室を出た。

校長室のドアを開けざま、夏美は詫びた。

「すみません。補講をやってまして、面談の時間が来たの、気づきませんでした」

　校長はコーヒーをすすりながら悠然と窓の外を眺めていた。夏美が時間に遅れたのを、何とも思っていないらしい。黙って校長机にカップを置くと、ファイルを手に取り、畳二畳分もあろうかと思われるテーブルにセットされたイスの一つに腰を下ろした。そして、右手を差し出し、事務的な口調で言った。

「お座りください」

　夏美は言われるままイスに掛けた。

「早速ですが……」

　校長はテーブルの上に一枚の書類を広げ、夏美の方へ押しやった。以前に提出した「自己申告票」のコピーであった。

「自己申告票」とは、年度初めにその年度の教育目標を記すもので、校長が教員を査定するのに使われる。校長が下した評価は教育委員会に報告され、教員一人一人の給与額が決定される。二学期の中間テストを控えた九月末から十月初めのこの時期は、自らが立てた目標に照らし、どの程度達成できたかを振り返る時期となっている。

「生徒らに語彙力をつけさせる、という目標に対し、十分に成果が上がらなかった、と書いておられるが、どういう点が達成できなかったのか、なぜ達成できなかったのかという分析がないんですね」

「はい」

　と返答して、夏美は身を固くした。

「一つお聞きしましょう。単語テストで八点以上取る生徒が当初、各クラス三パーセントにも満たなかった。それを三割に引き上げるという数値目標を立てられました。今、どれくらいなんですか？」

　夏美はどう答えればよいのかわからなかった。目標を立てたといっても、校長が数値、数値と言うものだから、無理やりに立てた目標なのだ。

「一割程度……かと思います」

「かと思う、というのでは駄目なんですね。追求の仕方が弱い。目標である三割に到達させようという気持ちはおありですか?」

「はい……」

夏美は曖昧な返事をした。校長はため息をついた。

「PDCA――何のことかわかりますか?」

「いいえ」

「Pはプラン、目標設定ですな。Dはドゥー、すなわち実践。Cはチェック、点検。Aはアクション、改善です。目標設定・実践・点検・改善。これをマネジメントサイクルと言いますが、このマネジメントサイクルが活性化されてこそ、教育活動をより良いものとできるのです。先日見せていただいた授業も、生徒の理解がどれくらい深まったのか、あれでは確認できないのではありませんか?」

年に二度、校長は全教師の授業を見て、十二の項目に関して「a」「b」「c」と三段階で評価をつける。校長が「見せていただいた」というのは現在完了形の授業だった。多くの生徒たちが手を挙げて発言した。珍しくうまくいったと思っていた。ところが、あとで校長のつけた成績表を見てみると、「c」ばかりが目についた。

「たとえば授業の締めくくりに、小テストをしてみられてはいかがでしょう」

と校長は助言した。

「よろしいですか、マネジメントサイクル、これをしっかり意識して、日々の業務に取り組んでください。それから……」

そう言って、校長はファイルから別の用紙を取り出した。そこに印刷されている折れ線グラフを目にした時、夏美は嫌な気分になった。教師の能力、あるいは業績を示す「何か」であるに違いない、と直感したのだ。

「一学期末に生徒たちから授業アンケートを取りましたね。その結果を点数順に並べてグラフにしました」

授業アンケートは、教師一人一人の授業に関し、「先生の授業はわかりやすい」「先生は熱意をもって授業に取り組んでいる」「授業の内容に興味が持てる」など八つの項目が設定され、それぞれ四段階で評価する内容になっている。

夏美は自分の点数なら知っていた。が、その点数が他の教師たちと比べてどうか、などと考えたことはない。

「点数の最も高い先生は四・八点。向坂先生は二・七点。このグラフでいうと、ここですな」

夏美の点数を示す箇所に黒い点がついていて、校長はそこをわざわざ赤ペンで丸く囲んだ。

折れ線グラフは、山のてっぺんから右下へ向かってがたつく斜面を下ってゆき、最後は崖のように急勾配となっている。黒い点は、ちょうどその崖っぷちのところに位置していた。今まさに転落する寸前の小石のように。

夏美はハハッと笑って見せた。そして、朗らかな調子で言った。

「うわあ、こんなに低いんですか」

明るく振る舞ったつもりだが、声がわずかに上ずった。そのせいで夏美はいっそうみじめになった。

「生徒らの書いたアンケートですからね、百パーセント信用はできません。しかし、生徒は正直です。ある意味、真実を衝いてます。この結果を見て、こん畜生と思ってください。おおいに奮起し、次回は……そうですな、このあたりまで這い上がってください」

校長は、黒い点よりぐいっと左上の位置にペン先をずらし、その上でぐるぐると円を描いた。そして、続けた。

「すでにお伝えした通り、今年度から、授業アンケートの結果も評価に加味することになりました。つまり、生徒らによる評価が先生方の給与に反映されるということです。ですから、なおさら発奮してもらわねばなりませんな」

失礼しましたと挨拶して、校長室を出た。いったん学年部屋へ寄り、机の引き出しに例の用紙を隠すようにしまい込むと、夏美は重い足取りで廊下を歩いた。

もともと自分を立派な教師だなどとは一ミリたりとも思ったことはない。だけれども、お前は取るに足りない教師なのだと、改めて事実を突き付けられた思いがした。

優秀でなくてもよかった。やり手でなくてもよかった。平凡に真面目な、普通に生徒思いの、「その程度」の教師でよかった。が、もっと上へ這い上がれ、と叱咤されると、自分に教師であることが許されるのかどうか、その資格があるのかどうかも、あやふやに感じられてくる。

教室へ戻った夏美は、八人の生徒たちの顔を見回した。生徒たちが好きだと思う気持ちは失せていた。全員に単位を取らせたいという熱意も薄れていた。

生徒たちはなかなか英単語のスペルを覚えなかった。その内、早く帰りたいと言い出した。合格点は四十五点であったはずが、だんだんと譲歩を余儀なくされた。最後に残った生徒は十五点しか取れなかった。夏美は根負けし、彼をそのまま帰してしまった。

二

建築科教師の西内俊也は、向坂夏美のせいで、自分の面談時間が後ろにずれ込んだことに腹を立てた。

だから言わんこっちゃない。

もしも自分の面談時間が削られでもしたなら

ば、迷惑至極である。だが、校長室のドアを開け、校長がひどく上機嫌なのを見て取ると、彼の腹立ちは収まった。校長に促され、イスに掛けた。

ファイルから抜き取った書類に目をやりながら、校長は満足げにこう言った。

「実によく書けてます。手本として全教員に配布したいぐらいです。目標に対して到達度は何パーセントか、具体的な数値を上げて示しているところが特にいい」

それは「自己申告票」のコピーであった。絶賛されると、とたんに腰掛けているイスの座り心地が悪くなった。

そもそも校長が、数値、数値と、数値にばかりこだわるので、でき得る限り数値を入れて目標を作文し、日々の授業でも、書類に書いた通りになるよう絶えず数値を意識した。ただそれだけのことである。

「この間、見せていただいた授業も、生徒たちはよく集中して取り組んでいました。たいしたもんです」

校長が「見せていただいた」というのは、一年生の生徒たちに本立てを製作させる授業だった。成績表には、ほとんどの項目に「ａ」がついていた。ただ、「遅れている生徒への対応」という項目が「ｂ」であったことに、俊也は引っかかりを覚えていた。

十人の生徒を相手に指導するのは容易でなく、二時間続きの授業の後半で、遅れている生徒を手厚く指導した。だが校長は、その場面は見ていない。些細なことだが、校長に対する不信の念が、俊也の心には一点の染みのように消えずにある。日々苦闘している教師たちを高みから見下ろし、批評するような人間を、俊也はいっさい信用できない。

「今後も頑張ってください」

「はい」

俊也はかしこまった返事をし、家僕のように頭を下げた。そして、自分の知りたいと思っている情報が、わずかなりとも漏れ出はしないかと校長の口元を凝視した。

俊也が知りたいと思っていること——それは、どうすれば「SS」という評価がもらえるか、ということだった。

教員は「A・B・C」という三段階で評価される。が、その上に「S（スーパー）」、そのまた上に「SS」というランクがもうけられている。そうしたランクによって給与に差がつく。俊也は昨年、「S」だった。今年は「SS」をめざしている。虚栄心を満たすためなどではない。もっと実際的な必要からである。

この夏、二人目の子が生まれた。妻は専業主婦であり、一家の家計は俊也の稼ぎにかかっている。校長の下す評価が「A」に下がると、給料を預貯金に回す余力はなくなる。だから、是が非でも「S」は死守したい。できることなら「SS」を得て安心したい。

だが、評価に関わる問題にぐずぐずと未練を残している俊也の気持ちなどお構いなしに、校長は話題をあっさりと切り替えた。

校長は別の用紙を俊也の目の前に押しやった。

「これは授業アンケートの結果です。先生方それぞれの点数を上から順に並べてみました」

見ると、何やら奇怪な折れ線グラフが印刷されている。エンジントラブルを起こした航空機の軌跡のように、左上から右下へ向かって不安定にがくがくと下がって行き、最後は落下して今にも地に果てんとしている。

「西内先生はここです」

頂点から一段下がった緩やかな傾斜の途中に黒い点が記してある。校長はそこに赤ペンで丸をつけた。

「生徒たちからも高い評価を得ているというこ

とですな。さすがです」

　称賛されたにもかかわらず、俊也は何となく侮辱されたような心地がした。

「ありがとうございます」

　弱々しい声で俊也は応じた。自分より上にまだ何人かの人間のいることが、校長の賛辞とは裏腹に、「お前はまだまだだぞ」と叱咤されているようで、不快であった。家計の問題とはまた別に、競争に勝ってのし上がりたい欲望に火がついた。

「次回は一番を取ってくださいよ。期待してます」

　校長は満面の笑みを浮かべた。

「頑張ります」

　俊也も相手に笑顔で応えた。

　二年生の学年部屋へ戻ると、俊也は軽い疲労を覚えた。

「コーヒータイムとするか」

　室内は静かだった。そのため、さっきから手塚吾郎の唱えている「経」が、いつも以上に鼻についた。手塚はパソコンの画面を見ながら英文の研究論文を読んでいる。「経」が聞こえ出すと、俊也はいつもイライラする。語学ができるところを見せつけられているようで、不快なのだ。俊也はついぞこれまで海外へ行く機会などなかったし、そもそも外国になぞ興味がない。

　コーヒーを注いだカップを手に持ち、自分の席へ向かう途中、本庄牧子の机上に積まれたプリントに目が行った。

　半年前、進学校から来た本庄を一目見た時、この人はここでは勤まらないと、俊也は思った。こんなインテリ然とした年増の女に、工業科の荒くれどもの相手などできはしないと。そして、その最初の印象は間違っていなかった。

　俊也はプリントの方へ顔を近づけ、そこに書かれている文字を読んだ。題字は「ＤＶＤ鑑賞プリント」となっている。その下にカタカナで何やら書いてある。「ライフ　イズ　ビューティフル……?」

生徒らに映画を観せる気なのか?　プリントには、いくつもの質問が羅列してある。「ナチス」「収容所」「ユダヤ人」などの語が散見され、最後の問いは、「『ライフ　イズ　ビューティフル』という題名には、どのような意味が込められていると思いますか?」となっている。

「はあ?」

あきれて、思わず声が漏れた。この人はまったく工業科の生徒の実態がわかっていない。だいたい「どのような意味が込められていると思いますか」という問いが悪い。たいがいの生徒らは思うだろう、「そんなこと、知るか」と。

彼は自分の席に着き、コーヒーをすすりながら学級日誌を開いた。そこへ、採用一年目の国語教師である高木京香がやって来た。

彼女はアイドル歌手のように愛らしい容姿の持ち主だった。同僚からはちやほやされ、生徒の中にもファンが多く、教職という生き難い「業界」を軽やかに渡っていた。

少しばかり他愛のない会話を交わしてから、高木は俊也にすり寄り、校長からもらった折線グラフを見せてくれと要求してきた。彼女をアイドルとみなし、たいがいのことは許している俊也も、その無遠慮さを不快に思った。

「見てどないすんねん」

「どうもしませんよ。ただちょっと……」

「ただちょっと……、なんやねん」

「だからあ……」

「だから?」

「ちょっと興味が……」

押し問答の末、俊也は机の引き出しから求められた用紙を取り出した。

「しゃあないやっちゃなあ、ほれ」

高木は興味津々といった眼差しをグラフに注いだ。

「さすがあ。西内さん、三十代でもうベテランの域に達してるじゃないですか」

思いがけず、高木の一言は俊也の虚栄心を刺激した。頭をもたげた優越感は、いかんともしがたいほど彼の頰の筋肉を弛緩させた。学年部屋にいる他の教員たちのすべてが耳をそばだて、自分に注目している。そのような気配を彼は全身で感知した。ところが、得意満面になっている俊也の気持ちを置き去りにして、高木はすっと話題を変えた。

「ねえねえ、西内さん」

高木は空いていた隣の席に腰かけ、顔を俊也の方へ近づけた。そして、声を潜め、一番右下――グラフの先端を指さした。

「これ、誰だと思います？」

俊也はまた不快な気分に引き戻された。冷やかに「さあ」と彼は答えた。高木はなおも問うてきた。

「最後、がくんと下がってますよね。どんな授業してるんでしょうね。いっぺん見てみたいと思いませんか」

「そんなもん、興味ない」

つっけんどんに答えたが、知らず知らず高木のペースにはまっていた。高木が離れていった後、この最下位は誰であろうかと想像を巡らせている自分に俊也は気づいた。

下校時刻を知らせる音楽が流れ出した。しばらくして、向坂が補講から戻ってきた。

「西内さん、放送ありがとうございました」

「ああ」

俊也は気のない返事をした。

向坂の席は俊也とは背中合わせの位置にある。背後から向坂は、あっけらかんとした調子で俊也に話しかけてきた。

「ねえ、西内さん。これ見てくださいよ。低うって思いましたよ」

振り向くと、彼女は一枚の紙切れを俊也の方へ差し出した。例の折れ線グラフである。限りなく下位に近いところに印がついている。何も自分から人に見せる必要などあるまいに。俊也は困惑した。困惑しつつも、いつもの調子で応答した。

「低う。お前、これ、崖っぷちやないか」

冗談めかして俊也が言うと、向坂はハハッと屈託のない笑い声を響かせた。

三

映画のＤＶＤと一枚のメモ書きを手に、英語教師の本庄牧子は二年生の学年部屋を出た。廊下に立って左右を見やると、一方には西内俊也の歩み行く背中が、一方には向坂夏美が逆方向へ向かって歩いていく姿が見えた。西内も向坂も、牧子は苦手だ。

西内は、牧子の授業が騒がしいので、しばしば教室の前の廊下をわざと行ったり来たりする。後ろのドアをがらりと開け、「お前ら、うるさいぞ。ええかげんにせい」と一喝することもある。「か弱い」女性教師を守ってやろうという男気の表れと見るべきか、それとも、「無能な」中年教師への苛立ちを生徒にぶつけただけなのか、彼の行為の裏側にある心理は読めないが、どうも後者のような気がしてならない。

向坂は「いい子」だ。本来なら年輩の自分の方が、悩みごとの相談に乗ってやらねばならない立場なのだが、転勤してこの方、もうそれどころではない。自分が一日一日をやりくりするのに精一杯だ。そのせいもあって、何となく向坂を避けてしまう。

牧子は向坂が向かってゆく方へ足早に歩いて

いき、えいっと追い抜いた。そして、急いでいるふりをして、そのまま階段を駆け上がった。

四階に図書館の司書室がある。そこで鍵束と大小二つのリモコンを借り、同じフロアにある視聴覚室へと入っていった。

明日は授業で生徒たちに映画を観せる。昨日、視聴覚教育の担当者からオーディオ機器の操作方法を教わった。そのとき書き留めたメモがある。アナログ人間の牧子はメカに弱い。だから、メモを頼りに、事前にリハーサルをやっておきたい。

視聴覚室の中は、暗幕を閉ざしているため真っ暗だった。後方の、部屋全体を見下ろせる場所に、放送室がある。手探りで鍵を開け、中へ入った。ライトをつけ、部屋のガラス窓から見下ろすと、床に固定された長机と長イスが目に入る。それらは、舟形を規則正しく重ねたような配置になっている。前方には大型のスクリーンが垂れている。

ここのスイッチを押して、この机についているチョボを上げて……。

牧子はメモに書いた通りの手順を一つ一つたどっていった。

小さい方のリモコンの赤いボタンを押して、DVDを挿入……と。大きい方のリモコンの赤いボタンを押して、教室のライトを消して……。

よし！

ビデオの再生ボタンを押した。教室の前方に目をやると、暗闇の中を意味不明の文字が走った。それきりスクリーンは闇に溶け、スピーカーからは何の音も聞こえてこない。

なんで？

牧子は二つのリモコンボタンを、あちこち試みに押してみた。机上に置かれたガイドブックを、ぱらぱらとめくってみたりもした。だが、何が書いてあるのだか、さっぱりわからない。

これはもう、司書室にいる誰かに頼るしかないか。

だが、自分のやろうとしていることを、人にはあまり知られたくない意識が働いた。それというのも、映画を観せるということが、テストの点数アップにはつながらないからだ。生徒の中にさえ、あまった時間でテスト対策をやってくれという声が上がっていた。

とはいえ、今さら予定を中止するなど考えられない。少なくない生徒たちが映画を楽しみにしているし、何よりも牧子自身の気持ちが、後戻りできないほど熱していた。

牧子が桜庭工科高校へ赴任してきたのは半年前のことだった。それ以前は進学校に勤めていた。転勤して、環境はがらりと変わった。

まず、これまで蓄積してきた知識や技能は、ほとんど役に立たなくなった。教えることがあまりにも初歩的過ぎて、長年、研さんと研究を重ねてきた成果の、ほぼすべてが意味をなさなくなったのだ。

ほとほと閉口したのが発音だ。ネイティブに近い発音をすると、もうそれだけで生徒らの反感を買ってしまう。「アイ　アム　ゴーイング　トゥ〜」は「アイム　ガナ〜」と言ってはならず、「アイ　ウォント　トゥ〜」は「アイ　ワナ〜」と言ってはならない。このことを自分の舌に習慣づけるのに、一ヵ月はかかっただろうか。

生徒たちの気質も違った。教室に一歩足を踏み入れるや、思春期の少年らのあり余るエネルギーになぎ倒された。際限のない私語、大っぴらに飛びかう猥談、平然と破られる規律……。

とりわけ牧子を悩ませたのは、彼らの思考に刷り込まれたポイント制なるものだった。自ら手を上げて答えた生徒が、今のは何ポイントかと聞くのである。

「ポイント？　そんなもんない」

「ポイント、つかへんの？　しょうもな」

「しょうもないとはどういうことや。あんたら、何のために勉強してんの。点数のためか」

「点数のために決まってるやん。他に何があるん？」

「違うやろ。かしこくなって、幸せな人生が送れるようになるためやろ。世の中の役に立って、お給料もらって、自分の足で人生を歩んでいかなあかん、そのために勉強するんちゃうの」

　だが牧子の言葉は、外国語に勝るとも劣らぬほど、彼らの意識になじまぬものであるらしかった。

　それならと、点にこだわる彼らの心情を利用し、グループで発言を競わせる実践を試みた時期もあった。外国人講師の力も借りた。が、結果は牧子の惨敗だった。あきらめて、授業にドリルを多く取り入れた時期もある。ドリルを繰り返し、「単語を覚えろ」「構文を覚えろ」と、声をからして号令をかける。何のために覚えなければならないのか、覚えることに何の意味があるのか、覚えさせている本人にもわからない。

　いつしか牧子は、ことあるごとに自分をこう罵るようになっていた。

　やい、役立たず。この用無し！

　ある日、テレビで放映された外国映画を観ていた時、急に思い立った。視聴覚教材を使ってみては？　牧子はすぐさま適当なＤＶＤを探し始めた。その内、英語を教えるという目的はどこかへ吹き飛んだ。英語の授業をするよりも、優れた映画を観せる方が、生徒たちの人格形成によほど良い影響をもたらすのではあるまいか。つまり、自分を敗残者としてあっさり認め、自分のなし得ないことを映画になさしめようという考えが起こったのだ。

　こうしたいきさつがあったので、気持ちの上でもはや後戻りできなくなっていた。それどころか、生徒たちの心に爆弾を投げ込むような心意気にさえなっていた。

額に汗をにじませながら、オーディオ機器と格闘を続けていると、不意に放送室のドアが開いた。入ってきたのは、化学教師の手塚吾郎である。後ろ暗い行為を目撃された人のように、心臓がどきんと鼓動を打った。

牧子は、手塚という人物の正体がよくわからない。歓送迎会など宴会の座席を決めるくじ引きで、彼の隣の席を引き当てた人々は、のべつ幕なしにわけのわからぬ話をするので閉口した、と口をそろえて彼を難じる。

最も不思議に思うのは、人付き合いの下手な彼が、あんがい他人に興味を持っているらしく思われることだった。それというのも、牧子が授業をしている時、手塚が廊下を通りかかることがある。気のせいか、それがかなりの頻度に及ぶ。その際、彼はちらりと中をのぞき見る。

「視聴覚室、使われます?」

あっさり彼に部屋を譲るつもりで、牧子は尋ねた。

「いえ」

きっぱりと手塚は否定した。

それならばなぜここへ来たのか。牧子は妙な心地がした。すると、手塚は左手にはめた腕時計を、右手の二本の指で軽くたたいた。

「大丈夫ですか? 校長面談の時間、迫ってますよ。ちなみに本庄さんの次が僕です」

それをわざわざ言いに来たのか。牧子はますます彼の行為を訝しんだ。

「切り上げてすぐ行きます」

と牧子は返答した。

「ひょっとして、映写にてこずってます?」

「はい。ビデオが映らないんです」

「そういうことだろうと思ってました」

「えっ?」

「リモコン、ちょっと貸してください」

牧子は彼に二つのリモコンを差し出した。手塚はそれを魔術師のように指で操り、映写に成功してみせた。

「最初に観せるのはいつですか？」

「明日の二時間目です」

「それなら時間、空いてます。付き合いましょう」

えっ、なんで？

牧子が問う隙もなく、彼は放送室から出ていった。


校長室へ入ると、校長はイスに掛けるよう牧子に促した。彼はまず、ファイルから一枚の書類を取り出し、牧子の前に置いた。「自己申告票」のコピーであった。

「自己申告票」という紙切れからふんぷんと立ち上るお役所臭さを嫌い、これまでは提出を拒んできた。提出するのは今回が初めてだ。提出したのには訳があった。教頭が再三再四、督促したのだ。一度目は、「期限が過ぎてますのでお願いします」と、ごく事務的に言ってきた。二度目は、いかにも牧子のことを心配するふうな様子で、「これを出さないと評価が下がります。ですから、ぜひ」と感情を加えてきた。三度目は、「評価が下がると基本給にも響きます。なにとぞ将来のことをお考えになってください」と懇願してきた。四度目は、血相を変えて飛んできた。「定年後の再就職にも差し障りが出てくる可能性がありますので、ぜひ、ぜひ」と手を合わせ、拝むようなしぐさをした。

六十歳の定年を迎えた者は、再任用として六十五歳まで働くのが通常だが、「自己申告票」を出さない場合は雇用されない可能性があるというのだ。牧子は六十五歳まで働く気はない。六十歳できっぱり教職を辞そうと思っている。だが、善良で小心な教頭が、校長に「パシリ」

をさせられているように見えてきて、あまりに気の毒なので、ついに折れた。

そういうことであったから、「自己申告票」の入力に割いた時間は、五分である。

眉根にしわを寄せ、校長は言った。

「英語に興味を持たせるだの、自らの頭でものを考える力をつけさせるだの、抽象的過ぎるんですね。それで、数値目標をはっきりさせて再提出するようにと、前回の面談で私は言いました。ところが、先生は同じものを提出されましたね。これでは目標に対してどの程度達成できたか測れません。もう一度、教育目標を立て直されることをお勧めします」

校長にどう評価されようが興味はない。それで、牧子は迷わず答えた。

「教育活動の達成度は数値では測れないと考えますので、私はこれでいきます」

「そうですか」

校長は穏やかな口調で返答したが、目の縁にはうっすらと赤みが差した。

「それとですね、以前見せていただいた授業ですが……」

校長が「見せていただいた」というのは、グループで発言を競わせる授業だった。生徒たちは俄然活気づき、多くの手が挙がったものの、盛り上がったところで難度の高い発問を入れてしまい、しくじった。教室の空気は散漫になり、まとまりがつかないまま、チャイムが授業を強制終了させて終わった。発問をもっと練るべきだった。

まだ何も言われない先から牧子は赤面し、どんなに手厳しい批評が校長の口から飛び出すかと、審判を待つ人のように息を詰めた。

「窓際に黄色いキャップをかぶったままの生徒がいましたね」

と校長は言った。

「はい……」

牧子は腑抜けたような返事をした。

「マナーに反しますから必ず取らせてください」

「はい……」

「それとですね――」

その後、授業の講評の続きがあると思っていたら、校長はクリアファイルを手に取り、何かを探し始めた。

えっ、授業の話は終わり？　キャップを取らせろって、それだけ？

肩透かしを食らったような心地がした。

校長がファイルから取り出したのは、一枚のプリントだった。彼はそれを「自己申告票」と並べて置いた。ひどく形の悪い折れ線グラフが印刷してある。

「これは授業アンケートの結果です。点数の高い方から順に並べてみました。先生には今後、よほど頑張ってもらわねばなりません。先生の点数はここです」

グラフは不規則な階段状の図形を描きつつ、左上から右斜め下へ向かって下がってゆき、最後は一本の針金がぶら下がったような按配になっている。その針金の先端に、胡麻つぶ大の黒い虫けらのようなものがしがみついている。校長はまさにその虫けらを、ご丁寧にも赤ペンで丸く囲んだ。

がんと頭を殴られた気分だった。ただでさえ「私は役立たずだ」という思いが募っていた。その「役立たず」という自己評価が、客観的に裏打ちされたも同然だった。

それにしても、こういうグラフを示すことにいったい何の意味があるのだろう。そんな牧子の心情を察してか、聞かれもしないのに校長は、自らの持論を披瀝した。

「人は競争にさらされると、上へ上へとのし上がろうとするものです。先生方は十分に努力なさっているでしょう。先生方の努力は私も認めます。認めますが、現状に満足せず、さらなる力量の向上をめざして、ポジティブに研さんを積んでいただきたい。そういう願いを込めて私はこれを作成しました」

「競争」という言葉に引っかかった。牧子はむしろ自分自身に確認する心持ちでこう言った。

「教育立国と言われているフィンランドでは、教師も生徒も、画一的に管理されたり評価されたりすることはないそうです。本で読みました」

校長はすかさず応じた。

「しかし、フィンランドは国際学力テストの順位が下がってます」

「順位……ですか？」

失礼します、と挨拶をして、牧子は校長室を出た。

二年生の学年部屋へ戻り、ノートチェックをしていると、向坂と西内の会話が聞こえてきた。

「ねえ、西内さん、これ見てくださいよ。低うって思いましたよ」

「低う。お前、これ、崖っぷちやないか」

向坂は屈託なく笑ったが、牧子は彼女の傷つきやすいことを知っている。崖っぷちどころか、私は崖下に落下したのだと、向坂さんに教えてやろうかしら。そんなことを牧子はぼんやりと考えた。

四

化学教師の手塚吾郎は、予定時刻の四時四十五分には、すでに校長室の前にいた。本庄牧子が中から出てきた。表情が暗い。吾郎はちょっと会釈したが、こちらを一瞥した彼女の目には何も見えておらぬのか、そのまま抜け殻のように去っていった。

本庄の背中を見送ってから、吾郎は校長室のドアをノックした。

「はい、どうぞ」

「失礼します」

予期した通り、校長は無愛想な顔つきで吾郎を迎えた。イスに腰を下ろし、校長と顔を突き合わせたその瞬間、妻と交わした昨晩のやりとりが頭をよぎった。

——校長面談であんまりべらべらしゃべりなや。あんたが口を開いたら、たいがい世間の常識からズレるねんからな。何言われても、ごもっともって言うとくんやで。あんたもしゃべらんかったら「普通」の人間に見えるやろ。

——失敬な。自分はどうなんや。胸に手を当てて、類は友を呼ぶと十ぺん繰り返し唱えてみろ。

——「自己満足票」かて、今からでも出しいや。

——いや、ウソは書きたない。

妻も高校教員である。「自己申告票」を「自己満足票」と呼び、バカにしている。そのくせ毎年、提出を怠らない。提出しなければ評価が下がり、ひいては基本給にも影響する。少しでも家計を潤さんがため、彼女は校長に面従腹背して毫も恥じるところがない。

一つ咳払いをしてから、校長は厳粛な口調で言った。

「先生は今年も『自己申告票』を提出されませんでしたな」

「はい」

「職員会議で私は、マネジメントサイクルが重要だと申し上げました。マネジメントサイクル、すなわちＰＤＣＡ——何のことか、わかりますか？」

「Ｐはプランですか？　Ｄは……何でしょうか。Ｃはチェックですね。Ａは……Ａは……」

「Ｄはドゥー、Ａはアクションです。先生はプラン、すなわち目標設定の段階でもうつまずいておられます。マネジメントサイクルを活性化しようにも、サイクルを起動させる元となるものがないわけです」

プランなら僕の頭の中に書いてあります。授業のたびにチェックもしています——そう言いたい気持ちを吾郎は抑えた。

「ごもっともです」

吾郎が言うと、校長の右目の眉毛がひくっと動いた。まずい、と吾郎は思った。従順さを装ったつもりが、かえって相手の機嫌を損ねてしまった。

「では、なぜ提出しないんですか」

校長は語気を強めた。この時、吾郎の頭にひらめいたのは、「書式が違います」という返答だった。

書式が違います。「自己申告票」は一年で完結していますが、一年でやれることなどありません。僕のは、三年後、五年後、さらには十年後を見越した目標です。

「何が可笑しいんですか?」

吾郎は、はっとして顔を引き締めた。

「何と言いましょうか……書式が……いえ、その……」

「書式? 書式のせいにされるんですか?」

あきれた奴だと言いたげな表情で、校長は二度ばかり首を左右に振った。

「『自己申告票』を出さないということは、どういうことかおわかりですね」

「はい」

「評価に響きますよ」

「はい、わかってます」

「基本給にも影響しますが、よろしいですな」

「致し方ありません」

校長はあからさまにため息をついた。

「それとですな、以前見せていただいた授業ですが……」

校長が「見せていただいた」というのは、化学式の授業だった。
「先生はいつもあのような授業をなさっている
のですか？」
「と言いますと？」
「最初に長々と雑談なさいましたな。その、ゴ
リラがどうのこうのと……」
ハハッと吾郎は笑った。
「私はいつになったら授業が始まるのかと思っ
て見ていました」
「生徒らはゴリラが好きですから。ゴリラはあ
あ見えて草食なんです。胸を平手でたたく行為
も、相手に対する威嚇ではなく、物事を平和的
に解決する方途として身につけた習性なんです。
人間はまったくゴリラを誤解してます。ゴリラ
もさぞ迷惑してるでしょう」
校長は吾郎の話を遮った。
「それとですな……」
校長はファイルから一枚の紙切れを取り出し
た。見ると、そこには奇妙な折れ線グラフが踊
っていた。
「授業アンケートの結果を上位から下位まで点
数順に並べ、グラフにしてみました。先生はこ
こですな」
縦軸は点数を、横軸は順位を示していること
がすぐにわかった。そしてグラフは、左上の四・
八という値を起点とし、いくつもの段差をこし
らえながら、二・七まで下っていき、最後はさ
らにどんと下がって、一・八の値で終結していた。
下の方にできたいびつな段の途中に黒い点が
ついている。校長はそこに赤ペンで丸をつけた。
「もう少し上に上がるには、まず真面目に化学
の授業をされることですな」
校長は「化学」という語に力を込めた。そん
な校長を尻目に、吾郎は折れ線グラフを丹念に
観察した。むしょうに好奇心をそそられ、目が
ぎらぎらするのを抑えかねた。

「緻密なグラフです。さぞ骨の折れる作業だったでしょう」

「確かに大変でした。ですが、これも先生方に力量を高めていただくためです。骨が折れるなどと言ってはおれません」

「骨折り損のくたびれ儲けってやつですね」

「どういう意味かね？」

校長は思わず気色ばんだ。

吾郎は分析的にグラフを眺めた。

「上位を工業科の教師が占めるのは当然です。工業科の教師と生徒との間には徒弟制度のような関係があります。だから生徒らは、工業科の教師には従順です。将来の職業選択と結びついているとなれば、なおさらです。それに、うちの生徒は一般に座学が嫌いです。五十分間、イスに座っているのは耐えられない。そんな生徒らも、実習となると嬉々として取り組みます。一般教科は、教師の力量はどうあれ、生徒から嫌われます。その上、多くの場合、将来の職業に直結しません。だから生徒らは学ぶ意味がわからない。教師は教える意味がわからない。進学校には受験があるが、本校の生徒にはない。しかし、彼らとてまったく勉強しないわけにはいきません。勉強しないと落第します。彼らは勢い、点数を取るため、落第しないための勉強を強いられます。強いられた勉強が面白いはずはありません。気の毒なのは女性たちです。本校はおおかた男子生徒で占められます。そうすると、男尊女卑の観念から脱しにくい。普通科の学校を見てごらんなさい。行事の実権を握り、集団を指揮するのはたいがい女子です。彼女らは朝礼台に上がり、マイクを持ち、大集団を動かします。これを見て、男どもの中にある男尊女卑の観念は打ち砕かれます。ですが、本校ではそういう経験はできません。そのため、生徒らは女性教師を下に見ます。授業中、しゃべる、騒ぐ、寝る。そんな状況でもなお、生徒らに勉強の中身を理解させられるとしたなら、それはもう曲芸師のなせる業と言わねばなりません。さて、肝心の僕自身のグラフにおける位置ですが、本来なら最下位であってしかるべきです。僕は化学を教えているが、化学教師ではありません。生物の教師です。ところが、校長先生は化学講師の獲得に失敗された。いえ、先生を責めているわけではありません。少子化の進行を理由に、教員数を年々減らしてきた行政の失策です。話をもとに戻しますが、僕の授業は教育実習生のレベルです。僕はこのところ二度も実験に失敗しました。にもかかわらず、かろうじて下から四分の一あたりに踏みとどまっているのは、僕がしばしば横道にそれるためです。雑談の効果です。生徒たちは化学には興味を示さないが、生物の話となると興味津々です。それから、この最下位――」

吾郎は今さっき目にした本庄牧子の暗い表情を思い浮かべた。

「この最下位ですが、このアンケートを実施したのは、本人は自覚していないでしょうが、文科省も推奨しているアクティブ・ラーニングを、彼女が試みている時期でした。素地のないところにアクティブ・ラーニングを持ち込むなぞ、無謀の極みです。でも、僕はあえて彼女の勇気を讃えたい。空気を読まずに突撃する彼女は、いずれ敗北を喫し、地に倒れることでしょう。しかし、遠い将来、彼女の蒔いた一粒の種子が、どこかで芽吹かないとも限らない。少なくとも、芽吹く可能性が皆無だなどと、一体誰が言いきれるでしょうか」

校長は腕を組み、痛みをこらえるように顔をしかめ、目をつぶっていた。眠っているのか？

どうやらしゃべり過ぎたらしい。吾郎は口を閉ざし、校長の様子をうかがった。

やがて校長は目を開け、うめくように言った。

「君の講義は終了かね」

校長はあくびをひとつし、いかにもけだるそうな様子で面談の終了を告げた。

学年部屋へ戻ってみると、向坂と西内の会話が聞こえてきた。

「ねえ、西内さん、これ見てくださいよ。低うって思いましたよ」

向坂は明朗さを装っている。そんな仮面は捨ててしまえばよいのに、と吾郎は思った。

「低う。お前、これ、崖っぷちやないか」

西内は他人の傷口に塩を塗り込んだ。

折れ線グラフのからくりを、吾郎は二人に説いてやりたい気がした。が、他の教師たちと同様に、彼らも手塚吾郎を変人と決めてかかっているようで、相手にされたためしがない。

吾郎は例のごとくパソコンを開き、マウスの上に手を置いた。

五

あれから半年がたち、新しい年度が始まった。

建築科教師の西内俊也は生活指導部長に選出された。遅刻を前年度比の八割にまで減らすこと、茶髪の一掃を目標に掲げている。

新学期の初日、始業式が体育館で行われた。俊也は初めて生活指導部長として、全校生徒の前に立った。

生徒らに諸注意を与えるため、壇上に上がってふと見ると、黄色いキャップをかぶったままの生徒がいる。俊也は思わず叫んだ。

「おい、人の話を聴く時は帽子を取れ」

これまでは、鈴木圭太は可愛い奴だと思っていた。だが、立場が変わると、その同じ生徒が目障りに思われた。神聖にして犯すべからざる教育の領域に小さな汚点を刻する存在として、圭太は俊也の目に映ったのだ。その小さな汚点は、たちまち周囲をも侵蝕しかねない。

　圭太は帽子を取らなかった。

「鈴木」

と怒鳴るや否や、俊也は壇上から駆け下りた。圭太は素早くキャップを取り、奪われまいとするかのように、キャップをつかんだ両腕を背中に回した。俊也は圭太をしばらく無言で威嚇し、おもむろに壇上へと戻っていった。

　諸注意の後は頭髪指導をすることになっていた。

「今から頭髪チェックをする。引っ掛かった者は指定の場所へすみやかに移動すること。二年生、ステージ下中央。三年生、後ろの教官室前。担任の先生、お願いします」

　体育館内は急にざわついた。各クラスの担任が、最後尾の生徒から順に髪の色をチェックしていく。俊也は担任の動きを見渡した。中でも、機械科三年Ａ組の担任である向坂夏美を注視した。毛髪の色に対する感度の鈍い彼女は、微妙な色合いに染めている生徒を取り逃がしてしまう恐れがある。案の定、俊也からすると明確に「茶」と断定できる生徒の脇を素通りした。

　俊也は心中で向坂を罵った。

　ちっ、あいつ。ざざ漏れのザル奴が！

　化学教師の手塚吾郎は、希望しなかったにもかかわらず、異動となった。新学期二日目、離任式が行われた。吾郎は転出者として挨拶することになっていた。

　昨晩、妻からアドバイスを受けた。教えたことのない生徒もいるので、自己紹介から入ること。桜庭工科高校での思い出の数々を語ること。生徒と職員、皆々様への感謝の辞で締めること。そして、話は簡潔に――。

体育館内は珍しくしんとしていた。皆が注視する中、吾郎は壇上へと上がっていった。

「おはようございます。六年間、主に化学を担当しました手塚吾郎です。この六年間、いろいろなことがありました」

その時、黄色いキャップをかぶった生徒が、上目づかいで自分を見ているのに気が付いた。キャップの特徴も、その不敵なまなざしも、吾郎の胸に急に懐かしさを呼び起こした。考えてきた挨拶文は吹き飛んだ。

「僕は、僕がこの桜庭工科高校へやってきた六年前のことを思い返し、今日までの思い出を語ろうと思っていました。でも、どうせならもう少し以前、六百万年前からのことを振り返ってみたいと思います。つまり、その、人類の、人類の進化について話をしましょう」

小さなざわめきが起こり、ひゅっと口笛を鳴らす者もいた。

「今、人類といえば、ホモ・サピエンスという学名をつけられた僕らだけですが、過去には、わかっているだけでも二十種類の人類が存在しました。自然淘汰を繰り返して、僕らだけが生き残ったわけですが、常識から考えると、強いものが勝利した、そう考えるのが普通でしょう。ところが、必ずしもそうではないのです。二足歩行のため速く走れなかったラミダス然り、顎の力が弱かったホモ・ハビリス然り、そして、我らがホモ・サピエンスの祖先も――」

話しながら吾郎は、高揚した気分が全身にみなぎる感覚を味わった。

離任式の後、吾郎は退職した本庄牧子と語らいながら、時間をつぶそうと思っていた。彼女以外にとくだん親しい友もなく、長らく孤独を癒やしてくれていた自分専用のパソコンも、すでに召し上げられていたからだ。だが、離任式が終わるや否や、急ぎ足で去っていく本庄の姿を吾郎は見た。それほどまでに、教員生活は彼女にとって厭うべきものだったのか、と吾郎は訝しんだ。

十日ほど前、赴任先へ打ち合わせに行った時、教科主任から物理を教えてくれと言われていた。物理教師、手塚吾郎も、桜庭工科高校をさっさと辞し、物理の授業をすべく、まっしぐらに新たな勤務地をめざした。

離任式での本庄牧子の挨拶を、向坂夏美は腹立たしい思いで聞いた。定年を迎えたわけでもないのに、本庄が教職を投げ出したことが許せなかった。

休職中の古くからの先輩教師は、今年も戻ってこなかった。英語科は、馬の合わない男性教師と常勤講師、大学を出たての新任教師、そして夏美の四人になった。学期に一、二度、授業で生徒たちに映画を観せるのが、いつしか英語科の慣例となっていたが、その選定や鑑賞のためのプリント作りは、いつも本庄に頼ってきた。その仕事を、これからはいったい誰がするのか。

腹立たしい理由はまだある。本庄の退職は、世代間の差を痛感させた。中高年の教師たちは、今のようなシステムになるまでそこそこ良い給与を得ていた。大学の学費も今ほど高額ではなく、奨学金の返還もないという。早期に退職できるのは、中高年世代の特権だ。自分たちはきっと、六十を過ぎても否応なしに働かざるを得ないだろう。

その日の午後、機械科三年D組の授業があった。今年度最初の授業である。このクラスは、二年時は本庄が担当していた。他人が受け持っていたクラスに行くのは憂鬱だった。何かと前任者と比べられる。やり方が違うと文句を言われる。

本鈴が鳴ると同時に、D組の教室の戸を開けた。妙に冷ややかな空気を感じた。あちこちに群れていた生徒たちが、ぽかんと目を見開いてこちらを見ている。彼らが注視する中を歩いていき、教壇に立った。足がわなわなと震えていた。生徒たちが自分に好意的でないことを、直感的に悟ったのだ。

「出席、とります」

すると、生徒の一人が吠えるような調子で言った。

「オカン、どこ行ってん?」

「オカン?」

夏美は聞き返した。別の生徒が同じことを聞いてきた。

「そうや。オカン、どこ行ってん?」

「オカン、もう戻ってこうへんの?」

オカンとは本庄のことだと、夏美は気づいた。

「本庄先生は退職しはってん。今日の朝、離任式で挨拶しはったやろ」

「なんで?」

教室はざわついた。

生徒たちが失望しているらしいことがひどく堪えた。私でごめんね、と叫びたかった。

その時、黄色いキャップをかぶった生徒と目が合った。鈴木圭太だ。彼は突然、喧騒を引き裂くような大声を上げた。

「しゃあないな。向坂先生をオカンに昇格さしたるわ」

彼の一言で、冷え切っていた空気はふっとゆるんだ。

離任式の翌日、本庄牧子はフィンランドのヘルシンキ空港にいた。フィンランドの学校を視察するためである。ツアー客の多くは関東在住の人々で、航空機に関西空港から搭乗したのは、牧子ただ一人であった。

教師を辞めたにもかかわらず、教育とは何かという問いが頭の中をぐるぐると巡っていた。教師であった時、教育について深く考える余裕はなく、教師を辞めてから、やっとその機会に恵まれた。なんと皮肉なことだろう。

入国審査の窓口は思いのほか混雑していた。そこにいる多くは、中国人か韓国人であるようだった。手続きに時間のかかっていることに苛立つ様子もなく、彼らは余裕の表情で自分の番が来るのを待っている。

ヤバイな、と牧子は思った。空港を出たところで添乗員や他のツアー客と合流することになっていた。これでは時間に間に合いそうにない。が、成り行きに任せようと腹をくくって、中央の列の最後尾についた。

少し経って、日本人男性の会話が真後ろから聞こえてきた。あっ、日本人だ、と思って体の向きを変え、遠慮がちに横目で見ると、右側に立っている男の衣服が目に入った。ビジネスマンだろうか、しわひとつないスーツの濃紺が鮮やかだった。

「全然進まんなあ」

「フィンランドの何がおもろうて観光客がこんなに多いねん」

「フィンランドなんかオーロラ以外なんもないやんけ」

「あの中国人のおばはんとこで止まってるんや」

「だいたい要領悪いわ」

彼らはフィンランドの入国審査のやり方に文句を並べ立て、挙句にこんなことを口にした。

「そばに上司を置いて職員の仕事ぶりを査定したらええのになあ。そうしたら、ちょっとはスムーズにいくやろう」

査定？

そのいかにも日本風なワードの調べに、思わずつんのめりそうになる。どうにも我慢がならず、振り返ってぶしつけに男の顔を見た。傲慢と未熟とがない混ざった目の光。脂ぎった汗をにじませた狭い額。ネクタイに締め上げられた短い首——。十数年に及ぶ日本式教育によって仕上がった顔が、そこにあった。

Ⅱ　掌編小説

ミニゴン

まもなく三時四十分になろうとしている。沢田佳枝は腕時計をはずし、机上に置いた。朱色のベルトが擦り切れて、ところどころ白っぽくなっている。まるでくたびれ果てている持ち主のようだと、佳枝は思う。

進路指導室横の小部屋のドアには、正方形の曇りガラスがはまっている。そこに、うっすらと人影が映っている。三年生の学年主任だ。生徒と何かしゃべっている。

面接官は誰かと、生徒が尋ねたようだった。不意に、注射を嫌がる幼児のような声が聞こえてきた。

「あの先生、嫌や。嫌や。ぼろかす言うねん。嫌や、嫌や」

またか、と佳枝は思った。沢田佳枝の名前を聞いただけで生徒たちは震え上がる。三年生のある担任がそう言った。「震え上がる」とは大げさ過ぎる。だが、生徒たちが佳枝を忌み嫌っていることは、「ミニゴン」というあだ名がついたことからもうかがえた。「ミニ」と付くのは、佳枝の身長が低いからだ。「ゴン」の意味はわからないが、昔、あるSF映画に「カネゴン」という怪獣が登場した。そこから推論するに、「ミニゴン」とは、漢字表記すると「小型怪獣」といったところか。

生徒を学年主任がなだめている。中にいる佳枝に気を遣ってか、ことさら声に力を込め、厳しさのありがたみを説いている。

「おまえ、受験っちゅうのはな、そんな甘いもんちゃうねんぞ。面接官の先生にびしびし言うてもらわな伸びへんがな。きつう言うてもらえることをありがたいと思え」

左腕の肘を立て、掌に顎を載せ、右手の中指で卓上をとんとんと叩きながら、面接指導の本日一人目の対象者、中川久留美が落ち着くのを佳枝は待った。だが、予定の時間が過ぎても久留美はまだぐずっている。

佳枝は立ち上がった。ドアのところまで歩いていき、ドアノブを引いてぬっと顔を突き出した。驚きのあまり、久留美ははっと音を立てて大量の息を吸い込んだ。

「面接練習はするんですか、しないんですか、どっちですか？」

絞め殺される寸前に鶏が喉から絞り出すような甲高い声で久留美は答えた。

「します」

「じゃあ、ノックするところからやりますよ。わかりましたか？」

佳枝はドアを閉め、またイスに座りなおした。久留美がドアをためらいがちにノックした。

「はい、どうぞ」

入室の仕方、礼の仕方、挨拶の仕方、声の出し方……久留美の立ち居振る舞いの一つ一つをチェックする。それから、イスに掛けさせ、ウォーミングアップのために校長名と学校の所在地を聞いたのち、核心的質問に入っていく。

「あなたはなぜ私どもの短大を志望されたのですか。志望動機をお聞かせください」

放心したように見開いている久留美の目を、じっと見据えた。

「将来、保母さんになりたいからです」

彼女の答えはそれきりだった。佳枝の右眉のあたりの血管に、かっと血が上る。それに気づいたのか、久留美の目はおどおどした。

「幼児教育が学べる学校なら、ほかにもありますね。なぜあなたは本校を選ばれたのですか」

「先生に薦められました」

「それだけですか」

久留美は返事に窮した。

他にも十あまり質問したが、彼女の答えはどれも中身に乏しかった。

一通り終えると、助言を与えるため、いったん退室した久留美を部屋へ呼び戻した。久留美は佳枝がまだ何とも言わない内から泣き出した。佳枝はかまわず容赦のない批評を述べ立てた。

「ぜひこの短大で学びたいんだという熱意がさっぱり伝わってきませんね。志望動機が弱いです。なぜT短大を選んだのですか。先生に薦められました——それだけでは主体性がなさ過ぎます。パンフレットに目を通して、T短大のよいところを三つ見つけなさい。それから、なぜ保育士になりたいのですか。子どもが好きだからです——それはまあけっこうですけど、言えることはそれだけですか。あなた、一年生の時に保育園で職場体験をしましたね。その時のこと、何かしゃべれませんか。いちど志望動機をしっかりと文章にまとめてきなさい」

久留美は右手で濡れた頬をぬぐったが、ぬぐった後からなおも涙はこぼれ落ちた。佳枝は続けた。

「高校時代の一番の思い出は何ですか。修学旅行です——これではあなたがどんな高校生活を過ごしてきたのか、どんな人間性の持ち主なのか、面接官にはわかりません。あなた、この間の文化祭で、手作りの屋台をみんなで苦労して作ったでしょ。なぜそれを言わないんですか。それから、全体的な感想として、声が小さい。姿勢も悪い。表情も暗い。いったい普段の明朗活発なあなたはどこへ行ったんですか」

久留美の涙は止まったが、彼女は最後まで顔を上げようとはしなかった。佳枝は講評に寸分の手加減も加えなかった。

「はい、じゃあ面接練習、終わります」

にこりともせず、ぴしゃりと終了宣言する。

久留美は濡れた頬をこすりながら、それでも、ありがとうございましたと言って頭を下げ、出ていった。

学年主任の声が聞こえてきた。

「おまえ、なに泣いとんじゃ。模擬面接でめそめそ泣く奴があっか」

佳枝は二番目の生徒の名を呼んだ。

あと二人の生徒たちは、四年制の経済学部を志望する男子であった。いずれも惨憺たる出来だった。

一人は、なぜ経済学部を志望したのかが答えられず、苦し紛れに、株に興味があるからです、と返答した。彼は経済学がどういった学問なのかをまったく理解していなかった。経済学に関する本を読めだの、社会科の先生に時事問題の解説をしてもらえだの、うるさい助言をすると、露骨に嫌な顔をした。勉強ができないし、したくもないから、テストのない指定校推薦で受験することに決めたのに、と彼の顔には書いてあった。彼がもしそれを口に出して言ったなら、佳枝はすかさずこう言っただろう。

――あなた、勉強したくないのなら、大学に行くの、やめなさい。

もう一人は、優等生にありがちな弱点を持っていた。五段階評定が「四・七」もあるというのに、自分にまったく自信がないのだ。そのため、自己PRができなかった。佳枝は彼を遅くまで学校に残し、警察の誘導尋問のようなことをやって、彼に自己PR文を作文させた。

翌日の面接指導も三人の予定だった。三時十五分ごろ、三人目に予定していた崎山弥生がやってきた。戸口のところから、沢田先生、と呼ぶので出てみると、彼女の後ろには武井一樹が控えていた。佳枝は嫌な予感がした。

複雑な家庭環境や、将来に見通しが持てない苛立ちから、暴力行為に及ぶことが彼にはあった。これまでに二度、暴力事件によって停学処分を受けている。そのうちの一件は、対教師暴力だった。この次何か事を起こせば、停学ではすまされない。生徒指導部長からそう言い含められているのだが、彼の性質上、自分を制御するのは容易でない。彼が今日まで事なきを得たのは、周囲の教師や生徒たちの仲介で、二度三度にわたる一触即発の危機を危うく回避し得たからだった。

弥生が言った。

「先生、今日の面接、四時十分からになっているんですけど、今からやってもらえませんか?」

予想した通りであった。一樹が弥生の背中にぴたりと寄り添い、威嚇するような目つきで佳枝をじっと見下ろしている。無言の圧力がかもしだす不穏な空気が佳枝の背筋を凍らせた。だが、ことさら落ち着き払った様子を装い、腕時計をちらりと見ると、弥生に告げた。

「三時十八分。無理ですね」

すると、一樹は、

「なんでやねん」

とすごんでみせた。肋骨といい、背骨といい、身体内部の骨が一斉にかたかたと鳴り出すのを、歯を食いしばって佳枝はこらえた。

「三時半から一人目の模擬面接が入っています。今からだと、崎山さんの面接時間はたった十分しかありません。十分では充分な練習はできません」

弥生の目は納得していた。が、つんとしたいつもながらの佳枝の顔つきと口ぶりは、一樹の癇に障ったらしかった。

「時間、遅いんじゃ。いつまで待たせるねん」

身体内部の骨という骨が、がらがらと鳴り出した。しかし、佳枝は思い起こした。教師生活二十三年、幾人もの荒くれどもと出会ってきた。が、女に手を出す輩は一人もいなかった。そうした経験から得た楽観的見通しが、佳枝の態度を大胆にした。弥生を脇へ押しのけ、一樹の前へ出ると、決然とした口調で言った。

「あなたね、いいかげんにしなさい。彼女はあなたの所有物と違うんやからね。勘違いしなさんな。今日は一人で帰りなさい」

すると、一樹も一歩足を踏み出した。

「ワレ、今何て言うてん」

進路指導室の向かいの並びに、生徒指導室がある。そこの引き戸ががらりと開く音がした。

一樹は、熱に浮かされたような目で佳枝を見据え、

「ワレ、もういっぺん言うてみい」

と言って顎をしゃくった。

「殺すぞ、ワレ」

とその時、おい止めろ、と叫びながら、誰かが後ろから一樹の背中に組みついた。生徒指導部のメンバーの一人であった。胸板厚く、大学出たてのその教師は、暴力事件が発生するたび体を張って止めるのが、自らの使命と心得ているところがあった。

不意を食らった一樹は、獣がうめくような声を上げた。そして、手足をばたつかせて抵抗した。若い教師は後ろ向きに倒れたが、なおも一樹を離さなかった。

「沢田先生、逃げてください」

生徒指導室からも、進路指導室からも、ぞろぞろと教師たちが廊下に出てきた。たまたま通りがかった教師たちも、何事が起ったのかと寄ってきた。みるみる人の群れは膨らんだ。

生徒指導部長も駆けつけた。彼は大声を張り上げた。

「おーい、けんかの相手は誰や。出てこい」

佳枝は人群れをかき分け、生徒指導部長の前

へ出た。

「私です」

緊迫感みなぎる生徒指導部長の表情が、ふっとゆるんだ。どういう顔を作ってよいやらわからず、彼はふやけたような笑みを浮かべた。

「いや、これはどうも……」

予定通り模擬面接をやってくれと言われ、ふと見ると崎山弥生が、面接に使う小部屋の前にしゃがみこんで泣いていた。しゃっくりのような痙攣的な泣き方だった。

部屋の中に入れ、イスに掛けさせ、彼女の背中をさすってやった。ことさら何でもないふうを装い、

「大丈夫。すぐ治まります」

と声をかける。

「ゆっくり息を吐いてえ。吐いてえ。吸ってえ。ゆっくり吐いてえ。吐いてえ。吸ってえ。……」

そうする内、

「私が……私が……」

と言い出した。

「うん、何？　私がどうしたん？」

早く帰りたいのに面接の時間が遅いと愚痴った、その一言が原因でこのような不本意なことになってしまった、それがショックだ、という意味のことを、とぎれとぎれに弥生は喉から押し出した。一樹が佳枝を威したのは、「おのれの都合」からではなく、「弥生のため」だったというのである。

弥生の担任に連絡したのち、彼女を保健室へ連れていこうとして、ドアを開けた。生徒指導室から一樹の声が聞こえてきた。やけを起こし、退学届を持ってこいと吠えている。三年の学年主任が彼を叱っていた。担任は彼を優しくなだめていた。弥生の担任が、彼女を迎えに階段を下りてきた。

その翌日も、三人の面接指導が入っていた。腕時計を机上に置き、予定の時間まで佳枝は部屋のなかで待機した。曇りガラスの向こうには、学年主任の影が映っている。生徒と何かしゃべっている。

「えーっ、ミニゴン？」

声のトーンは落としていたが、佳枝にははっきりと聞き取れた。

「おい、失礼やぞ」

「あの先生、辛口やねん」

だが、この日は何の波瀾もなく、穏やかに日は暮れた。

週末だった。心地よい解放感に浸りながら、いつもより早めに仕事を切り上げた。

校門めざして自転車のペダルを踏んでいた時、前を歩いていた生徒の一人が佳枝を見つけた。ミニゴンや、と彼は叫んだ。連れの生徒たちも振り返った。そこにはいつか模擬面接でとっちめた生徒もいた。彼らは鼻孔を大きく膨らませ、声を限りに叫び始めた。ミニゴン、ミニゴン、ミニゴン……。目はぴちぴちと跳ねる鮮魚のような活気を帯び、頰は桃色に火照っていた。

佳枝は彼らに一瞥をくれただけで、さっそうとその横を通り過ぎた。

「無視かよー」

校門を抜け、道路を横切り、右方向にターンすると、前方に見えているビルとビルの谷間から、朱色がかった光の玉がまつ毛の先をかっと照らした。

紫色に熟れた空の一角に、さっきの生徒たちの顔が浮かぶ。怪獣ミニゴンを目撃し、うれしくてならないといったその目、その声、鼻息まで聞こえてきそうなその鼻孔。思わずうふっと佳枝は笑った。

エリック・クラプトンを聴きながら

目覚めると、私の空にはいつでも一片の鈍色の雲が浮かんでいました。ここ二、三年、私は心安らかな朝を迎えたことがありません。

その日も朝食の準備をしていると、何か重量のあるものが落下するような音がしました。私はとっさにキッチンの扉を押しあけ、右手に向かって伸びている廊下に目を走らせました。次の瞬間、私はつんざくような声を上げていました。廊下の一角に設けてある洗面所で、パジャマ姿の夫が仰向けに倒れていたのです。私は夫に駆け寄り、助け起こしながら言いました。

「今日は休んでください。学校へは私が連絡します」

夫はぶっきらぼうに私の言葉をはねつけました。

「ちょっとふらついただけだ。よけいなこと、せんでいい」

しかし、夫は差し出した私の腕にすがり、一度は二人共倒れの格好で床に崩れ、ひっくり返ったコガネムシのようにもがいた末、ようやく起き上がることができたのでした。

夫は高校の数学教師です。三年前に肺癌を患って以来、週に三日だけ出勤するというスタイルで、今日まで教職を続けてきました。昨年、医者から再発を告げられた時、私は退職を勧めました。教育にも、家族にも、あなたは十分に貢献したのだから、もうゆっくりなさってください。それに、もしも年度半ばで仕事を放り出すようなことにでもなったなら、皆さんに多大なご迷惑をおかけします。そう私は言いました。ところが、夫はどこまでも仕事に固執しました。夫が最後に言ったことは、こうでした。

「まだ死んでもおらんのに、死んだように生きるのはまっぴらごめんだ。死ぬまで生きさせてくれ」

その気持ちは、私にもわからないではありません。夫はまだまだ生を享受したいのです。仕事が好き、生徒が好き、数式が好き、旅行が好き、読書が好き、音楽が好き、グルメが好き、映画が好きとあっては、そう易々と生への未練を断ち切れるものではありません。

「今日はタクシーで出勤する。すまんがタクシーを呼んでくれ」

夫は渾身の力を振り絞って言いました。

「無理ですよ」

「テストが近い。人に迷惑をかけるわけにはいかん」

就職試験に何度もすべり、今は家にこもっている娘が、二階から下りてきて言いました。

「お父さん、そんなんじゃ、生徒は迷惑だよ」

「迷惑とは何だ。欠勤する方が迷惑に決まってるじゃないか」

私は娘に向かって、あなたは黙ってなさいと目くばせしました。娘はそれを無視しました。

「だいたい、四月から潔く休むべきだったんだよ。途中でこうなること、わかってたのに」

「美鈴」

私は娘をたしなめました。私にはわかっていました。娘は危なっかしい父親を放ってはおけないのです。彼女はひどく不器用で、父親に限らず人に優しい接し方ができません。何かと憎たらしい口のきき方をして、人の神経を逆なでします。彼女の優しさは、悲しむべきことに、いつでも棘になってしまうのです。

私は視線を二階の方へ振り向けて、もうあっちへ行ってなさい、という合図を送りました。ふくれっ面をして、娘は二階へ上がっていきました。

一度言い出したら聞かない夫の性格を知って

いる私は、しぶしぶタクシー会社に連絡しました。そして、私も介護施設で働く身であったのですが、その日は無理を言って休ませてもらいました。もしや学校から夫の異変を知らせる連絡が入るのでは、と思うと、おちおち家を離れる気にはならなかったのです。

その日は、大騒ぎしたわりには何事も起こらず、私は悪夢から覚めた時のような安堵感に浸りました。ところが、翌日、いつも通り定期検診を受けに行くと、癌は脳に転移しており、すぐに入院するようにと医者から告げられたのでした。

病院を出ると、私たちはいつものようにタクシーに乗りました。夫はいつになく口をつぐみ、肩を上下させながら荒い息をしています。いつかこのような日が来ることはわかっていました。でも、その日はもう少し先なのだと、都合よく自分に言い聞かせてきましたから、暗い谷底に落ちていくような心地でした。そして、仮に私が平均寿命とされる年齢まで生きられるとしたならば——私は仮定形で想像を巡らしました——この先続く三十年という年月は、何と途方もなく長く、退屈なのでしょう。

タクシーは右に折れ、左に折れしながら、住宅街に入っていきました。えんじ色のスカーフを風になびかせながら自転車をこぐ女子高生、小さな庭で三輪車を乗り回す幼い男児、玄関先に所狭しと並べられた植木鉢と、その一つ一つから命をほとばしらせている草花、その前でジョウロを傾けている主婦らしき女性……いつもなら見過ごしてしまったであろう光景が、目の端に次々と飛び込んできます。それらは何の変哲もない日常の一こまに過ぎません。ですが、何の変哲もないからこそ、人の世の匂いが染みついていとおしく、懐かしく、私はこれらの風景をくっきりと目の奥に焼き付けました。このとき私は、まもなく生を終えようとする夫の目で、外の世界を見ていたのです。

タクシーが家の前に止まりました。いつもなら愛想よく運転手に礼を言う夫が、一言も物を言わず、転がり出るようにタクシーから降りていきました。料金を支払うとお礼もそこそこに、私も急いで夫の後を追いました。

しかし、我が家に戻ってみると、死の覚悟を決めたのでしょうか、それとも、病状が回復することをなおも信じて疑わないせいでしょうか、夫は予想外の落ち着きを見せていました。

「克子、例のチェックの旅行鞄はどこにある？」

それは、肺癌の手術をした時に荷物を詰めた鞄でした。

「和室の押し入れの中です。いま取ってきます」

私は鞄を和室の押し入れの中から出し、夫の個室のようになっている応接間に持っていきました。学校に長期の欠勤を願い出る夫の声が、キッチンから聞こえてきました。

「そういうわけでして、途中で仕事を放り出すようなことになりまして、本当に申し訳ありません。急なんですが、明日、引き継ぎに伺います」

その後、夫と私は、医者から手渡された入院の心得を読みながら、必要なものを鞄に詰めていきました。昨日の苦渋の表情はすっかり消え、夫は楽しげでさえありました。私は、これから二人してピクニックにでも出かけるような錯覚に陥りました。もし、そうであるならば、これ以上の幸せがあるでしょうか。

準備万端ととのうと、夫は立ち上がり、危なげな足つきで応接間から出ていきました。

「どうされました？」

おろおろと私も後を追いました。見ると、夫は階段の手前で立ち止まり、二階を見上げています。

「何が入り用なんですか。私が取ってきます」

私はあわてて言いました。私の言葉には耳を貸さず、夫は階段の手すりをつかみ、最初の段に右足を掛けました。そのままの恰好で、夫はしばらく荒い息をしていましたが、観念したらしく、足を下ろして言いました。

「写真のファイルを全部持って下りてくれんか。あるだけ全部な」

夫は結婚する時、四つの本箱を持参しました。本箱の数はそのうち倍に増えました。それらを二階の一室に集め、その部屋をライブラリイと呼んでいました。写真のファイルはそこに保管してありました。

私はライブラリイに入っていき、ファイルを持って下りました。五十冊ほどあったでしょうか。私は何度も上り下りして、それらを応接間に運びました。この世とのお別れに、写真を眺めながら五十七年の歳月を振り返ろうというのでしょう。私は胸がつぶれるような思いがしました。

夫はまず、ソファの足元に置いてあるカセットデッキに、一本のテープを押し込みました。流れてきたのは、エリック・クラプトンでした。それは、医者から死の宣告を受けたに等しい切迫した状況にはそぐわない、実にのんびりとした曲でした。ずんちゃっちゃ、ずんちゃっちゃ……打楽器の音がのびやかなリズムを刻み、まるで田園の広がる田舎道を、荷馬車に揺られて行くような、心地のよい歌でした。カセットテープのケースに夫の筆跡で曲名が書いてありました。手に取って見てみると、冒頭に記されているのは「天国への扉」でした。

夫は一冊のファイルを開きました。そして、最初から最後まで黙ってページを繰った後、中の一枚を抜き取り、私に見せました。

「新任の頃はよかった。生徒とカラオケにも行ったよ。同期の先生たちと旅行にも行ったしな」

写真の中の夫は、今とはまるで違っていました。肌が白く、少し開いた唇にほんのりと、まだ少年のような幼さを宿しています。何よりも大きな違いは、黒々とした髪が頭部を覆っていることでした。今の夫には、髪の毛が一本もありません。黄土色の頭皮をむき出しにしています。夫の風貌の中で、かつての面影をわずかに残しているのは、病んでなお精力的な光を放つ大きな目と、笑った時に愛敬をたたえる唇だけなのです。

「自分で言うのもなんだが、なかなか可愛いじゃないか」

私は思わず噴き出しました。

「昔の俺を知らない連中が見たら、酒の肴になるな」

夫はその一枚をファイルに戻さず、テーブルの端に置きました。それから、また別の一枚を夫はファイルから抜き取りました。

「木戸高校に赴任してた頃の一枚だ。ひどく荒れておってな。俺はよく生徒を追いかけたんだ」

夫は深い呼吸を繰り返しながら、しばらく目をつぶりました。苦しいので、息を整えているのでしょう。またそれは、まぶたの裏側で早送りされる回想シーンを、じっと見つめているようにも見えました。

写真は、山の中腹で写したもののようでした。夫は新任の頃より少し貫録をつけていました。遠足のときの写真でしょうか、生徒たちはみな私服を着ています。夫を囲む彼らは、茶髪やパーマで外見を猛々しく装いつつも、顔立ちはひどく幼く見えました。

夫は目を開きました。

「不思議なもんで、手のかかる生徒ほど可愛いてな」

夫はその写真もさっきの一枚と重ねてテーブルの端に置きました。

このようにして夫は、お気に入りの写真をファイルから抜き取り、集めていきました。その枚数は二十枚ほどになりました。選んだ中には、結婚式の記念写真やまだ赤ん坊だった娘を抱いている写真もありました。それから、私と知り合って間もない頃のものもありました。

私たちは、地域の若者たちが集う合唱サークルで知り合いました。わずか十数人のサークルでしたが、野性味あふれるエネルギッシュな歌声に魅力があると称えられ、毎年、勝ち上がって全国の合唱コンクールに出ていました。写真は、七人の先発隊が車で名古屋へ向かった折、夜間にインターチェンジで休憩した時のものでした。

「懐かしいなあ。これ、覚えてるか」

「覚えてますとも。あなたがここで練習しようなんて言うもんですから、あんな夜中に大声を出して、周囲の人を驚かせたんじゃないですか。人の迷惑になるからやめましょうって、私は必死で止めたのに」

「迷惑？　そんなことはないだろう」

「だって、真夜中ですよ。しんみりした歌ならともかく、あの歌ですものね」

「あの歌って、何だ」

「忘れたんですか。『高い山にのぼって』ですよ」

「ああ、あれか。とびきり陽気な歌だったな」

不思議なことに、その歌の歌詞を私は、三十年たった今でもはっきりと覚えています。何度も繰り返されるフレーズはこうでした。

霧の山に暮らすより
船に乗って
素敵な恋を探すのさ
世界をめぐるのさ

写真には、インターチェンジ内の食堂が写っていました。六人のメンバーが一つのテーブルを囲んでいます。一番手前の夫は、どんぶりの中のラーメンを箸で持ち上げ、我が世の春とでも言いたげな満面の笑みを浮かべています。右サイドの奥の方にいる私は、テーブルの上の缶コーヒーを両手で包み込むように握りしめ、冷えた指先を温めようとしています。六人の中でただ一人、表情がさえません。

「名古屋の舞台を踏んだ三ヵ月後に、ここに写っている野田君と佐久間さんが結婚したんだけどね、この時二人はすでにできてたとはなあ。まったく驚いたよ」

「そうでしたね」

「俺は自分がまだ結婚してないのに、野田君たちの結婚式の実行委員長を務めたんだ。二人の馴れ初めをストーリーにして、スライドを作ってやったよ」

「あなたは自分の結婚を忘れて、人の世話ばかり焼いてましたね」

夫はしばらく写真をじっと眺めています。カセットデッキから、絶叫するような調子で歌うクラプトンの歌声が流れてきました。歌の合間には、レイラ、レイラ、と女性の名を呼ぶコーラスが挿入され、苦しい恋の歌なのだろうと、私にも想像がつきました。すると、人が恋に落ちる寸前の危うい心持ちがよみがえり、私はいつしか若かりし日に思いをはせていました。

やがて夫は言いました。

「俺は覚えてるよ。この時、お前はちょうど失恋したばかりだったろう」

「そんなこと、まだ覚えてるんですか」

「俺はお前の弱みに付け込んだってわけだ」

「おおかたの結婚ってそういうものですよ」

私の相の手は耳に入らなかったようでした。夫はなおも言いました。

「俺はお前に数限りない迷惑をかけてきたが、最大の迷惑はこれだ、結婚だ」

私は思わず声を上げて笑ってしまいました。

夫はまたしばらく黙ってファイルを繰ってい

ました。そして、ある一枚に目を留めました。私はそれがどんな写真であるのか、すぐに察しがつきました。私はことさら平然を装い、夫のそばに寄って写真をのぞき込みました。松林を背景に、夫と並んで写っているのは、一人の見知らぬ女性でした。夫は変に緊張した微笑を浮かべています。女性は夫の右腕にしがみつき、小さな頭をその胸に預けています。美しいけれども、幸薄い青春をかいくぐってきたらしい翳りが、その目の縁ににじんでいます。夫はぽつりと言いました。

「これぞ迷惑の最たるものだな」

夫はファイルを閉じました。

またしばらく沈黙が続きました。そうする内、夫は思わず喜びの声を上げました。

「これ、これ、やっと見つかった」

夫が差し出した写真を見ると、まるでブロマイドのようでした。水色のワイシャツに青っぽい背広を引っ掛け、いかにも伊達男といった風采です。髪の毛もまだ生えており、レンズにというより、この写真を眺めている不特定多数に向かって、愛想よく笑いかけています。それだけではありません。右手はピースサインを送っています。

「克子、お前にはさんざん迷惑をかけたが、迷惑ついでに最後の頼みをきいてくれ。俺の葬式は自由葬だ。野田君のようなクリスチャンは、仏式では居心地が悪いだろう」

突然、葬儀の話になったので、私は面食らってしまいました。

「今からお葬式の段取りですか」

「死んでしまったら、段取りできんじゃないか。それから、俺は陰気な葬式はまっぴらごめんだ。流す曲はエリック・クラプトン」

「あなた、お葬式の曲まで……」

「それと、俺の生涯を紹介するパワーポイントを今から作る」

「パワーポイント？　結婚式じゃないんですよ」

「普通の葬式じゃ面白くなかろう。時間を割いて来てくれる皆に、何か酒の肴になるような話題を提供せねばな」

「面白いお葬式なんて聞いたことがありません」

　私は呆気にとられました。お葬式の段取りというものは、このように本人がするものなのでしょうか。

「葬式の遺影はこれだ」

　そう言って、夫はさっきの伊達男の写真を示して見せました。

「どうだ、天国からピースサインを送ってるようで、いかにも俺らしいだろう」

「これではあんまり陽気過ぎやしませんか？　遺影っていうのは、もっと……」

　私はふと考えました。もっと何だというのでしょう。ドミノ倒しのように、私の中で何かが瞬時に覆っていきました。私は思いました。この写真こそ夫の最後を飾るにふさわしい、この遺影は参列された方々にふりまく夫の最後の愛敬なのだと。

　私は夫に言いました。

「わかりました。ただし、お葬式の当日、あなたは棺桶の中にいらっしゃるのですから、葬式実行委員長はあなたではなく、私です。パワーポイントは私が作ります。いいですね」

　夫は返事をしませんでしたが、目には安堵の色が見えました。緩やかなテンポの静かな曲が流れていました。その旋律は悲しげでしたが、何度も繰り返される「レット・イット・グロウ」というフレーズのところだけは、天空から差し込む光のように、透明な明るさに満ちていました。

「いい歌だ」

　夫は目を閉じ、腕を組み、眠るようにいつまでも、メロディーに身を委ねていました。

人力車夫

晴れ渡る空の下、壇之浦の海は遠く水平線のかなたまで一面まばゆい陽光を浴びていた。時折、色鮮やかな大型の船が目の前に現れ、輝かしい船体を誇示しながらゆったりと視界から流れ去る。

平家滅亡にまつわる悲話の数々を心に刻み、その連想から、矢崎花穂はわびしい海辺のイメージを心に思い描いてきた。だから、砕け散る白熱の光がしぶいて世界全体をきらめかせている広大な海原は、花穂には眩しすぎて痛かった。

花穂はある小さな運送会社の事務員だった。勤め出してから二十年、何の変哲もない日々を坦々と過ごしてきた。そんな味気ない生活に、ただ一つ個性と呼べるものを付与したのは、趣味としての絵画であった。絵の対象はもっぱら旅先で見かけた風景に限られた。それも、夕日が煤けた屋根瓦を照らす古い街並み、古色蒼然とした樹木が影を落とす神社の参道、山中でひっそりと営まれている茅葺屋根のひなびた茶屋、といったような、わびしい風景ばかりであった。まだ親元で暮らしていた頃、双子の姉は——双子とはいうものの、二人はまるで似ておらず、姉は聡明で美しかった——そんな花穂のことを、カホちゃんは日本のユトリロだね、とからかった。

いつもそうするように、まさしく絵になる風景を探すため、唐戸でバスを降り、海岸線に沿ってゆっくり歩いた。気に入った風景があればとりあえず写真に撮っておく。そして、暇な時にカンバスに向かって絵筆をとる。写真を見ながら記憶の中の風景にデフォルメを加え、再構成し、絵に仕上げる。これが花穂のやり方なのだ。

一区間ほど歩くと、安徳天皇を祀る赤間神宮にたどりついた。竜宮城を連想させる丹塗りの美しい神殿には目もくれず、花穂がカメラに収めたのは、境内の片隅でひっそりと肩寄せ合っている知盛ら平家一門の墓石だった。

時刻は正午を過ぎていた。みもすそ川公園まで足を伸ばし、壇之浦の海が一望に見渡せるレストランで食事をした。

その日は、下関の対岸、北九州市の小倉に一泊する予定であった。さすがに歩き疲れた花穂は、帰りはバスで唐戸まで引き返し、そこからフェリーに乗って門司港までやってきた。

日が暮れるまでまだ間があった。北に向かって海岸沿いに歩いていけば、和布刈《めかり》神社という平家ゆかりの神社がある。見ておきたいが、手持ちのガイドブックで確かめると、ずいぶん離れた場所に位置していた。

その時、心に生じたほんの一瞬のためらいを見透かしでもしたように、奇異な格好をした若者が声をかけてきた。

「もしよろしければ乗っていかれませんか？」

若者は首から下、足の先まで全身を紺の衣装で包んでいた。彼が指し示す方へ目をやると、小奇麗な人力車が客人を待っていた。

一枚の地図を広げ、若い車夫は料金について一通りのことを説明した。そして、尋ねた。

「それとも、他にどこか行きたいと思っておられるところ、ありますか？」

気の向くまま歩き、立ち止まり、気のすむまで風景を眺め、また歩き……そんな一人旅を好む花穂は、あまり気が進まなかった。それに、詐欺やら偽装やらが横行するご時世なので、見ず知らずの人間に対する過剰な警戒心も働いた。

だが、花穂は歩き疲れていた。地図を片手にお目当ての神社を探す内、日が暮れてしまうかもしれなかった。人力車に乗せてもらったなら、確実に目的地まで行き着ける。それに、車夫のあまり押しつけがましくない話しぶりも、頼ってみようという気にさせた。

「和布刈神社まで行ってもらえませんか」

なぜ和布刈神社なのかと問うこともなく、車夫はすぐさま準備にかかった。

三月半ばの北九州市は予想外に寒かった。車夫は人力車のシートに小さなカイロを二つ置き、花穂が乗ると、二枚の真っ赤な毛布を膝に掛け、さらに座席の前面を、風除けのためだと言って、これも真っ赤なシートで覆った。若いとはいえ、よく仕込まれているらしく、こうした防寒対策を彼は手早くやってのけた。キャスター付きのスーツケースは、座席の下に押し込んだ。車夫は人力車を引いて歩き出した。

少し歩いてから体の向きを変え、花穂を見上げたその顔は、小麦色に焼けていた。目は屈託のない子どものように澄んでいた。櫛を入れるだけの手入れで済ませているらしい黒い髪は、素朴な印象を強めていた。

車夫は前方に見える超高層ビルの方へ左腕を差し伸べた。

「お客さん、あれ、見てください。門司港レトロ展望室っていうんです。ここでたった一つの高層建築です」

さして興味はなかったが、言われるまま花穂は前方を仰ぎ見た。窓という窓に青いガラスをはめ込んだ無機質のビルがそびえていた。

「最上階の三十一階は展望室になってます。じゃあ、その下は何だと思います?」

それは花穂にはいささか退屈な質問だった。

「さあ、オフィスか何かですか?」

「オフィスビルに見えるでしょう。でも、違うんです。あれ、じつはマンションなんです。聞くところによると、歌手の谷村新司さんもここに一室持っておられるそうですよ」

少し行くと、左手に見えている港を見やって、車夫は不意に嬉しげな声を上げた。

「あ、跳ね橋、今ちょうど開いてますよ。一日に六回しか開きませんから、お客さん、よっぽど日頃のおこないがよかったんでしょうね」

日曜であるせいか、港には何艘もの小さな船が泊まっていた。その一角に、銀色の橋が見えている。なるほど橋は「ハの字」型に開いていた。が、花穂にはそれが、車夫の言うようなありがたいこととは思えなかった。

そこを通り過ぎてまた少し行くと、車夫は尋ねた。

「ところで、お客さん、どちらからいらしたんですか?」

日頃、狭い範囲の人間関係しか持たない花穂は、人との会話が苦手であった。だから、そのように尋ねられると何とはなしに煩わしく、やはり人力車など断ればよかったと後悔した。

「京都から来ました」

「へえ、京都ですか。京都の姫様なんだ」

花穂は四十代の半ばであったが、たいてい実際の年より一回りも二回りも若く見られた。車夫も花穂の年齢を読み違えたらしかった。姫に見立てられると、何となく気恥ずかしく、居心地悪く、そうかといって、わざわざ実際の年を明かすのも不自然に思われた。

「京都にも僕らの仲間がいるんです。見かけたら乗ってやってください」

しばらく行くと、レンガ造りの建築物の前まで来た。メルヘンの世界から飛び出してきたような、明るい洒落た洋館だった。レンガは鮮かな赤褐色で、ところどころ継ぎ目に添ってくっきりと白のラインが入っていた。建物の上部は大小さまざまな屋根を寄せ集めたような具合になっており、その一部は高く突き出て先端が尖っていた。

「お客さん、カメラ、持っておられますね」

「はい」

「絵になるので、一枚撮っておきましょう」

カメラを渡すと、車夫は人力車から少し離れた。そして、右膝を地面について花穂の方へレンズを向けた。

三十九枚撮りのフィルムのほとんどをすでに使い終えていた。が、そのレンズが明るい風景に向けられるのは初めてだった。風景の中に花穂自身が収まるのも。

風が強く吹いていた。不意に身の軽さを花穂は覚えた。体から重力が抜けたような感覚だった。人力車はひとりでに動き出した。あれよという間に眼前の風景は遠ざかった。車夫は構えていたカメラを下ろし、驚いたような目をこちらへ向けた。と思うと、人力車めがけて駆けてきた。

「びっくりさせて、ごめんなさい」

彼は人力車の後部に回った。トランクを開ける音がした。そこから何かの道具を取り出したようだった。人力車は固定された。見事に素早い処置だった。一件落着すると、車夫は再び表情に余裕を取り戻した。そして、少し後ろへ下がってから、さっきと同じようにカメラを構えた。笑っている唇が少し開いて、白い歯が見えていた。写真を撮り終えて戻ってきた車夫は、笑いを含んだ目で花穂を見上げた。

「姫があまりにも軽すぎました」

あはは、とのびやかに彼は笑った。

その笑い方は独特だった。腹の底で生じた可笑しさが強い瞬発力をともなって外へと弾き出されていくような、それと同時に、あはは、という笑い声が喉元からほとばしり、虚空に解き放たれていくような、心をすっかり全開した笑い方なのだった。笑う時、彼は額を少し上に向け、「つ」の字を書くような按配で顎を動かした。愉快でたまらないとでもいうように。車夫のこうした単純な明るさはまぶしすぎて、花穂の気分にそぐわなかった。

才能の不足から画家になる夢は打ち砕かれ、美術教師を目指したが採用試験に失敗し、結婚にも縁がなく、自分を日蔭に咲くつまらない小花のように考える習慣がついたのは、いつ頃からであったろうか。無条件で愛してくれた父と母は、もうすでにこの世にいない。双子の姉は東京で幸せな家庭を築いている。花穂はいつしか、何か可笑しいことがあっても感情の流露を抑え、空気が抜けたように力なく笑う癖がついていた。健康に充ち溢れた人々との付き合いは、精神的な消耗しかもたらさなかった。

さっきの洋館の向かいに、もう一つレンガ造りの建物が建っていた。こちらは古びてレンガの表面につやがなかった。

「昔税関だった建物です。大空襲で屋根が焼け落ちたんですけど、修復したんです。屋根の下のところに屋根を支えている杭が見えていますでしょう。あの杭のせいで、重要文化財には指定されなかったんです」

車夫は目にいたずらっぽい微笑を浮かべ、クイが残りました、と洒落てみせた。そして、自分が口にしたお粗末なダジャレを、例の独特の笑い方でもって、あはは、と快活に笑い飛ばした。

「どうも、寒いのにいっそう寒い思いをさせてしまいましたね」

そう言うと、また笑った。軽佻浮薄を絵にしたような車夫のこうしたおしゃべりに、花穂はいささか退屈した。それでも社交辞令として、ふっと愛想笑いをしてみせた。

車夫は走った。息切れする様子もなく、身軽な走りっぷりだった。花穂はひそかに想像を巡らせた。この若者は、人力車を引く仕事を好き好んでやっているのだろうか。それとも、普通の会社に就職できず、ようやくありつけた仕事がこれだったのか。花穂にはどうも後者であるように思われた。さらには、よそ様のことながら、日々の暮らしは成り立っているのだろうか、客は安定的にとれるのだろうか、などといった余計な心配が頭をもたげ、ついには憐憫の情までもよおした。

いつの間にか人力車はありふれた道を走っていた。だが、車夫がガイドとしての本領を十全に発揮し始めたのは、むしろ、レトロ地区と名付けられた観光スポットを出た後だった。特段どうということもない建物や、目立たない標識の前で立ち止まり、ガイドブックでは知り得ない情報を彼は提供してくれた。説明する時にはたいてい足を止め、体の向きを変え、花穂を見上げた。見るべきものがなくなると、関門海峡大橋のこと、和布刈神社の名前の由来、そこで行われる和布刈神事について語った。勉強家であるらしく、博識とも思えるほどにその説明は詳しかった。

途中、習慣になっているのだろうか、彼は道行く人すべてに「こんにちは」と愛想よく挨拶した。見ず知らずの人であろうのに、先方も不思議と挨拶を返してきた。

前方に、車止めが見えていた。コの字をひっくり返した形のボラードは、前列に三個、後列に三個、少し位置をずらして埋め込まれており、人力車の通行は不可能と思われた。が、車夫は器用に轅を操り、車輪を狭い隙間に滑り込ませた。そして、車体を右にターンさせ、左にターンさせ、難渋することなく通り抜けた。

ノーフォーク広場と名付けられた、海が広々と見渡せる場所で、二枚目の写真を撮った。それからさらに海沿いに北へ進むと、湿ったわびしい半島の先端にたどりついた。

「じゃあ、ここで降りてみましょうか」

「ええ」

車夫は、人力車の前面を覆っている赤いシートを取り外した。

見どころと言えるものなど何もない、地味で陰気なスポットだった。が、車夫は、この場所のどういうところに興味があるのか、などという質問はしなかった。

和布刈神社の社殿は、ほとんど何らの彩色も施されていない、木材をむき出しにした質素ななりで建っていた。鳥居も同様に無彩色で、石の素材を寒々と露出させていた。

「壇ノ浦の合戦の前夜に、平家はここで勝利を期して祝杯をあげたんです」

海が間近に迫っていた。カメラを構えたが、際まで下がってもせいぜい社殿しかフレームに収まらない。頭のなかで絵の構図を思い描いた。手前には激しく波打つ荒れた海、その向こうには鬱蒼と生い茂る木々の緑、そして、ぽつんと佇む簡素な社殿と無骨な鳥居。シャッターを切った。蚊の羽音のような音が境内の静寂に呑まれて消えた。

社殿の脇にいくつかの石碑が建っていた。中のひとつには高浜虚子の句が刻んであった。

「夏潮の今退く平家亡ぶ時も」

読みにくい字体であったが、車夫はすらすらと読んでみせた。松本清張の文学碑も建っていた。

「松本清張が『時間の習俗』っていう小説に和布刈神事のことを書いているんです」

花穂は振り向いて海を見た。波はすぐ足元まで迫っていた。石の階段は波に洗われて湿っていた。これこそ花穂が思い描いてきた海だった。

「ここで平家は滅んだんですね」

まなざしを海の方へ向けたまま、花穂はつぶやいた。

「最も戦闘が激しかったのは、もう少し右手の方、干珠島・満珠島のあたりなんです。源氏に押されてきて、そうして壇ノ浦で滅んだんです」

　唐突に、たった一つ記憶していた知盛のせりふが、吐息のように花穂の唇からこぼれ出た。

「見届けなければならないことはすべて見届けた――」

　当時、海面を染めたであろう赤い血も、無数に散乱していたという赤い旗も今はなく、海は歴史の変転を呑み込んで、永遠の荒い呼吸を続けていた。源平合戦に興味はないが、彼らが示して見せた、人の営みのはかなさに思いを馳せた時、教科書の活字でしかなかった歴史は息を吹き返した。

　海を見ていた車夫が花穂の言葉を引き取った。

「見るべき程のことは見つ。この言葉、好きですね。知盛は最初からわかっていたんでしょうね、おのれの運命の行く末が。それでも自らの責任を投げ出さなかった。僕は知盛に一番ひかれます。あの、地味な知盛に」

　二人とも、しばらく無言で海を眺めた。花穂は、よくは知らない知盛の面影を想像した。

「そろそろ戻りますか」

「ええ」

　車夫は座席にカイロを置き、花穂の膝の上に毛布を掛け、座席の前面をシートで覆った。

　帰路にも車夫は語り続けた。

「左手に見えている山の上に、源平合戦を描いた壁画があるんです。遊覧バスに乗れば、そこへ行けます。人力車ではとても無理です。僕の体力ではね」

　あはは、と彼は笑った。

「もちろん、鍛えますけどね」

　彼は走った。少しの疲れも見せない、身軽な走りっぷりだった。

　しばらく走ってからまた立ち止まり、体の向きを変えて花穂を見上げた。

「左手を見てください。山の中腹に金色の塔が見えますでしょう」

花穂はその方へ視線を向けた。塔のてっぺんに瓢箪を引き延ばしたような形のものがのっており、瓢箪の先はさらに伸びあがって尖っていた。

「ビルマのお坊さんたちが建てたお寺なんです。戦時中、十五万人もの人たちがビルマで亡くなってます。その人たちの多くが門司港から戦地へ向かったんです。このお寺は、二度と戦争を起こさないようにという願いを込めて建てられました。語り伝えていかなければならないですよね」

車夫は真顔になって、しかし、何ら気負うふうもなくそう言った。

さっきの港に戻ってきた。

「門司港は国際的な貿易港として発展したんですけど、戦時中にはこのあたり一帯、激しい空襲に見舞われたんです。門司はそういう二つの面を持った町なんです」

跳ね橋は閉じていたが、まだ日は高く、港に停泊中の小さな船は、陽光を射返して白く照り輝いていた。車夫も、そのふりそそぐ光を全身に浴びていた。

ＪＲ門司港駅が見えてきた。花穂をその前で降ろすまで、車夫は駅舎の特徴を説明した。

人力車から降りると、花穂は礼を言って料金を支払った。領収書を切ることになっているので、と言って、車夫は人力車の後部からトランクを引っ張り出した。

「お名前、どうさせてもらいましょう。上様にしますか、それとも、姫様にしますか？」

花穂の喉から、思わずふっと笑いが漏れた。

「いえいえ、姫様だなんて。上様でお願いします」

車夫に礼を言い、駅舎へ向かった。

電車の到着までまだ間があった。大正時代の面影を残す珍しい駅舎内を見物した後、もう一度、駅前の雑踏を振り返ると、さっきの車夫は、もう次の客を相手にしていた。座席には若い二人の女性が乗っていた。通行人らしい男がその前でカメラを構えていた。車夫は下ろした轅の内側で右膝をつき、左膝を立て、レンズに向かってきりっとした表情を作っていた。客から記念写真をと請われた際、すぐさま応じられるようあらかじめポーズを決めているのだろう。車夫は、この道のエキスパートであったのだ。

旅から戻ると、思い出に浸りながら絵筆を握った。撮りためた写真はファイルに整理し、本箱に押し込んだ。花穂にしては珍しく、記憶だけを頼りに絵を描いた。やがてそれは仕上がった。まるで、他の誰かが描いた作品でも見るように、不思議な心持ちでその絵に見入った。

カンバスの中の港はまばゆい陽光をまとっていた。停泊中の船はどれも白かった。航行中の船が三艘、遠くの方に見えていた。「ハの字」型に開いた跳ね橋の一端が、白熱の光線を弾いていた。そうした港を背景に、客を乗せて走る人力車夫の躍動する姿がそこにあった。

白骨と春景色

今朝、父が逝った。三月三十一日、午前十時十九分。

K会館の十畳ほどの一室で、粛々と湯灌が行われるのを、真梨子は傍らで母とともに見守った。黄色いバスタオルにくるまれた父の遺体は、浅くくぼんだ金属製の台に載せられ、体の部位ごとに順々に洗い清められていく。

ここ一週間、食べ物をいっさい口にしなかったせいだろうか、父はひどく痩せていた。だが、死に顔は穏やかだった。髭を剃ってもらうと、頬も顎もすっきりし、つややかな光をさえ帯びた。

「まあ、きれいにしてくれはって」

母が小声でつぶやいた。

湯灌を執り行っているのは、四十前後であろうかと思われる一組の男女であった。男も女も、手慣れた様子で、しかし、死者に対して敬意を払うことを怠らずに、葬儀におけるこの最初のセレモニーを黙々と進めていく。

父が東大阪のとある病院に救急車で運ばれたのは、ほんの五日前のことだった。入院先が、両親の居住区である八尾市内ではなく、真梨子が勤める高校の校区内の病院であったのは、たまたま空きベッドがそこにしかなかったためだ。春休みではあったが出勤して書類の整理をしていた真梨子は、母からの連絡を受けた後、さしたる緊迫感もなく、てくてくと歩いて病院へ赴いた。父が死ぬなどとは思ってもみなかったし、思いたくもなかったからだ。

今、父のつややかな頬を眺めながら、最初に病院を訪れた時のことを思い出す。父のベッドに備えつけられたトレイの上には、入れ歯の入った水色の容器と眼鏡ケース、一箱のティッシュが載っていた。これらの他に父の欲したものは髭剃りだった。懸命に、そのあり場所を母に説明していた。父は酸素マスクをつけ、苦しげに呼吸していたが、いま思えばあの時、父のなかにはまだまだ命がみなぎっていたのだった。

それが、翌日になり、翌々日になり、しだいに父の顔は死相を帯びて土色に濁っていき、入れ歯も眼鏡も髭剃りも、もはや用をなさなくなった。

父の病状が快方に向かうことはまずないことを知った時、祈りにも似た思いが真梨子の心中にゆらゆらと立ち上った。それは、まもなく命が終わりを遂げるのであるならば、せめてもう一ぺんだけおいしいものを食べさせたい、という思いであった。

それから、せめてもう一ぺんだけギターを持たせてやりたい。マジックの小道具にも触れさせてやりたい――。

父は音楽好きで、多くのレコードやカセットテープを持っていた。暇な時にはよくギターを弾いていた。銀行員としての勤めを終えた後は、マジックの同好会に入り、そこに老後の楽しみを見出した。父の個室のようになっていた応接間には、マジックで使う美しい玉や花、トランプなどの入った箱が置いてあった。

点滴によってしか養分を体に送り込めなくなっていた父に、食べるという行為は不可能だった。四六時中、酸素マスクをつけており、呼吸もままならないありさまであったから、ギターもマジックの小道具も、手に取れる状況ではなかった。人生のささやかな楽しみごとはもとより、食べることも、自力で呼吸することさえも、もはや永遠に断たれてしまった父の姿を目にしながら、なおも真梨子は思っていた。もう一ぺん、せめてもう一ぺんだけ……。人生の幕が間もなく閉じられようとする時に、最後の最後に、なにがしかの生の喜びを甘受するのを、人はどうして許されないのだろう。

だが、昨日、父の様子を見た時には、真梨子はもう父に早くお迎えが来ることしか望まなかった。透明な酸素マスクの中で、父の唇は歪んだ瓢箪のような形に開いていた。二日前、三日前には、微笑もうとして目尻にしわを作った父の目は、動物のそれのように黒々と大きく開いていた。

断末魔の苦しみというのは、いったいどのようなものなのだろう。それを想像すると、真梨子は恐ろしく、父が可哀想でならず、胸がつぶれる思いがした。

今、父の苦しみは終わった。

真梨子は小声で母に尋ねた。

「祭壇に飾る写真、何かいいのあった?」

母の答えは意外であった。

「写真はお父さんが自分で選んでノートにはさんでてん」

ややあって、再び母は口を開いた。

「お母さんのも選んでノートにはさんであるからな。それから、お父さんは白装束を着せてもらった上にスーツをかけてもらうやろ。お母さんは留め袖をかけてもらうからな」

母は「死」を人間の最後の務めとでも心得ているらしく、その口ぶりにはみじんも悲哀の響きがなかったので、こっくりと真梨子はうなずいた。

その日の内に通夜が行われ、翌日、葬儀が営まれた。それらを手配してくれたのは、埼玉から戻ってきた弟の弘であった。

祭壇に飾られた父の遺影は、孫ができた時、神社で撮ったものだった。真梨子は独り身で通したが、弘は結婚して一子をもうけた。たった一人ではあったけれども、父が孫を持ててよかったと真梨子は思う。

その遺影を囲むように、色とりどりの花々が白い壁面をうずめていた。両脇に据えられた雪洞には、青い明かりがともっていた。若い僧が唱える読経の声は、式場いっぱいに朗々と響き渡った。

親族による焼香がひと渡りすんでから、フロアーの片隅に置かれたパイプ椅子に母と並んで腰を掛け、焼香を終えた人々に一人一人頭を下げた。

式の最後に、喪主である弘が参列者に向かって挨拶した。型通りでない、生前の父を彷彿させるような挨拶だった。

葬儀が終わると、男たちによって棺がいったんフロアーに下ろされた。蓋が外された。父はそこに、花々にうずもれて眠っていた。手品の小道具として、かつて父が手に触れたであろう美しい玉も入っていた。

式場に飾られていた花々が、親族ひとりひとりに配られた。真梨子にも二輪の白い菊の花が与えられた。それを父の肩のあたりにそっと添えた。そして、父の顔を記憶にしっかり焼き付けようと、その安らかな寝顔をじっと見つめた。

すると、真梨子が最後に見た父の生前のありさまが――それはもう何度も反芻された場面であったのだが――またしても脳裏に浮かび上がった。

病院に駆けつけた時、父は大きく見開いた黒々とした目で、しばらくじっと真梨子を見つめた。どんな具合かと尋ねると、だいぶ楽になったと父は答えた。後から聞いた話によると、医者は父にモルヒネを打ったらしかった。ややあって、酸素マスクの中で唇を懸命に動かし、父は何か言おうとした。真梨子は顔を近づけた。

「独りやから、体こわさんようにせなあかんで」

真梨子が独り身であることを心配しての言葉であった。

「大丈夫」

と真梨子は答えた。その後も、父はじっと真梨子の顔を見つめていた。これでもう娘の顔も見納めと、最後にその顔をしっかり目の奥に焼き付けようとでもするように。

母から一枚の青々とした葉と水の入った小さな陶器が回ってきた。父の喉の渇きを癒やすべく、真梨子は水でぬらした葉で父の唇をうるおした。

棺を載せた霊柩車は、葬儀の参列者たちに見送られながらK会館を出発した。母と弘と真梨子は用意された車、その他の親族は小型のバスに乗って、霊柩車の後を追った。

一同がたどり着いた斎場は、モダンな白い建物だった。棺が中に運ばれると、蓋につけられた小窓が開かれ、ここでも「最後のお別れ」と称するセレモニーが行われた。

ガラス越しに父の寝顔をのぞき込む。もうこれで永久に父の姿を見ることはないのだ、という思いが今さらながらふつふつと湧き上がった。そればかりでなく、真梨子は何か重要なことを父に伝え損ねたことを思い出し、うろたえた。

最後に、ありがとうの一言を、自分はなぜ父の耳の中に吹き込むことをしなかったろう。実家を出て一人暮らしを始める時、荷造りや生活用品の購入など、いろいろ手伝ってくれてありがとう。私を育ててくれてありがとう。今まで生きててくれてありがとう。ありがとうの一言――そのたった一言を言いそびれてしまったことは、取り返しのつかない過失であった。たとえ、心に思うことをめったに口にしない娘の気性を、父が汲んでくれていたとしても。

案内されて隣室に足を運ぶと、真正面の壁面に、アーチ型のドアがいくつも並んでいるのが目に入った。中の一つが左右に開き、父がその中で眠っている白い棺は呑まれていった。

一同はいったんK会館に戻って食事をとった。

父は銀行員だった。父が亡くなった三月三十一日は、ちょうど銀行の決済の日にあたる。人々はこの偶然を不思議がった。まるで父が自らの人生を決済したかのような印象を、人々は抱いたようだった。

時間はゆったりと流れていった。やがて納骨の予定の時間がやってきた。一同は再び斎場を訪れ、案内されて小さな部屋に通された。

まだ余熱の立ち上る台の上に、白骨体となった父がいた。母は一言、いとおしそうにつぶやいた。

「やあ、こんなに小っさなってもて」

遺骨は雪のように白かった。頭蓋骨は案外と小さかった。足や胸や顎の骨を、一本ずつ、一かけらずつ、箸で拾い、円筒形の陶器の中に収めていった。骨は、死者の魂が浄められ昇華されてできた結晶のように思われた。


翌日は仕事を休んだ。ふとんを敷きっぱなしにし、まるで病人のように日を過ごした。何も食べるものがなかったので、スーパーで買い物をしなければならなかった。

マンションのドアを開け、左手に視線を向けると、見慣れた小高い丘が見えた。丘には真新しい家々が建っており、庭や小さな畑には何本もの木が植わっている。

病院で父と面会した後、電車の車窓からほんの一瞬見えた景色を思い出した。うららかな春の陽射しをいっぱいに浴び、数本の桜の梢が乳白色に煙っていた。また春が巡ってきた、そしてこれは、父がもう二度と見ることのない風景なのだ、そう思うと、一筋の涙が頬を伝った。あの時の、車窓に切り取られた一幅の絵画のような春景色は、今も心に残っている。

マンションから見える丘のあたり一帯は、春爛漫の様相を呈していた。あふれ返る草々は、陽に透かされて黄色い暖かな光のしずくのようだった。そこに桜の木が二本あった。冬には網目状に広がっていた梢は花にうずもれ、二つの乳白色の塊をつくっていた。その二つは、接点のあたりの梢が溶け込んでつながり合っている。

眺める内、目の裏に焼き付いている父の白骨がありありと、そのうららかな春景色の中に浮かんだ。と思ったら、見る間にぼうっとかすんでいき、春景色もろともあえなく掻き消えた。

慰問袋

ＪＲ天王寺駅の改札を出たところで、柳瀬は足早に行く人々をぼんやりと眺めていた。

柳瀬は府立秋吉高校の社会科の教師である。今年四十六になる。学校が長期の休みに入ると、ほうぼうを訪ね歩いて現物教材の収集に精を出した。この日も、十ほど年若い同僚の市村とともに、国民学校時代の遺品を保管しているという宮台小学校を訪ねる予定になっていた。

その市村とは、さして親しい間柄というわけでもなかった。それどころか「この始末に負えない熱血漢めが！」と何度心の中で彼を罵ったかわからない。市村は、なるほど熱意に満ちあふれた教師であった。だが、問題は熱意の中身である。

この二月いっぱいまで、受験生向けの日本史補講に市村は並々ならぬ情熱をつぎ込んだ。彼の口癖はこうだった。

「僕は連中をビシビシしごいてやりますからね」

市村の口からこうした言葉を聞くたび、体育じゃあるまいし、と彼を軽侮した。そんな市村を小学校訪問に誘ったのは、柳瀬の気まぐれというほかない。

十日ほど前のこと、時間割問題をめぐる職員会議の論議の中で、柳瀬と市村は対立した。市村の方は、社会科教官室へ戻ってきてからもまだ柳瀬への反感が尾を引いていた。公の場では口にしなかった、七時間制賛成の本当の理由を、彼は腹立ちまぎれに柳瀬にぶつけた。

「一日七時間にして、ここの学校は受験に力を入れてる学校やっていうことを、中学校にアピールすべきちゃいますか。そうせんと、いい生徒はみんな私学に取られますよ」

いい生徒？　引っかかりを感じたが、柳瀬は聞き流すことにした。市村は一方的にまくしたてた。柳瀬の方は、そうですか、君はそう思いますか、といった調子で相手の言葉を受け流した。本当は、彼にこう言ってやりたかった。

「成績のいい生徒を私学に取られたからって、何か不都合なことがありますか？　我々のところへ来た生徒らひとりひとり、手塩にかけて育てましょうや」

しかし、そんなことを言おうものなら、「柳瀬さんはロマンチストなんですね」などという皮肉でもって、相手は冷笑するに違いない。

しばらく経って、市村が帰り支度を始めた時、ほんの思いつきで柳瀬は小学校訪問の話を持ちかけた。

「市村さん、来週の木曜日ね、もう学年末テスト、終わってるでしょ。私は京都の宮台小学校を訪ねる予定なんです。そこに勤務する知り合いから、国民学校時代の教具やなんかを保管してるって聞きましてね。よかったら一緒にどうですか？」

感情的しこりを払拭したい気持ちもあった。予期に反して、市村は柳瀬の誘いに応じてきた。

あはは、と軽快に笑う声がして、柳瀬ははっと我に返った。目の前に市村の姿があった。

「どうされました？　さっきから何回も会釈してたのに」

「いやあ、それはどうも。ちょっと考えごとをしてましてね」

二人は改札を通って十五番ホームへ下り、大和路線の区間快速に乗り込んだ。ボックスシートに並んで腰掛けると、市村はにやにやしながら柳瀬に尋ねた。

「さっきはどうされたんですか。娘さんのことでも考えておられたんですか?」

　人の気も知らないで、彼は柳瀬の娘のことを口にした。

「いや、そういうわけでもないんですが」

　まもなく高校二年生になる柳瀬の娘は、人間関係作りに失敗し、十月の半ば頃からずっと学校に行けなくなっていた。かろうじて進級はできたものの、本人は転学を希望している。

　電車は、家々の密集する乾いた風景のただ中へと滑り出した。

「柳瀬さんはずいぶんたくさんの現物教材を集められたそうですね」

「ええ、伏せ字だらけの『戦旗』や国定教科書の復刻版、戦時債券、軍票、広島の原爆瓦。近代より前のものでは、踏み絵の複製だとか、宗門改帳だとか……、そうそう、自分で作ったものもずいぶんありますよ。キリシタン禁制高札なんかね。でも、やっぱり戦時中のものが多いでしょうか」

　市村はしばらく何か考えていたが、やがて再び口を開いた。

「僕、今年、日本史を教えてて思ったんですけど、ここの学校って近・現代史にものすごく比重を置いてるやないですか。でも、受験のこと考えたら、もっと古い方に力を入れるべきやと思うんです」

　市村は秋吉高校に赴任してきてまだ二年にしかならない。それで彼は、何かと前任校や母校と比較して、「ここの学校」といった言い方をする。

「僕の母校は私立やったんですけどね、三年の一学期までに教科書はすべて終わって、あとは受験対策やってました。日本史は現代はいらへんからって、第一次大戦より後はカットしました。学校全体としてもね、たとえば模擬テストなんかは一年の時から校内で強制的に受けさせられましたね。ここの学校の生徒はのんびりしてるもんやから、力はあるのに国公立となると手が届かへん。もう少し教師の方で強力に指導して、対外的な力をつけてやるべきですよ。こんなこと言ってどうかとは思うけど、ここの学校の生徒は、三年にもなって体育祭や文化祭に浮かれてますでしょ。僕は思わず言いたくなりますよ。お前ら、今そんなんやっててええんかって」

柳瀬は黙って聞いていた。受験、受験って言うけれどもね、君の言うようなことが教育なのだと、君は本当にそう思っているんですか。喉元まで出かかった言葉を柳瀬は呑み込んだ。口にすれば苛立ちが増幅しそうであった。

いったいどうすればこれほど「単純明快」になれるのだろう。柳瀬自身、受験にしか役立たぬ知識の伝達に徹することがあるにはある。そうすることが必要であると判断した場合、はたまた多忙のため教材研究が不足した場合、あっさりと割り切るのだ。だが、そんな時、自分の授業が学びの本質から外れていることへの自覚があったし、心中には煩悶があった。市村は違う。彼は無邪気なまでの信念をもって、受験教育に専心している。そんな市村に、柳瀬がたった一つ信頼を置いているのは、彼の純粋さに対してだった。市村は出世欲や名誉欲のまるでない男であった。

冷静さを取り戻したところで柳瀬は尋ねた。

「君が生徒に身につけさせたい力っていうのは、どんな力なんですか？」

「だから、対外的に通用する力、つまり他校の生徒と競争して勝てる力ですよ。このままじゃあ、私学に勝ち目はありません」

柳瀬は構わずちぐはぐな応答をした。

「私は歴史に参加する力をつけさせたいんです」

言ってしまってから、自分の中にあるおこがましさを恥じ、口をつぐんだ。

窓の外には明るい田園風景が開けていた。ふと目に入った白鷺を珍しいと思って見た。鳥の羽毛は目に染み入るほどに白かった。しばらくの沈黙の後、柳瀬は言った。

「北海道にね、高校を中退した生徒や不登校になった生徒を受け入れている高校がありましてね、ご存じですか?」

「いいえ」

「入ってくる生徒はみんな傷ついてますから、教師は大変なんですが、そこでは我々が忘れがちな教育の原点みたいなものが貫かれていましてね」

「……」

「うちの娘がそこへ行きたいって言い出しました」

宮台小学校の校長は、ものごしの柔和な、いかにも親切そうな人だった。彼は柳瀬と市村を、物置のようになっている一室に案内してくれた。口笛を吹き鳴らしながら市村は、向こう向きになって、古い教具を保管してある箱の中をあさり始めた。柳瀬は校長から手渡された慰問袋の中身をまず確かめようとした。それは、戦況悪化のため、戦地に送り届けられることなく内地に残ったものだった。

柳瀬は袋の中の手紙を一度ぜんぶ机の上に出してから、中の一通を開いてみた。「兵隊さん」への感謝の思い、学校での毎日の生活と殊勝な決意が、几帳面な字で便箋二枚にびっしりと綴られている。手紙にはこうあった。

〈……建國二千六百年、神國日本は戰に敗れたためしがありません。兵隊さんはいま、満人、支那人、南方の人々、そして世界の人々を苦しみから救ふため、あの憎い米英と戰って居られます。僕等も一生けんめい勉強し體をきたへ、将来はきっと大東亜の建設に尽くします。これ

からもますます御國のために御奮闘くださるやうお願ひ致します。……〉

何通目かを開いた時、幼い筆跡の中に、柳瀬は奇妙なひらがなを発見した。「鏡文字」というのであろうか、「し」の字が左方に撥ねている。柳瀬がふふっと笑ったので、市村は振り向いた。

「この字を見てください」

あはは、と声に出して市村は笑った。

「こういうのは、担任はチェックしないんでしょうかね。中身も見ずに袋に突っ込むんでしょうか」

柳瀬が言うと、

「この時代にも、榎本くんみたいにずさんな担任がいたんやないですか」

と、冗談まじりに同僚の名前を口にして、彼はまた向こうを向いた。

柳瀬は改めてその稚拙な手紙に目を通した。

〈兵たいさんえ　おからだご丈夫におすごしですか　ぼくわまい日まい日うんだうじゃうのはたけおたがやしています　きのふぐらまんがとおくとんでゆくのが見えました　日本のくにわれっせいなのでしなないで早くせんちからかえってきてください〉

書かれてあったのは、たったそれだけである。だが、柳瀬は不意に心打たれ、どこの誰とも知れない、これを書いた子どもをいとしいと思った。日本は劣勢だって？　死なずに戦地から帰ってこいだって？　不覚にも涙がひとすじ頰を伝った。

ややあって口笛がぴたりとやんだ。市村がこちらを振り向いた。柳瀬は濡れた頰をぬぐうのも忘れ、市村に手紙を差し出した。

「これ、読んでみてください」

読み終えた市村は、怪訝そうな目で柳瀬の顔をじっと見つめた。彼の目は問うていた。

で、これがいったいなんやっていうんですか？

受け取り手を失った慰問袋が、五十年以上も経って二人の凡庸な教師たちのもとへ届こうとは、誰も予想だにしなかったろう。

帰りの電車の中で、市村は手紙を一通一通読んでいた。

「平和な世界を築くためにも、鬼畜米英は一人残らず殺さなければなりません……？」

今では奇異としか言いようのない手紙の一節を市村が声に出して読み上げると、軍国主義教育の無残な末路を柳瀬は改めて思い起こした。

「時代が時代だから、教師はその子を大いに誉めたかもしれませんよ」

すると、何を思ったか、市村は慰問袋の中身をひっかきまわし、「し」の字のひっくり返った例の手紙を取り出した。柳瀬が見ていると、手紙を――当時は不出来な児童とみなされていたに違いない子どもの書いた手紙を、その拙い一字一字を、市村の目は丹念にたどり始めた。

Ⅲ　短編小説 2

絹子の行方

一

絹子はお気に入りのベッドに腰掛け、ケアマネージャーの樋口さんを待っていた。ベッドには、両サイドに鉄パイプ製の簡素な白い手すりがついている。一見して、そっけないくらいに地味なベッドだ。だが、リモコンの操作一つで背上げができる。

先頃、絹子は腰の手術をした。手術後も痛みは残り、起き上がる時、寝返りを打つ時、腰骨に痛みが走る。そんな痛みを和らげてくれる電動ベッドは、絹子にとってはもはや身体の一部と言えた。

絹子は正面に据えてあるお仏壇に目をやった。そして、二年前に亡くなった夫の拓朗さんに語りかけた。

「皆に親切にしてもろて、絹子はあんじょうやってますよってにな、安心してくださいや」

それから、右手の硝子戸の方へ視線を移した。そこから近所の農家が所有する畑が見える。菜の花に黄色く編み上げられた畑地がまぶしい。そこら一帯に立ち込めているであろう、むせ返るほどの芳香が、今にも戸の隙間から染みてきそうだ。畑の向こうを、子どもが川遊びできるくらいの浅い川が、緩やかなカーブを描いて流れている。川の両岸は桜並木になっていて、乳白色にけぶり立つ桜花が、長い帯となってうねっている。

その花陰を、スーツ姿の樋口さんが自転車で横切った。浮き立つような気分で、絹子は彼女を出迎えた。

樋口さんは六十前後の女の人で、モデルさんのように背が高い。彼女は円筒形の腰掛けに腰を下ろすと、長い足をきっちり揃え、斜めに倒した。腰掛けはおもちゃのように小さく見えた。

「松原さん、介護ベッド、使ってみられてどうでした？」

「これのおかげで寝起きするのがすっかり楽になりましてん。樋口さんにはえらいお世話になりました」

絹子は実際にベッドに横たわり、リモコンを操作してみせた。

「寝返り打つ時、腰が痛みますねんけどね、こないしてちょっと背上げしますやろ、あんばい行きますねん」

ベッドのレンタルだけではない。週二回、ヘルパーさんが掃除をしにきてくれている。

「掃除も助かってます。腰が痛あて、掃除機かけるの、難儀してましてん。それにね、うちに来てくれはるヘルパーさん、来るたんびに、お変わりありませんか言うて声かけてくれはりますねん。一人っていうのは、やっぱり心細いもんでしてね、誰なと気にかけてくれはる人がいてたら、安心です」

「デイサービスの方も、いろいろな取り組みに積極的に参加されてるそうですね」

デイサービスは、通い始めて二年になる。この話題になると、絹子は「お仲間」のことをしゃべりたくてうずうずする。

「おかげさまで、グループの皆さんに会えるのが一番の楽しみですねん」

「それはよかったです」

「皆さん、それぞれ個性的でんなあ。峰さんいう人ね、折り紙を教えてくれはりますねん。『ボケ防止によろしおまんでえ』言うて。みんなでわいわい言いもって、折りますやろ。帰ってから自分一人でやってみますねん。きれいさっぱり忘れてま。ボケ防止言いましてもな、もうすでにボケてまんねんやがな」

樋口さんは満面の笑みを浮かべて絹子の話を聞いている。

「それからね、中川さんって、面白い人でんな。たこ焼き作りをした時、役割分担しまひょって言わはりまんねん。『田上さん、タコ切ってくれはりまっか。宮地さん、ネギ刻んでくれなはれ。片岡さん、粉とぐ係。松原さん、焼く係ね。ほんで、わて、食べまっさ』って、こんな調子ですねん」

樋口さんは、あははは、と声を上げて笑った。

気分が高揚すると、絹子はついプライベートなことまで話し出す。

「昨日はお父さんの三回忌でしてんわ」

「ああ、そうでしたか」

「次男は日雇いの仕事で東京に行ってますから、長男と嫁と孫と私の四人ですませましてん。それが、あんた、いつも来てくれはるぼんさんが亡くならはりましてなあ」

「あれまあ」

「そのぼんさんには跡取りがいてしませんねん。長男が『母さん、俺にまかしとき』言いますよってに、その言葉通りまかしてましたら、本屋で買うてきた経を自分で読みますんや。おっかしいて、息子が経読む間、私、ずっと笑いをこらえてましてん。そんでもね、うちのお父さんやったら、大目に見てくれるやろって、皆で言うてまんねん。ほれ、その後ろの柱に写真、飾ってますやろ。そんでええ、ええ、ぼんさん呼ばいでも、勝の経で十分や言うてま」

樋口さんは後ろを振り仰いだ。

「あれまあ、ずいぶんイケメンのおじいちゃんですねえ」

「そうでっしゃろ」

絹子は大笑いした。

夫の拓朗さんは、長年、小さな印刷会社を経営してきた。だが、大腸に癌が見つかり、七十七歳で仕事をやめた。同じ頃、絹子も長年続けた洋裁の仕事をやめた。一時は入院やら手術やらであたふたしたが、その後は穏やかな老後が待っていた。歴史好きな拓朗さんは、その関係の書物をあさり、あちらこちらで開かれる歴史講座にも足を運んだ。絹子は絹子で、趣味としての縫い物、編み物に熱中した。そして、二人して川沿いの道をよく散歩した。

「声を荒げることなんかいっぺんもない、優しい人でしてん」

「きっとそうなんでしょうねえ。優しいお顔立ちをなさってますものねえ」

二人で歩いた散歩道。四季折々に装いを変え、鳥たちも生息していた、なじみ深い道。絹子の耳に拓朗さんの声がよみがえる。

絹子さん、見てみ。アオサギや。ほら、そこ、そこ。いつ見ても気品のある鳥やなあ。

つらいことは忘れた。絹子はふっとため息をつくと、夢見心地につぶやいた。

「幸せな人生でした」

日が傾いて、空に浮かぶ雲にほんのりと朱色の光が差していた。樋口さんは来た時のように桜の花陰を通って、自転車で帰っていった。

一年が過ぎ去り、また春が巡って来た。

樋口さんは、両親の介護をしなければならなくなり、遠く離れた郷里へと帰ってしまった。

それで、彼女のかわりに若い痩せぎすな男の人が訪ねてきた。

「先日、お電話しました小島です」

その人は名刺を絹子に差し出した。

小島さんは円筒形の腰掛けに腰を下ろすと、アタッシェケースから書類の束を取り出した。

そして、中の一枚にちらりと目をやってから、絹子に向かって笑いかけた。

「松原さんは、八十八歳……ですか？　お元気でいらっしゃいますねえ」

そう言われると、絹子も悪い気はしなかった。

「おかげさまで」

「僕の知る限りでは、松原さんのお年でこんなにお元気な方は珍しいです。今現在、保持されている機能を低下させないためにも、自立を心がけましょう」

そう言って、小島さんはまた絹子に笑いかけた。絹子も自然と頬がゆるんだ。

だが、その後、小島さんが早口で話した事柄は、絹子の頭を混乱させた。

松原さんは、要介護1から要支援2に機能改善されたので、「ケア会議」の結果、介護保険サービスから「卒業」してもらうことになり、ベッドのレンタルも、ヘルパー派遣も、デイサービスも、打ち切りになりました——という内容を理解するのに、彼の口から出る一言一言を、絹子は何度も聞き返さなければならなかった。

「起き上がる時、腰が痛あてね、このベッドがないと難儀しますねん」

絹子が説明するのを、はい、なるほど、ええ、ええ、などとあいづちを打ちながら、小島さんは聞いてくれた。事情をわかってもらえたものと思い、絹子はほっと安堵した。ところが、小島さんは、会議の決定通り事を進めたいらしく、絹子の訴えなどまるでなかったかのように、強引に話を進めていった。

「介護サービスの目的は自立支援なんです。サービスに頼っていると、自立できません。甘えは禁物です」

「甘え」と言われると、何となくこちらが身勝手な要求をしているようで、絹子は思わず身を縮めた。

「それで、提案なんですが、長男さんのご自宅の近くに体操教室があるんです。デイサービスが終了となりますので、そのかわりに体操教室に通われて、リハビリされることをお勧めします」

今一度、確定的に、デイサービスの打ち切りを宣告されると、悲痛の感が絹子の脳天を強く打った。

「三年前に主人が亡くなりました時にね、寂しいて寂しいて……。なんや孤独の淵に真っ逆さまに落ちていくような気がしましてんわ。そんな時、息子に勧められてデイに通うようになりましてん。今ではデイのお仲間やスタッフさんに会えるのが、一番の楽しみですねん」

だが、小島さんはきっぱりとした口調でこう言った。

「デイサービスは身体機能を向上させる効果が期待できません。松原さんに必要なのは、身体機能のより一層の改善です。体操教室でもすぐにお仲間はできるでしょう。それに、体操教室は無料です」

絹子が何か言いたげなのを、封じようとでもするように、小島さんは一段と明るいトーンで言葉を続けた。

「こんなにお元気なんですから、大丈夫です。頑張りましょう」

体操をして腰の具合がよくなるはずもない。年をとれば体は老いる。それが自然の摂理というもの。だが、金縛りにでもあったように、絹子は声が出なかった。

小島さんが帰った後、絹子はぼんやりベッドに腰掛けたまま、しばらく立ち上がれずにいた。何となく詐欺にあったような気分である。昨日、「新しいケアマネの話を一緒に聞くわ」と言ってくれた、長男の勝の申し出を断ったことも悔まれた。内心、嬉しく思いつつも、多忙な息子に迷惑をかけたくなかったのだ。それに、ついさっきまで、絹子の目に映る世間は善意にあふれていた。世間は信頼に足るものであり、息子の助けを借りずとも、自力で渡りきれるものと信じていた。

絹子はよく「八十代には見えない」と人から言われた。

朝、朝食をすませると、欠かさず庭の草木に水をやる。それから、お仏壇の前で手を合わせ、拓朗さんと対話する。その後、デイサービスのない日には、例の川沿いの道を散歩する。季節ごとに変容する景色を眺め、草や葉の匂いを嗅ぎ、水音やカモの鳴き声に耳をすませ、心の中の拓朗さんを話し相手に、ゆったりとした歩調で歩く。

午後には、新聞を読んだり、テレビを観たり、買い物に出たりして日を過ごす。ありがたいことに、人が入れかわり立ちかわり訪ねてくる。お隣の奥さんは、大根の酒粕漬けだの新生姜の甘酢漬けだの、いつも自家製の漬物を持ってやってくる。そのたび、話し好きな奥さんは長居をする。裏手の農家のおじさんは、ナスやらトマトやら枝豆やら、その時どきの収穫物を分けてくれる。

時たま次男の聡がひょっこり帰ってきたりする。そんな時には、特上の牛肉を買ってきて、すき焼きを作って食べさせる。着替えさせて、衣類にほころびがないかどうか確認し、洗濯し、アイロンをかけてやる。

一日の終わりには日記をつける。日没が遅い季節には、その後、もう一度散歩に出る。家に帰りつく頃、鈍く光る青白い群雲に、淡い朱や紫やピンクの光が差し、空一面、カラス貝の裏側のような光沢を帯びて輝き渡ることがある。そういう時、この年まで生きさせてもらえたことを、神様仏様に感謝する。

郵 便 は が き

料金受取人払郵便

小石川局承認

9954

差出有効期間
2023年9月14
日まで
（切手不要）

1 1 2 - 8 7 9 0

101

東京都文京区水道2-10-9
板倉ビル2階

（株）本の泉社 行

1 1 2 8 7 9 0 101

フリガナ お名前	年齢　　歳 性別（男・女）
ご住所 〒 電話　（　　　）　FAX　（　　　）	
メールアドレス	
メールマガジンを希望しますか？（YES・NO）	

読者カード

■このたびは本の泉社の本をご購入いただき、誠にありがとうございます。

ご購入いただいた書名は何でしょうか。

(　　　　　　　　　　　　　　　　　　　　　　　　)

■ご意見・感想などお聞かせください。なお小社ウェブサイトでご紹介させていただく場合がありますので、匿名希望や差し障りのある方はその旨お書き添えください。

■ありがとうございました。

※ご記入いただいた個人情報は正当な目的のためにのみ使用いたします。

また､本の泉社ウェブサイト（http://honnoizumi.co.jp）では､刊行書（単行本・定期誌）の詳細な書誌情報と共に、新刊・おすすめ・お知らせのご案内も掲載しています。ぜひご利用ください。

だが、そうした日々も、人様の支えがあればこそ成り立っていたのだと、絹子は今になって思い至る。

二

勝はいつでも帰りが遅い。それで、嫁の美代子さんに一部始終を電話で伝えた。

「まあ、どうなるかわからへんけどな、お母さん、頑張ってみるわって、勝に伝えといてくれはりますか」

すると、その週の日曜日、勝が家にやってきた。

「知り合いに聞いたんやけどな、年寄りを介護サービスから『卒業』さしたら、その分、補助金ふえるんやと。市も財政難やよってにな、点数かせぎたいんやろ」

憤慨した調子でぼやきながら上がり込み、勝はまずお仏壇に手を合わせた。

絹子と勝は、台所のイスに腰掛け、テーブルをはさんで向き合った。

「母さん、独りやったら何かと大変やろ。俺とこ来うへんか？」

唐突に勝は話を切り出した。突然の同居の誘いに、絹子は面食らい、返事に窮した。

勝は無理をしている。そう絹子は思った。拓朗さんの葬儀の時、「勝くんがお母さんの面倒みるべきちゃうか」と声高に言い募る人がいた。絹子はその忠告を退けた。共働きが増えた昨今は、子が親の面倒を見るという時代ではない。だが、幼少の頃から優等生で通してきた勝は、親不孝者のように言われたことを、今も気に病んでいるのではあるまいか。

「あんたとこ行くゆうてもなあ……」

絹子は思案した。

自動車部品の製造会社に勤める勝も、食品会社で事務員をしている美代子さんも、夫婦ともども仕事が忙しい。子どもらは手がかからなくなったとはいうものの、東京の大学に通う涼真くんへの仕送りや、体育大学をめざしている琴美ちゃんの部活代、塾代、大学に受かった場合の学費など、出費は増える一方で、時間的にも金銭的にも余裕がない。そんな勝らに絹子は迷惑をかけたくない。同居して「お荷物」になるくらいなら、施設に入った方がましである。

ちょうど都合のよいことに、老人ホーム（拓朗さんはそれを「トクヨウ」と呼んでいた）への入居をすでに申し込んである。

ずっと以前、「子どもらに迷惑かけたないよってに」と言って、二人でトクヨウの施設見学に行った時、順番待ちの人が二百人いると聞かされた。それでは、体が言うことをきかなくなってから申し込んだのでは手遅れではないか。そう考え、二人で相談して、その場で申し込んだのだ。

「あんたら、まだまだ働かんならんよってな、お母さん、トクヨウに入るわ」

「特養？」

「ずっと前、お父さんの癌が再発した時、申し込んだんやわ。その時は、二百人ほど順番待ちの人がいてな、なんや年寄りが死ぬのを待ってるみたいで、申し訳ないなあ言うて、いま何番目ですかとも、今までよう聞かんかってんけどな、もうそろそろ順番、回ってくる頃やろ。お母さん、いっぺん電話してみるわ」

勝は妙な顔つきをして絹子を見つめた。

「母さん、特養は入られへんで」

「なんでやいな」

「特養に入れるのは、要介護３からや」

「要介護３？」

そう言われても、絹子は得心がいかなかった。

「そんな話、聞いてへんで」

「そらそうや、システムはころころ変わるよってにな」

このようなやりとりを経て、今一つ気が進まぬまま、絹子は長男夫婦の家へ移る次第となったのだった。

引っ越す日には、東京から帰省した孫の涼真くんも来てくれた。必要な衣類をまとめ、お仏壇を毛布で梱包し、拓朗さんの遺影や裁縫道具など、大切なものをカバンに詰め、万事スムーズに作業は進んだ。我が家で暮らした長い歴史に終止符を打つ、絹子にとっては重大な日であったのだが、引っ越し先は車で十分、歩いても行ける距離なので、特別の感慨もなく時間はたんたんと流れていった。

勝の家に到着後、絹子にあてがわれたのは一階の一部屋で、かつて涼真くんが使っていたベッドが、二階から運び下ろされた。部屋にはお仏壇が据えられ、柱には拓朗さんの遺影が掛けられた。

絹子がベッドに腰を下ろすと、背丈が勝と変わらない大柄な美代子さんが、右腕で絹子の背を支えてくれる。絹子は体の向きを変え、両足をベッドにのせる。それから、枕の位置を確かめ、体をずらす。

「お義母さん、いいですか、倒しますよ」

美代子さんは、抱きかかえるようにして絹子の上体を倒していく。この時、美代子さんは精一杯、足を踏ん張る。絹子の耳にかかる彼女の息は苦しげだ。

母さんは、寝起きする時、腰が痛むねん。それだけあんばいやったって。勝はそう言って美代子さんに何度も念押しした。勝が介助してくれることもたまにはあるが、朝が早く、帰宅も深夜になることが多いため、絹子の世話はおおかた美代子さんの役目となった。

同居とはこういうことか、と絹子は今更ながら思い知った。電動ベッドを使っていた時、絹子には、自力でやっていけるという自信があった。ところが、寝起きするのに人の手を借りねばならなくなってみると、心に余計な感情が混ざり出した。思った以上に肩身が狭く、「老い」を必要以上に自覚させられ、自尊感情は日に日に摩耗していった。

その上、美代子さんは食事を、朝晩はもちろん、昼の分も、レンジで温めれば食べられるようにしてくれた。

絹子は何となく身の置き所もない気がした。何か自分の役目がほしいと思った。が、死者と対話しながらゆったりと暮らしてきた絹子の時間感覚はあまりに悠長で、長男一家の日常は、まるで早送りされたフィルムのように、せわしなく感じられた。電化製品の仕様も違っていた。絹子は生活の渦中から取り残された。

十日ばかり日が経つと、かつての自分自身を思い起こし、回想にふけることが多くなった。若い頃は、紡績工場で働き、過酷な作業にもよく耐えた。早出の日は朝の五時から、遅出の日は夜の十時まで、六十台の機械の間を歩き続け、糸切れを発見したなら、誰よりも器用に手早く糸をつないだ。結婚してからは、日がな一日、わき目も振らずミシンを踏んだ。納期に追い立てられ、幾夜徹夜したことか。お得意さんが増えていき、しばしば人の悩みごとの相談にのったりもした。

私も若い頃には……。

過去を懐かしむ心情は日に日に募った。

日中、絹子はすることもなく、話し相手もいなかった。体操教室は、二、三度通っただけでやめてしまった。体を動かすたび腰が痛み、苦行でしかなかったからだ。それに、デイとは違って、楽しくなかった。

やることがないので、時折、近所を散歩した。

縦横に伸びたアスファルトの道沿いには、豪勢な家々が、道の果てまでがっしりした塀を連ねていた。が、通りに人影はほとんどなかった。

　季節はいつしか夏になっていた。


　ある日のこと、真夜中にふと目が覚めた。絹子は急に空腹を覚え、ゆでたまごが食べたくなった。

　夕食はちゃんととったのに、ゆでたまごが食べたいと思っている自分が浅ましかった。空腹感を紛らわせるため、この一週間の出来事を思い起こそうと試みた。が、そうした努力も空しかった。目をつぶると、ゆでたまごのつややかな白さがありありとまぶたの裏に浮かび上がる。

　絹子は目を開けた。冷蔵庫内にずらりと並んだ卵が、まるで実際に見ているように、暗闇の中にはっきり見えた。それから絹子は、ベッドから這い出し、台所まで手探りで歩く自分の姿を想像した。

　台所の電気をつける。冷蔵庫を開ける。卵を取り出す。柄のついた小さな鍋に水を入れ、卵を浸ける。火にかける。空想の中で、そうした手順をたどっていると、ますます抑えがたく膨らんでいく食欲が、おぞましかった。

　絹子はもう一度、空腹感を紛らわそうと、今度は昔の思い出を引き寄せた。が、洞穴に広がる寂寞が深みを増すように、あがけばあがくほど、満たされない感覚は耐え難くなるばかりだった。

　そして、ふと思った。こんな深夜にゆでたまごを作っているところを、もしも勝や美代子さんに見つかったら、どんなにみっともないことか。これがただの空想でよかった、と思いながら、目をつぶる。

　ゆでたまごが食べたい欲求は執拗だった。鍋の中で細かな泡が吹き上げている。湧き立つ湯の中で卵が揺れている。

殻をむく時の指の感触。つるんとした白身の手触り。一口かじった時の黄身のほろほろした舌触り。空想は生々しく、単に頭の中で想像しているだけなのか、実際にゆでたまごを作っているのか、だんだんわからなくなってくる。

どこかで物音がする。誰かが目を覚ましたらしい。全身がこわばった。火を止めようとしたが、金縛りにあって、体が動かない。足音がこちらへ向かってくる。勝だろうか、美代子さんだろうか、琴美ちゃんだろうか。

甲高く冷え冷えした声が、絹子の耳に突き刺さる。

「お義母さん、何なさってるんですか？」

声のした方を振り返った瞬間に目が覚めた。

食費として一万円、美代子さんに手渡そうとしたが、受け取ってはもらえなかった。


お世話してもらうばかりで申し訳ない。何の役にも立てず申し訳ない。忙しいのに、手間を増やしてしまって申し訳ない。申し訳ない、申し訳ない、そう思う気持ちがいつしか絹子の中で反転し、実の子である勝はともかく、美代子さんに対する意地悪い心持ちが、心の底にうごめき出した。

男のようにきっぱりした美代子さんの口のきき方や、家事をする時の乱暴とも見える手早さや、朝、急いで家を出ていく時のせわしなさが、絹子をうっとうしい気分にさせた。食事を作ってくれるのはありがたいが、冷凍食品やインスタント食品に頼り過ぎる。洗濯物のたたみ方も、掃除機のかけ方も、丁寧さに欠けている――。

じめじめした雨が降り続く梅雨の頃、絹子は預金通帳を紛失した。この預金は、万が一、聡がけがや病気で働けなくなった時のため、倹約して少しずつ貯めたお金である。それが、瞬時にして泡と消え、絹子は気が動転した。

　勝と美代子さんも一緒になって捜してくれた。「節約してこつこつ貯めたのに」「おっかしことみんかあ」「聡は退職金も年金もないからな。お金、遺したらなあかんのやがな」同じことをぶつぶつと繰り返しつぶやきながら、タンスの中や押し入れの中を、血眼になって捜し回った。何か制御できない力に突き動かされているようで、息をするのも苦しかった。

「母さん、落ち着きいや。絶対家ん中にあるねんから」

　勝の落ち着き払った口ぶりは、どこか他人事のような響きがあった。絹子は何となく、美代子さんが疑わしいと思い出した。

「お義母さん、ありましたよ」

　押し入れにあった旅行カバンの中身をあさっていた美代子さんが、左手に口の開いた小物入れを持ち、右手で通帳を掲げながら、甲高い声で叫んだ。その時、この人はなぜ通帳のありかを知っていたのだろうと、絹子はいぶかった。

　その二、三日後のことだった。夢ではなく、本当にゆでたまごを作っている自分を、絹子は真夜中の台所に見出した。

　水の入った小さな鍋に、白い卵が浸かっている。夢と違っていたのは、ガスコンロの火がつかないことだった。絹子は苛立って、乱暴に何度もレバーをひねった。そのたび、カチ、カチ、と味気ない音が空しく響いた。

　その内ふと、真夜中にゆでたまごを作るという自分の行為の異様さに気がついた。さらに具合の悪いことに、勝と美代子さんが起きてきて、妙な顔をして台所をのぞきこんだ。

「母さん、何してんの？」

　勝は頓狂な声を上げた。絹子は口を開こうとしたが、言葉にならない言葉をもごもごと発するのがやっとであった。

美代子さんは鍋の中の卵を見つけ、

「ゆでたまご、食べたいと思わはったんですか？」

と言った。絹子は全身が硬直し、呼吸が止まったかと思うほど、息苦しさに襲われた。

二人は絹子に背を向ける格好で、ガスコンロの前に立った。

「このガムテープは？」

と美代子さんに勝は尋ねた。美代子さんは声を低め、何事かを囁いた。「おばあちゃん」「消し忘れ」「琴美」という言葉の断片が鼓膜をかすめた。おばあちゃんが火を消し忘れていたと、琴美が言った――どうやらそういうことのようだった。身に覚えはないが、何か失敗をやらかしたらしいと思って、絹子は強い不安にとらわれた。

美代子さんがレバーをひねると、ガスコンロにぽっと火がついた。

勝も美代子さんも、翌朝早くに仕事に出なければならないのに、夜中に起こしてしまい、絹子は面目ない思いで一杯だった。

「お母さん、頭おっかしなったんかしら。こんな夜中にゆでたまご作ったりして」

と言うと、

「年のせいやろ。気にせんことや」

と勝は絹子を慰めた。

「お義母さん、夜中にゆでたまごが食べたくなったら、いつでも起こしてください。作りますから」

と美代子さんが言った。

三人は少しの間、黙りこくったまま、食卓のイスに掛けていた。煮え立つ湯のなかで卵は暴れ、鍋の内側にぶつかって、カタカタとわびしい音を立てている。

このままもっと「ボケ」が進み、奇妙な行動が増えるのではないかと思うと、冷え冷えした震えが背筋を走った。

「勝、お母さん、トクヨウに入りたいわ。そうしたら、あんたらに迷惑かけんですむしな」

「迷惑やなんて、何を言いはるんですか」

美代子さんは立ち上がり、ガスコンロの火を止めると、ゆでたまごの殻をむき始めた。

「前にも言うたやろ、特養に入れるのは要介護３からや。母さんは元気やから、入られへんねん」

「そうか。入られへんのか」

絹子は深いため息をついた。

勝と美代子さんは寝室へ引き上げた。青い塗料で絵付けされた小皿の上には、白くつやつやかなゆでたまごがのっていた。たまごには、ほどよく塩が振りかけられている。それは、美代子さんの心遣いそのものだった。

本当は、人に作ってもらったゆでたまごなど食べる気がしない。が、せっかく作ってもらったものを、食べないわけにはいかなかった。

ゆでたまごを一口かじった。ほろ苦い味がした。空腹感は消えていた。そのかわり、洞穴のような寂寞をひしひしと心に感じた。

絹子はただただ自分が恥ずかしく、どこか遠いところへ消えてしまいたかった。

三

しばらく日は平穏に過ぎていった。

だが、ある日曜日の夕暮れ時、突然、聡が訪ねてきた。彼の気配を察するや、絹子は嬉しくて舞い踊るような心地がした。

勝と美代子さんの間を、二人を突きのけるようにして通り抜け、絹子は玄関先へ出ていった。そして、聡の顔を見るなり叫んだ。

「やあ、嬉しことみんかあ。聡、元気にしてたか。まあ、遠慮せんと中に入りぃな」

聡はとくだん変わりなかった。白いポロシャツの襟からのぞいている首筋も、袖から伸びている両腕も、真っ黒に日焼けしている。頭は角刈りで、鼻の下や顎には青々とした剃り跡を残し、ぱっと見はいかついが、唇には気弱な微笑をうっすらと宿している。

人生コースを順調に進んだ勝と違い、一本気な性質が災いし、また不運が重なり、聡は安定した職には就けなかった。結婚もできなかった。小学校しか出ていない絹子にとって、勝は自慢の息子である。一方、聡のことは不憫でならず、憐憫の情は過度な愛情へと煮詰まって、絶えず心に疼いていた。

「聡、いま着てる服、お母さんが洗濯するからな。家にある服に着替え」

そう言って、絹子は自分の部屋に駆け込んだ。そして、タンスの引き出しを開け、聡の着替えを探したが、適当な衣服が見つからない。

背後から聡の声がした。

「お母ちゃん」

「なんや?」

「俺の服やったら、実家にあったで」

絹子は思い出した。勝の家に移る時、聡のものはみな置いてきたのだった。そのことが、何か重大な手抜かりであったかのように感じられ、絹子は口惜しい思いをした。

「そうやったなあ。えらいことしたなあ」

「昨日、自分で洗濯したから、大丈夫やで」

気を取り直し、絹子は言った。

「お腹すいたやろ。お母さん、すき焼き作るわな」

絹子は、今度は台所へ駆け込んだ。冷蔵庫を開けた時、美代子さんが慌てふためく声がしたが、絹子の気持ちはすき焼きを作ることの方へ突進していた。

ところが、冷蔵庫を開けた途端、絹子の頭は混乱した。チルドがあるはずの位置にチルドはなく、あったと思ったら、中にはソーセージやハムしか見当たらない。それで、先にネギを取り出そうと、野菜室を開けると妙に冷えていて、色とりどりの包みが入っている。もしやこの中に肉が隠されてはいまいかと、絹子は包みの一つを取り出し、破り裂いた。中から白い塊がいくつも転げ落ちた。

周囲が何やら騒がしかった。が、何となく夢を見ているようで、何が起こっているのかわからなかった。美代子さんが来て、包みを取り上げようとした。絹子は怒りに駆られ、その手を払った。

「母さん、何がしたいの？」

と勝が尋ねた。

「聡にすき焼き、食べさそうと思てな」

「すき焼きの用意なんかしてへんで。まあ聡とその辺、散歩でもしてきいな」

絹子はすき焼きの具材がないと知って憮然とした。

「そうか。聡も、来るなら来るって、前もって言うてくれたらよかったのに」

すき焼きを作ってやらねばという思い詰めた気持ちを抱えたまま、絹子は聡と連れ立って散歩に出た。

若い頃、聡は演劇に熱中していた。彼は、舞台の上では別人のように饒舌になれるのに、家では口が重かった。二人並んで歩いていても、絹子が質問することに、ぽつりぽつりと体裁悪そうに答えるだけだ。ただ一つ、聡の方から話したのは、将来の職に関することだった。

「今からでも安定した職に就こうと思てな、介護士の勉強してんねん。こんな年でって最初は思たけどな、シニアで介護士めざす人、けっこうおるねん」

安定した職と聞いて絹子は喜んだ。

家へ戻ってみると、すっかり夕食の準備ができていた。食卓の中央には鉄鍋をのせたコンロが、その横にはすき焼きの具材の入った大皿が置いてあった。ありがたいと思う一方で、さっきまでの思い詰めた気持ちが無になってしまい、何となく満たされない心を、絹子はどう収めればよいのかわからなかった。

この日は、勝、聡、美代子さん、絹子の四人で、いつもより早い食事をした。琴美ちゃんはバスケットボールの遠征試合に出かけていて、まだ帰宅していなかった。

夕食後、聡はしばらく皆とリビングで過ごしていたが、やがて実家へ寝に帰った。美代子さんは片付けをすませると、疲れ果てた様子で独り寝室へ入ってしまった。

勝は絹子と二人きりになるタイミングを見計らってでもいたように、口を開いた。

「母さん、聡はもう子どもやないねんし、そないに世話したらんでもええねんで」

「そんでもな、勝は仕事も家庭も持てたから安心やけどな、聡はあの通り独りやろ。ちゃんと食べてるかどうか、ちゃんとした服着てるかどうか、心配で心配で」

「聡ももう六十近いおっさんやねんし、自分のことぐらいなんとかしよるって。それとな、母さんは美代子に感謝せなあかんで。美代子にいつも世話になってるねんからな」

なぜ勝から美代子さんへの感謝の気持ちをそのように強要されるのか、絹子は得心がいかなかった。

「お母さんは毎日、美代子さんには感謝してるで。本当はな、お母さんかてちょっとは役に立ちたいねんけどな、どうしたらええんやろなあ。お母さん、どんなことかてゆっくりゆっくりならやれると思う。掃除でも、洗濯でも、料理でもな。そんでもな、美代子さん、ちゃっちゃ、ちゃっちゃ動きはるやろ。お母さんの出る幕のうなってしまうんやがな」

若い頃のように体が思うようにならないことが、今更ながら歯がゆく、口惜しかった。だが、すぐに、自分がいささか見当違いをしていることに絹子は気付いた。

「そういうことを言うてんのとちゃうねん。すき焼きの味付けが薄いとか、キクナが入ってへんとか、わざわざ言わいでもええやんか」

絹子は愕然とした。

「お母さん、そないなこと、言うたんかいな」

振り返れば、確かにそのように言った覚えがある。それなのに、そうした言葉が、相手を不快にしたり傷つけたりするであろうことに、まったく思いが及ばなかった。

絹子はこれまで、人には努めて思いやりを持って接してきたつもりである。それが年をとるにつれ、体ばかりか心まで鈍くなってしまったのか。

「美代子さんにはすまんことしたなあ。お母さん、一体どないなってしもたんやろ。そないなこと言うたら、相手がどう思うかも、わからんようになってもたんやなあ」

絹子はつくづく自分が情けなく、恥ずかしく、それ以上に、息子に「叱られた」ことが悲しかった。

だが、一夜明けると、羞恥の念や悔悟の情は、妙な具合にねじ曲がり、絹子はすっかり意固地になっていた。

もうこんなわけのわからない家にはいたくない。自分の家に戻ってやる。

帽子をかぶり、小物入れを肩から斜めに掛け、絹子は一大決心して家を出た。

ついこの間までの我が家での生活が懐かしかった。あの頃は、生活を自分自身で切り盛りできた。自分が人生の主人公でいられた。あの頃の生活に還りたい。

コンクリートに閉ざされた町の一角を抜け出ると、川沿いの道に出た。怒りに任せ、一心不乱に歩いたせいか、思ったより易々と、なじみ深い道に出た。

　桜の木々には青々と葉が茂り、涼しい木陰を作っていた。絹子はしだいに落ち着きを取り戻した。歩く速度を緩め、きらきらと光る水面に目をやった。すると、どこからともなく拓朗さんの声が聞こえてきた。

　絹子さん、見てみ。アオサギや。ほら、そこ、そこ。いつ見ても気品のある鳥やなあ。

　全体が黒ずんだ景色の中に、抜き足差し足といった態の足つきで歩くアオサギが、ぼんやりと白く浮き上がる。

　久々に来てくれたねえ。ほんまや、久々に見るなあ。ぼくらのこと、じっと見て、警戒してるわ。私らのことなんか、見てへんよ、そっぽ向いてるやないの。何言うてんねん、鳥は顔の横に目がついてるねんで。

　絹子はくっくっと笑った。

　あの後、重たげに翼を広げ、あっけなく飛び去ったアオサギを、あっ、あっ、と未練がましい声を漏らしながら、二人で見送ったのだった。

　風が吹いて、絹子を葉擦れの音が包んでいた。目に映る川の流れが、ふと人生のイメージを想起させた。絹子は古い記憶を手繰り寄せた。

　幼い頃に住んでいた古びた家や、谷あいに広がる田畑。戦争に行ったまま帰ってこなかった父と、病に臥せりがちだった母、幼くして病死した弟、畑仕事をしながら母を支えた佐代子姉さん。そんな家族の家計を助けるため、絹子は岡山の紡績工場で働いた。

　遠く空の彼方から、母の声が聞こえてくる。

　小山龍二を知りませんか？

　母は舞鶴港まで何度も父を捜しにいった。絹子は一度だけ、佐代子姉さんと一緒についていった。あちらでも、こちらでも、再会を果たした人々は固く抱き合い、感激の涙を流していた。

小山龍二を知りませんか？

人垣をかき分け、狂喜に沸き返る坩堝と坩堝の間を通り抜け、三人は桟橋に向かって進んでいった。「小山龍二」と書いた半紙を額のあたりに掲げながら。

どなたか、小山龍二を知りませんか？

気も狂わんばかりに連呼する母の声が、七十年たった今も耳にこびりついて離れない。

そうかと思うと、母の痩せた背中の印象に、佐代子姉さんの、亡くなるほんの数日前の面影が交錯する。

キヌちゃん、サヨは何のために生まれてきたんやろねえ。

母を看取り、嫁ぎ先の農家で義母を看取り、自らも五十代の若さで亡くなった。病院のベッドで、痩せさらばえた姉の手を握りしめた時の感触が、三十年たった今も残っている。

回想にふける内、懐かしい我が家が見えてきた。平凡な黒い瓦屋根、平凡なグレーの外壁、平凡な玄関の引き戸、平凡な赤い郵便受け……。

小物入れの中の鍵を探すのに手間取り、鍵を開けるのにも手間取り、やっとのこと、戸を開けて中へ足を踏み入れると、時間がたちまち後戻りしたように錯覚された。

「ああ、やれやれ、ただいま」

長い旅から戻ってきた気分である。聡はすでに出た後だった。

絹子はまず台所に立ちつくし、懐かしい室内を見回した。テーブル、冷蔵庫、食器棚、ガスコンロ、電子レンジ、オーブントースター……。これらのおかげで、四十数年の長きにわたって、松原家の生活は維持された。

絹子は次に、居間に足を踏み入れた。思っていたイメージとは違っていた。部屋の中はがらんとしていた。ベッドが——リモコン一つで背上げできるベッドが、そこにはなかった。床の間に一部食い込む格好で据えてあったお仏壇も、なかった。かんかん照りつける日差しが、がらんどうになった畳の上に落ちていた。

とぎれていた記憶が怒濤のように押し寄せた。円筒形の腰掛けに腰を下ろした樋口さん、その満面の笑顔、桜の花陰を走る自転車、アタッシェケースを抱えた男の人、その早口なしゃべり方、勝からの同居の勧め、せわしない引っ越し準備……。

絹子はすっかり理解した。思い描いていた家は、帰りたいと熱望した我が家は、もはや生活の場とはなり得ないこと。すでに「思い出」として完結してしまったということ。

絹子は放心状態で我が家を去った。後のことは、とぎれとぎれにしか覚えていない。

その日は、台風が接近していることもあり、やや強い風が吹いていた。横断歩道を渡ろうとして、ふと見ると、一枚のポリ袋が宙を舞っていた。その哀れな浮遊物に気をとられていたせいだろうか、絹子は思いがけず転倒した。あっと思う間もなく体が宙に浮き、全身が地面に打ちすえられた。そして、気がつけば病院のベッドの上だった。

絹子はそのまま入院となり、手術を受けた。そして、不運にも、入院生活が思いのほか長引く内、自力では歩けなくなってしまった。

医者から退院の日を告げられ、絹子はすっかり悲嘆にくれた。こんな体でどうやって暮らしていけよう。

そんな時、施設への入所が可能になったことを知らされた。勝は「施設」としか言わなかったが、やっとトクヨウの順番が回ってきた、そう思って絹子は喜んだ。

施設へ移る日、絹子の希望で、我が家へお別れをしに行った。この日は、聡もわざわざ仕事を休んで来てくれた。

絹子の乗った車いすが、介護タクシーの後部に固定され、勝は助手席に、聡は絹子の脇に腰掛けた。タクシーは走り出し、ほどなくして我が家に着いた。絹子はタクシーから降ろされた。

「母さん、中に入る？」

と勝が聞いた。

「中も最後に見とくわ」

と絹子は答えた。

玄関に車いすを乗り入れると、いったんいすから下ろされ、息子たちに両脇を抱えられて中へ入った。一歩前へ踏み出すたび、息子らが足を踏ん張るのが、いかにも苦しげである。

「あんたら、すまんなあ」

なぜこんな体になってしまったのか、なぜ息子らに迷惑をかける身になってしまったのか、つくづく自分が情けなかった。応接間、台所、居間と順々に回ってから、台所のイスに腰を下ろし、一息ついた。二階はさすがにあきらめた。

絹子は部屋の隅々を改めて眺め渡した。柱も、天井も、床も、松原家の歴史が染み込んでいるようで、息が詰まりそうなほどいとおしい。貧乏暮らしからようやく抜け出し、拓朗さんと一歩一歩、懸命に生きてきた家である。サッカー少年だった勝と、演劇少年だった聡、対照的だった二人の息子の成長を、家は見守り続けてくれた。そして、ほんの少し前まで、亡くなった拓朗さんと対話しながら、寂しくも満ち足りた日々をここで過ごしたのだ。

ひとしきり室内を眺め渡すと、

「ほな、行こか」

と、自分で自分を促すように絹子は言った。

息子たちはまた両脇から絹子を支えた。

介護タクシーに乗り込む前に、我が家の方へもう一度、車いすを向けてもらった。黒い瓦屋根、グレーの外壁、赤い郵便受け……絹子はそれらを目にくっきりと焼き付けると、手を合わせ、目を閉じた。

「長いこと、おおきに。長いこと、おおきに」

それから再びタクシーに乗せられて、施設へ向かった。

四

職員さんたちがいつになくあわただしげに行き来している。スリッパの音がぺたぺたと鳴り響く。

「生田さん、生田さん」

と廊下の奥から声がする。男の職員さんが、手ぶらで右方向へ消えたかと思ったら、古びた柳行李を抱え、左方向へすたすたと歩み去った。いつもとは違う張り詰めた空気が施設全体を覆っている。

「生田さん、生田さん」

また奥から別の職員さんが呼び立てる。

車いすの車輪を回し、ロビーの窓際へ近寄って見上げると、晴れ渡った冬空に、真っ白い雲がふうわりと浮かんでいる。こんな時、最初に「お友達」になったトメさんは、よくこう言った。

ええ綿でんなあ。

絹子はくっくっと笑う。

綿ちゃいまんで。雲ですがな。

お宅は絹糸でしたなあ。

いいえ、綿です。木綿糸です。絹子いうのは名前です。

はれ、まあ、お宅も綿でっか。

娘時代の紡績工場の思い出に、話はいつの間にかすり替わる。トメさんは、頬を桃色に上気させ、独り楽しげにしゃべり出す。

綿は外国から来ますねん。外国から来る綿はな、ぎゅっと固うにかたまってまんねん。タネもゴミもいっしょくたにな。そのかったい綿を指でちぎりましてな、クリパーラチスに広げてのせてゆきまんねん。ベルトコンベアみたいなもんでんな。そこへちぎった綿をびっしりとのせてゆきまんねん。すきま無うびっしりとな、のせてゆきまんねん。クリパーラチスにな。ベルトコンベアみたいなもんですわ。そしたらね、柔らかい綿のラップができますんや。タネもゴミもとれてね。綿布団をぐるぐる巻きにしたみたいなラップができますんや。クリパーラチスに綿をちぎってはのせ、ちぎってはのせ、そればーっかりでんねん。

トメさんは髪の毛が真っ白で、時どき、毛先が真綿のようにふうわりそよぐ。

ストもしましたで。賃金上げろ言うてね。お宅ら、どうでした？　ストしましたで。朝早うに講堂に集まりましてな、組合の大会しますやろ。その後、「団結」って書いたハチマキしめて、一日じゅう座り込むんですわ。「団結」って、墨で大きゅうに書いてありましたわ。一致団結を頑張るんや言うてね、皆で座り込みしましてん。その時うたった団結の歌、覚えてまっせ。

トメさんは、歌の一節を歌ってみせる。

町から村から工場から　働く者の叫びが聞こえるう　働く者が　働く者が　新しい世の中を作る……

トメさんの歌は、すべての音節がほとんど同じ音程で、まるでお経のようだった。

だが、彼女の「お経」は、絹子の脳裏にメーデーの光景を呼び起こす。赤や黄色や緑に彩られた、おびただしい旗がひしめく広場のきらめき。寮の仲間たちときゃっきゃ言いながら人群れに呑みこまれていく心地よさ。スピーチ、プラカード、シュプレヒコール、そして、表通りをねり歩くデモの隊列……。

トメさんは時折、絹子のことを羨んだ。

お宅はよろしおまんなあ。息子さんや娘さんがしょっちゅう来てくれはって。

いいえ、あれは娘ちゃいます、嫁でんねん。長男の家にいた時は、ようしてくれたんですわ。何ちゅう名前でしたかねえ……あれま、嫁の名前、何ちゅうんでしたかねえ。世話になりましたのにねえ。

私はね、一人目は亡くなりましてん。二人目は貧乏暮らしでな、親の面倒なんかよう見いしません。頼みの綱はお父さん。お父さんの年金を分けてもろて、ここに入ってまんねん。本当はね、特養に入れたらええんですけどなあ。

トメさんがふっと漏らした言葉が、絹子の心に引っかかる。

トクヨウに入れたらって、ここはトクヨウちゃいますのんか?

ここは特養ちゃいまって。

ここはトクヨウちゃいますのか?

特養ちゃいまって。ここはビジネスでやってるとこだっせ。

私、てっきりトクヨウと思てましたがな。

トクヨウちゃいまって。ビジネスだっせ。お金が無うなったら、放り出されま。お金あっても、ここがつぶれたら、行くとこあらしません。

ビジネスだっさかいにな。

高いんちゃいますの?

高いでっせ。ビジネスだっさかいにな。

私、払えてるんだっしゃろか?

足りひん分は、息子さんか娘さんが出してはりまっしゃろ。うちはお父さんが死んだら、ここを出ていかんなりません。お宅はよろしおまんなあ。

そうでっか。トクヨウちゃいまんのか。トクヨウちゃいまんねんな。そうでっか……。

同じ言葉を繰り返す内、情けなさと面目なさで胸がいっぱいになり、不意に泣けてきた。

年をとったら、なんでこないに子どもらに迷惑かけな生きていかれしませんのやろなあ。私、もうさっさと死にたいですわ。

だが、トメさんは毅然と胸を張り、語気を強めた。

なに泣いてはりまんねん。私はとことん生きまっせ。私ら、ニッポンの産業にキヨしましたんや。ニッポンの発展にキヨしましてんで。私もお宅もな。姨捨みたいなこと、許しまへん。

ハッテンにキヨ……。

そうだす。キヨしましたんや。胸張って生きまひょ。

そんなトメさんのことを思い出しながら、絹子はまた空を見上げた。陽が少し陰り出した。雲はしだいに変色して青みを帯びた。ひゅっと音を立てて風が吹いた。唐突に、風に舞うポリ袋の記憶がよみがえった。

廊下が何やら騒々しい。職員さんが二人、ぺたぺたとスリッパの音を鳴らし、小走りで通り過ぎた。

「生田さん、生田トメさん」

「そろそろ出ましょうか」

車いすに乗ったトメさんが部屋から出てきた。いつも血色のよかったトメさんの頬は土気色で、白い髪は頭皮にぺたんとへばりついている。トメさんと、ほんの一瞬、目が合った。トメさんは無表情で、絹子の姿を認めても、何の感情も催さないようだった。

少し前から館内の空気は妙だった。絹子の予感は当たっていた。トメさんのご主人が亡くなってしまわれたのだ。

トメさんが施設を去った頃から、奇妙なことがたびたび起こった。

向こうから寮母の野沢さんが歩いてくるので、

「野沢さん」

と声をかけると、周囲の人がみな笑うのだ。

「この人、野沢さんちゃいまって。吉田さんでっせ。吉田キヨさん」

一番仲の良いミサちゃんを見かけた時も、

「ミサちゃん、かき氷、食べに行こ」

と声をかけると、ミサちゃんは、自分は西村だと名乗り、忙しげにどこかへ行ってしまった。

目に見える何もかもが夢の中の出来事のようだった。だが、何もかもが、夢にしてはあまりにも鮮明だった。

その内、最も不本意なことが、絹子の身に起こってしまった。

同じ階にタキさんという人がいて、職員さんに尿意を訴える姿を何度か見かけた。

「おトイレに連れていってくださいな。お願いします。お願いします」

職員さんらはみな忙しげで、

「さっき行ったとこでしょ」

とすげない反応である。

「そないに言わんと、お願いします。お願いします」

そんなタキさんが絹子は気の毒でならず、いつも心を痛めていた。タキさんの哀れな姿は、絹子の頭の中で繰り返し思い起こされた。そして、そのつどタキさんに感情移入した。タキさんの身に起こっていることは、自分の身に起こっていることのように錯覚された。そのせいか、夢にしばしば便器が出てきた。ある日の朝方、あろうことか、その夢の中の便器に、本当に用を足してしまったのだ。

職員さんによって紙おむつがあてがわれ、シーツが手早く取り替えられた。その間、絹子は蠟人形のように全身をこわばらせ、されるがままになっていた。感情も、固く凍りついていた。

綿埃が舞い上がり、目に見えるすべてがぼやけている。そんな室内を絹子はさっきから行ったり来たり、足が棒になるほど歩いている。

右も左も、薄暗がりの中、紡錘形の白い塊が上下それぞれ列をなし、ずっと向こうの端まで整然と伸びている。静止しているように見えているが、白い塊は一つ一つ、しゅるしゅる、しゅるしゅると目にも止まらぬ速さで回っている。上段のスピンドルに差し込まれた篠巻は、粗糸を下へ下へと送っている。一つ一つの篠巻に、「U」の字をひっくり返したような形のトラベラがついていて、ぐるぐると絶え間なく回っている。このトラベラによって糸は縒られ、縒られながら下へ下へと流れていく。下段のスピンドルに差し込まれた木管は、糸を巻き取り、徐々に徐々に膨れていく。

右、左、右、左、と交互に視線を走らせながら、絹子は歩く。糸が切れているのを発見すると、切れた糸の先端を木管から引き出し、上から送られてくる粗糸に手早くつなげてひょいとねじる。

絹子は同じ場所を何時間も往復し、もう歩けそうにないくらいに疲れている。だが、絹子のお給金を心待ちにしている母がいる。姉がいる。そう思うと、絹子はなんだか誇らしい。それに、私はニッポンの発展にキヨしている。そう思うと、晴れがましくさえもある。

「松原さーん。そろそろお花見に行きますよう」

誰かに声をかけられて、仕事は中断した。

目の前がまぶしく光っている。誰かがこちらへ来るようだ。光の輪のなかで黒いシルエットがだんだんと迫ってくる。男の人だ。その人は、すぐ目の前に立ち止まって、絹子をじっと見下ろした。紺色のズボンにポロシャツという格好で、襟からのぞいている首筋も、袖口から出ている手の甲も、日に焼けて真っ黒だ。頭を角刈りにし、鼻の下や顎にはうっすらと髭を生やしている。

絹子は思わず狂喜して叫んだ。

「お父ちゃん」

光の中にたたずむ人は、ぽかんと口を開けて絹子を見詰めた。喜びとも悲しみともつかない涙が、絹子の目からあふれ出た。

「生きてはったんやなあ。生きてはったんやなあ」

脇に立っていた女の人が、一歩前へ進み出た。

「松原さん、この人は――」

が、その声はすぐに掻き消された。

「そやで。生きて帰ってきたで」

眼前の光景はいよいよ光を増して輝いた。

「嬉しことみんかあ。お母ちゃんは何べんも何べんも、舞鶴港までお父ちゃんを捜しに行かはってんで」

「そうか。皆には苦労かけたなあ」

絹子を乗せた車いすはおもむろに滑り出した。何となく夢を見ているようだった。が、夢にしてはあまりにも現実味を帯びていた。その一方で、すべては幻だと、心のどこかで知っている気がした。

「生きてはったんやなあ。生きてはったんやなあ。嬉しことみんかあ」

夢見心地で絹子は何度もつぶやいた。

コロナ禍の夏に

一

　コロナが世界中で猛威を振るい、祖母は調理補助のパートをクビになった。緊急事態宣言が出て、高校三年生になる樹《いつき》も、アルバイト先の店主から休業を申し渡された。

　二人はダイニングキッチンで頭を寄せ合い、卓上の小さなノートに目をやった。そこには月々の収支が記してある。

「家賃四万三〇〇〇円、光熱費は……」

　祖母はページを繰って、前の月、そして、その前の月も確認した。

「おおよそ一万五〇〇〇円、食費五万円前後……」

　声に出して言いながら、しわだらけの華奢な指を動かし、電卓のキーをしゃかしゃか叩く。

「月々の支出はだいたい十五万やな」

　祖母はノートの最後のページを破り取り、ちびた鉛筆の芯を走らせた。

〈支出　一五万円〉

「『おおよそ』とか『前後』とか『だいたい』とか、そんなおおざっぱなんでええん？」

　樹はぶっきらぼうな口をきいた。

「しょうがないでしょう。月によって違うんやから」

　支出の次は収入だ。

「おばあちゃんのお給料九万二四〇〇円と、イツキちゃんのバイト代六万三四〇〇円がなくなって、年金と児童扶養手当だけでやっていかんならんっちゅうことは……あれ、ま、どうしましょ。十万七六一四円。十一万にも届かへんのかいな」

　困り果てた時の癖で、ちっちっちっと舌を鳴らす。

「完全に赤字やん。どうすんの？」

　いま直面している事態は祖母のせいだとでもいうように、樹は祖母を責めた。

「それに、支出、ほんまに十五万ですむん？　新学期は教科書、買わなあかんねんで。食費も増えるで。おばあちゃんもイッキも、まかない付きやったから、一食分たすかってたけど、一日三食、食べることになるねんで。洗濯機はどうすんの、買い替えるんやろ」

　洗濯機はもうだいぶ前から脱水機能が落ちていて、二度脱水することでしのいでいた。

「洗濯機はもう少しあのまま使おう」

「えーっ、今時ナショナルの洗濯機つかってんの、うちぐらいちゃうん。世の中はとっくの昔に、パナソニックの時代になってるねんで」

　自嘲気味に樹は言った。

「なあ、貯金は？　貯金はどれぐらいあるの？　イッキは三万ほど貯まってんで。おばあちゃんは？」

　祖母は茶の間のタンスにしまってあった二冊の通帳を持ってきた。樹は祖母の手から通帳をひったくると、印字された最後の数字を確認した。一方は、光熱費などが引き落とされて、残金は二〇〇〇〇円足らずになっていた。もう一方は樹名義になっていて、八万円ほど入っていた。

「そっちはイッキちゃんの進学のために残しておかんとな」

　樹はあきれた。

「イッキ、進学なんかこれっぽっちも考えてへんで。それに、八万って、これ何？　あほらし。進学するのに、いったいいくらかかると思ってんの。一校受けるのに受験料、三万五〇〇〇〇円かかるねんで。入学金に三十万も四十万も払わんならんねんで」

　だが、毒づいている場合ではなかった。

「おばあちゃん、このままやったら、ヤバイんちゃうん。電気止まったら、どうなる？」

「どうなるって……えらいことやんか。冷蔵庫は使われへんし、お風呂にも入られへんし、ご飯も炊かれへんしな」

「ヤバッ」

　ガスが止まったら……水道が止まったら……アパートから追い出されたら……樹は卓上に伸ばした左腕に顎をのせ、目の前にあったちびた鉛筆を、指先であちらに転がし、こちらに転がしした。最悪の事態をあれこれ想像し、ヤバイ、ヤバイ、という思いが頭の中でぐるぐると渦を巻いた。が、その内、こうしてはおれないという気分が目を覚まし、渦巻きは逆回転し始めた。

　樹はかっと目を見開き、頭を起こした。そして、緊急事態宣言下を生き延びるための方策を、思いつくままに提案した。

「おばあちゃん、コロナが収まるまでの間、節約、節約で何とか乗り切ろう。買い出しは夜の十時過ぎにイッキがする。値引きシール貼ってあるやつ、買ってきて、食費を月四万円までに抑えるようにする。電気は必要な時だけ点けよう。テレビは一日二時間まで。観終わったらコンセント抜くようにしよう。ティッシュは――」

　調理台の隅に置いてあった箱からティッシュを一枚、抜き取ると、真っぷたつに引き裂きながら言った。

「こんなふうに、シュッて破って半枚ずつ使おう。それから、あと……お風呂は三日にいっぺんでええやん。それから……」

　部屋の隅に目をやった。キャスターの一つがつぶれて微妙に傾いているダイニングワゴンの上に、十枚入りマスクの袋が載っている。中に五枚、残っていた。

「マスクは洗って何回でも使おう。それから……ええっと……そや、ご飯を朝と晩だけにしたら、食費、浮くやん。朝は遅め、晩は早めに食べて、できるだけ早くに寝よう」

今まで「そやな」「わかった、わかった」などと同意を示しながら聞いていた祖母が、初めて異論をさしはさんだ。

「お昼は抜くっていうことか?」

「そうや」

「それはどうやろなあ。人間の生活にはリズムっちゅうもんがあるからなあ」

樹はたちまち不機嫌になり、キッと祖母をにらみつけた。

「おばあちゃん、何言うてんの。昔、日本人は一日二食やってんで。嫌なら、おばあちゃんは三食、食べ。イツキは二食にする」

あっさりと祖母は折れた。

「しゃあないな。国もコロナで緊急事態やけど、うちの家も、二人とも失業してもうて、緊急事態やからな」

こうして、緊急事態宣言下の新生活方針は定まったが、暇を持て余した祖母が散歩に出かけ、一人ぼっちになってみると、急に口が寂しくなった。食器棚の引き出しの中に「柿の種」が残っているのを発見した。十センチ四方の袋を何重にも巻き込み、輪ゴムで留め、さながらおでん用昆布のような態で、割り箸やプラスチック製スプーンに紛れていた。

輪ゴムをはずし、袋を開けた。箸の先端を切り落としたほどの小さなせんべいが十数個、袋の底にみすぼらしくへばりついている。指を突っ込み、中の一つをつまみ上げ、口に入れた。もう一つ、さらにもう一つ……。

何とはなしに部屋の中を見回した。タコの足に干してある黄ばんだ布巾、白カビで汚れたシンクの縁、何年も掃除していないレンジフード、ところどころ表面がはがれて木目の見えている古びたテーブル……。曇り空のせいか、窓から差し込む光は乏しく、室内は薄暗かった。

「ショボッ」

樹は声に出して呟いた。

この家は、何もかもがしょぼい。

「柿の種」はまだ少し残っていた。袋を元通りにして、引き出しの中に戻した。

どこまで行ったのか、祖母はなかなか帰ってこなかった。

二

去年担任だった橋本先生がひょっこりと訪ねてきた。先生はちょっと右手を上げ、照れくさそうに、

「よお、元気にしとるか?」

と樹に声をかけた。

真っ白なワイシャツに紺地のスーツ、青っぽい縞柄のネクタイ。巨体を包むには少しばかりサイズが小さく、袖口も首元も腹部も窮屈そうに見える。四角張った顔の中心に君臨しているはずの丸まっこい鼻はマスクで覆い隠され、小さな目は困惑気味の笑みを浮かべている。

国からの休校要請に応じ、三月二日から学校は休みになった。その間、橋本先生は何度か家へやってきたが、先生を迎える樹の挨拶はいつも同じだ。

「はあー?　なんでー?　何しに来たん?」

祖母の慌てぶりも、相変わらずだった。平身低頭しながら先生を招き入れ、ダイニングキッチンのテーブルに先生の席を設け、その向かいに樹を掛けさせる。そして、

「イッキちゃん、マスク。ほれ、マスクしなさい」

と、袋から取り出したマスクを、せっかちな手つきで突き付ける。樹は祖母の手を払いのけ、

タコの足に引っかけて乾かしてあったマスクをつけた。

先生はまず、突然やって来た訳を話した。

「事前に連絡しようと思ったんやけど、つながらんかったんや。佐藤、お前、ケータイの充電、してへんのちゃうか?」

樹の家に固定電話はない。ケータイも、バイト先が休業になってからずっと、勉強机の上に放置していた。

「ちゃんと連絡つくようにしといてくれよ。頼むで」

祖母はお茶を出そうとして、やかんに水を入れたり、ガスコンロに火をつけたり、食器棚をがたがた言わせたり、気ぜわしかった。樹が「おばあちゃん、ちょっとは落ち着きいや」と注意したほどだ。

「どうぞ、お構いなく」

祖母の気の遣いように、先生はかえって居心地が悪そうだった。

樹は尋ねた。

「全員の家、回ってんの?」

「いや、パソコンある家はメールで済ましてる」

先生のその一言に、祖母はひどく恐縮した。

「すんませんなあ。コンピューターのない家、うちぐらいなもんでっしゃろ」

「いや、そんなこと、ありません」

先生は頭と右手を振り、祖母の言葉を打ち消した。そのしぐさはひどく反射神経的で、「振る」というより「震える」と表現した方が適切かもしれなかった。

先生は、スーツの右や左のポケットに手を突っ込み、何か探した。探し物は内ポケットの中から出てきた。まるまっこい、うっすら毛の生えた手に握りしめたハンカチで、先生は額やこめかみの汗をぬぐった。

そうしてやっと話の本題へ入っていった。

「佐藤は三年三組で、担任は今年も俺や。よろしくな」

「はあー？　またー？　サイアク」

先生は苦笑した。

お茶を出した後も、祖母は部屋の隅に突っ立って、先生と樹のやり取りを聞いていた。その祖母の口が瞬間的にぱっくり開いた。が、すぐに表情を引き締め、樹を叱った。

「これ、イッキちゃん。先生に向かって、なんちゅうこと言うの」

樹は別に橋本先生が嫌いなわけではない。数学の先生なのに、テスト前、英語の特訓をしてくれた。よそのクラスの友だちは留年したのに樹が三年生に上がれたのは、橋本先生のおせっかいがあればこそだ。嫌いなのは学校だ。

学校は勉強のできない子に慈悲深い。点数の取れない子にはたくさんの課題を与えて救ってくれる。課題を怠けたら、放課後、残してでも救ってくれる。その代わり、差し出された救いの手にすがらなかったら、ありふれた理屈を並べ立て、生徒を責める。「お前はやる気があるのか」「高校ぐらい卒業しないでどうする」「留年してもいいのか」――。学校は貧しい家庭の子に同情深い。そういう子に絶えず注意深いまなざしを注いでくれる。励ましの声をかけ、少しでも頑張りを示せば言葉を尽くしてほめてくれる。それでもやる気を出さなかったら、励ましはいっそう熱を帯びる。「自分に負けるな」「将来を考えろ」「夢をあきらめるな」「一生、非正規でいいのか、ニートでいいのか」――。

樹は自分の感情を表すのに「ウザイ」とか「ムカツク」とか「ウッセー」とか、そういう類の表現しかしないから、中学でも、高校に入ってからも、先生たちから嫌われた。そんな樹にとって、橋本先生は目の前にぶら下がったサンドバッグだ。先生は怒らない。怒鳴らない。嫌味も言わない。イライラをぶつけるのにお手頃だ。

「それで――」

と言って、先生はショルダーバッグから学級通信を取り出し、樹の前にはらりと置いた。そこにクラスの名簿が載っていた。樹は素早く目を走らせた。選択科目の関係からか、二年時のクラスメイトは少なかった。

「ふうん、このクラス、おもんないなあ」

「篠原友梨奈がまた一緒のクラスや」

「それが何なん？」という言葉を樹は呑み込んだ。

それから先生はわら半紙の束を取り出した。

「休校がいつまで続くかわからんからな、課題を持ってきた」

「はあー？」

「各科目の平常点に入るからな、しっかりやれよ。それとな、俺の数学はオンライン授業をやる。他の科目についても、今、各先生方が準備中や」

「パソコン無かったら、どうしたらええの？」

「そのことやねんけどな、パソコン持ってない生徒だけ学校に呼んで授業する。マスクして、ソーシャルディスタンスを保って、窓を開けて、感染対策をしっかりやったら、問題ないやろう」

「学校に行かなあかんの？　自転車で一時間かかるねんで。ダルイって」

「ダルイやないでしょ。ちゃんと行きなさい」

と祖母が横から口を出した。

「じつはな、篠原がお前と一緒にオンライン授業を受けたいって言ってるんや。しかし、今はやめとけ。友だちと会うのは禁止や」

「ユリナが？　なんで？」

「一人で授業受けるより、誰かと一緒の方が、話し相手がおって、ええんやと」

「だから、なんでイツキと？」

「家が近いし、仲がいいからに決まってるやないか」

「うちら、仲いいの？」

「おい、おい、佐藤がノートをとれなんだ時、助けてくれたんは誰や?」

確かに、必要な時にノートを貸してくれたのは、友梨奈だった。わからないところを教えてくれるのも彼女だ。でもそれは、「佐藤を援助してやってくれ」と、橋本先生が陰でそそのかしたからに違いなかった。

「まあ、どっちみち、友だちの家に行くのは今は無理や。学校に出てこい」

樹は、子どもがぐずるように「ダルイ」「メンドイ」と文句を言ったが、祖母にうるさく責め立てられ、半ば投げやりに「わかった」と返答した。

家庭訪問はこれで終了と思ったのに、先生はなぜか腰を上げず、さっきからずっと握りしめていたハンカチで、しきりに額やこめかみのあたりを拭いていた。

するると突然、祖母が、

「先生、樹をよろしゅうにお願いします」

と言って、深々と頭を下げた。先生は、不意を衝かれたように背筋を伸ばし、樹さんはよくやっていますから大丈夫です、などと心にもないことを口にした。

「この子の両親は、この子が小五の時に離婚しましてん」

「おばあちゃん、その話は去年の懇談の時にしたやろ」

樹の声が聞こえていないかのように、祖母は続けた。

「母親は二年前の今頃、家出しましてな」

「それも話した」

ここで合いの手を入れなくてはならないと思ったらしい先生は、この話を初めて聞いたかのような応答をした。

「それは大変でしたねえ」

「みんな私が悪いんですねん。娘は高校に進学するつもりでしたのに、お金、あらしませんよって、あきらめさせましてん。他にもぎょうさんのこと、我慢さしました。中学出てから和菓子の工場に就職しまして、きつかったでしょうのに、よう辛抱しましてん。結婚して、子ども生まれて、その時やめましたけど、この子が生まれてからまたパートの仕事、始めました。あの子なりによう頑張りましてん。子どもを置いて出ていって、ひどい母親やって、世間様は思わはるでしょうけどね、みんな私のせいですねん。借金してでも高校に行かしてたら、こないに苦労せんかったでしょうのにねえ。それでも、よう頑張りましてん」

祖母は不意に声を詰まらせた。先生は、「そうですか」「そうですねえ」などとしきりに相槌を打っていたが、はたと黙し、目をつぶり、右手の親指と人差し指で鼻の付け根をつまむ仕草をした。そして、その所作を保ったまま、祖母は何も言っていないのに、無言で相槌だけは打ち続けた。

「なに泣いてんの。あほらし」

樹は急須に残っているお茶の残りをコップにつぎ、祖母の口元に強引に突き出した。

「おばあちゃん、お茶飲んで興奮さまし」

祖母は飲みたくない様子だったが、無理をして一口飲んだ。そして、続けた。

「私、この子に言いましてん。『お母ちゃんにはお母ちゃんの生き方があるんやから、恨んだらあかんでえ』って」

樹は、あはっと笑った。

「イツキ、お母ちゃんが出ていっても、何とも思わんかったで。ああ、出ていったかって感じ」

これで気がすんだかに思えたのに、祖母はまだ話し続けた。

「もう一人、この子の上に兄がいましてね」

「なんや、兄ちゃんの話もするん？　兄ちゃんの話はええやんか。この先生はイツキの担任やねんで。兄ちゃんは関係ないやろ」

人の好い担任に気を許してか、祖母はなおもしゃべり続けた。

「三年前に高校卒業と同時に家を飛び出しましてね、寮のある会社、見つけてきましてん。車の部品、作ってるとか言うてました。盆も正月も顔、見せしませんけどな、あの子にもあの子なりの考えがあるんでしょう」

祖母の話が一区切りついても、先生はまだ腰を上げず、ハンカチで顔を拭いたり、祖母が出した茶をすすったりした。

「ところで――」

先生はおもむろに切り出した。

「世の中がこういうありさまですから、そのう……」

先生は少し言いよどんだ。

「……大変やないですか？」

「何がですか？」

「つまり、その、……生活が苦しかったりはしませんか？」

「あーあ生活ね。そう、もう大変です。イツキも私も、同時に仕事、なくなりましてん」

先生はおずおずと「生活保護」という言葉を口にした。

「出過ぎたこと言うようですが、そのう……生活保護っちゅう制度もありますので」

すると、祖母は樹の知らない話を明かした。

「前に申請したこと、ありますねん。そしたら、まだまだお元気そうですなあとか、まず仕事を探しなはれとか、説得されましてな。そらそうですわな。まだボケてませんし、杖ついてるわけでもありませんしな」

祖母は笑った。自身の健康を喜んでいるふうだった。

「お元気で何よりです」

と先生は応じ、汗もかいていないのに、ハンカチでやたらと顔を拭いた。

先生は帰っていき、樹はやっと解放された。

三

祖母は求人情報のチラシをコンビニで手に入れ、電話を掛けたが、成果はなかった。樹も、繁華街をさ迷い歩き、求人広告を探したが、そんなものはどこにもなかった。

ある時、郵便受けに小さなチラシが入っていた。工事現場の作業員を募集していた。「日当一万五千円」「食事付き」「一日だけでもOK」という魅力的な内容だった。さっそく電話してみたが、面接さえ受けさせてもらえなかった。

別の日には、「女性求人」と大書きされたチラシが入った。横に、やや小さめの字で「派遣型コンパニオン」と書いてあった。「コンパニオン」の意味はわからなかったが、「日給三万円以上」という待遇に心が躍った。ただ、写真に写っている三人の少女たちが、そろいもそろって可愛らしく、性的な魅力をふんぷんとさせているのが気になった。まるで妖精のようで、樹とは違い過ぎる。それで、いったんは動いた気持ちも、すぐにくじけた。

ちょうどそんな頃、六畳間にごろりと寝ころがって漫画本を読んでいると、

「イツキちゃん、ちょっと」

隣の八畳の間でテレビを観ていた祖母が樹を呼んだ。

「何？」

「今、ニュースで言ってたんやけどな、コロナでみんな大変やから、国民一人一人に十万円、くれはるんやって」

「あほらし。誰がそんな大金、くれるん？」

「国やがな」

「国？」

「そう、国」

「国民一人一人って、イッキももらえんの？」

「イッキちゃんも『国民』の一人やないの」

いつ頃からなのか、樹は自分のことを、生きていても価値のない人間だと思うようになっていた。そんな自分が「国民」の数の内に入っているとは、これまで思ってもみなかった。

「一人一人っていうことは、おばあちゃんに十万、イッキに十万ってこと？」

「そういうことになるなあ」

「国民一人一人……」

「ありがたや、ありがたや」

歌うように唱え、仏様を拝むように祖母は両手をすり合わせた。

「二人合わして、二十万ってことやんなあ」

ようやく合点がいった。

「きゃっほー」

樹は両手を上げ、ぴょんぴょん飛び跳ね、足踏みをし、躍り上がって喜んだ。

「なあ、おばあちゃん、何かおいしいもん、食べよう」

だが、祖母は反対した。

「二十万なんかすぐ失くなってまうで。できるだけ貯金に回して、大事に使おう」

「一回だけやん。一回だけ贅沢しようや」

樹が何度もねだるので、祖母も折れた。

「そんなら一回だけな」

「あー、肉、食いてえ。おばあちゃんは？　おばあちゃんは、何、食べたい？」

「おばあちゃんは……そうやなあ……鉄火巻きが食べたいわ」

「鉄火巻き？　それだけ？　もっとゴージャスにいこうや。お寿司の盛り合わせにし」

だが、祖母は首を横に振った。

「盛り合わせやのうて、鉄火巻き。これくらいのパックに――」

祖母は両手の人差し指と親指で、パックのサイズを示してみせた。

「一口大のお寿司が六切れか八切れか入ったん、スーパーで売ってるやろ」

その日、買い出しに出た時、スーパーの「お寿司コーナー」で鉄火巻きを探した。ワンパック一九八円で売っていた。

四

篠原友梨奈から電話があり、ハッシーの（担任の橋本先生のことを、友梨奈は「ハッシー」と呼んでいる）オンライン授業を一緒に受けようと誘ってきた。友だちの家に行ってはならないと、確か橋本先生は言っていた。だが、学校で授業を受けるのは嫌なので、ＯＫした。

数学の課題とペンケースを入れたリュックを背負い、マスクをし、自転車で家へ向かった。十分足らずでもう着いた。

友梨奈の家は、白壁の棟と黒壁の棟をカギ型に組み合わせた構造になっていた。壁面には、縦・横の比率がまちまちな方形の窓がいくつも嵌め込まれ、窓自体が幾何学的な装飾の態をなしていた。ぐるりには垣根も塀もなく、あるのは、畳三畳分ほどの開放的な庭とカーポート。弓形を描いて広がる覆いの下には、黄緑色の新車が陽を浴びて光っている。玄関先には分厚な板状のコンクリート片が立っていて、表札、インターホン、郵便受けの機能をひとまとめに収めていた。

インターホンを押すと、小さな四角い機器の中から「はーい」という声が聞こえた。友梨奈の声だ。ドアが開いた。

「久しぶりやなあ」

マスクをしていたが、彼女の声は弾んでいた。

樹は、橋本先生がしたように、右手をちょっと上げ、「よお」と挨拶した。

「上がって、上がって」

「おじゃましまーす」

友梨奈は花柄のワンピースの上に鶯色の薄いカーディガンをはおっていた。樹は思わず自分と友梨奈を比べてしまった。おしゃれに縁遠い樹は、年がら年中、身につけるものは同じ、ジーンズにTシャツだ。二人は髪型も違った。友梨奈の方は、ほんの少しウェーブした髪が、ふうわりと肩にかかっている。色目も、頭髪検査に引っかからない程度に、少しだけ明るい色に染めている。樹はおかっぱ髪で、しかも、前髪は自分で切るので長さが微妙に不ぞろいだ。声も違う。友梨奈の声は、樹より高い。高いけれど柔らかい。

友梨奈の母親が奥から出てきた。

「わざわざ来てもらってごめんなさいねえ。学校が休校になってから、つまらんわあ、退屈やわあって、ぼやいてばっかりなんですよ」

愚痴をこぼす母親の目は笑っていた。友梨奈はふくれっ面をした。

「だあって、マジ死ぬほど退屈やねんもん」

樹は二階の洋間に通された。大きな座卓が置いてあり、座布団が二枚、少し距離を離して敷いてあった。卓上にはノートパソコンが載っていた。室内には他にピアノと書棚があり、壁には風景画がかかっていた。目の前は広いバルコニーになっていて、ガラス戸から差す陽ざしが室内を明るく照らしていた。

友梨奈はなおも、死にそうなほど退屈だと繰り返した。

「ユリナ、『退屈死』しそうやわ。イッちゃんは毎日、何やってんの？」

樹ははたと考えた。

「何となくぼうっと過ごしてるだけ」

「退屈やないの?」

「別に」

「マジ?」

友梨奈は、信じられない、とでも言いたげな声を上げた。

「今年の一年生、可哀そうやなあ。一生に一度の入学式がなくなって」

そう言いながら、友梨奈はパソコンを立ち上げ、マウスを慣れた手つきで動かし、画面を開いた。すると、橋本先生の顔が現れた。

「あれえ?」

先生の口はぱくぱくと動いている。が、音が小さすぎて聞き取れない。

左下に音量調節の表示が出ている。友梨奈はそこにカーソルをあて、右方向にドラッグした。音量は変わらなかった。

「なんでえ?」

友梨奈は不意に立ち上がった。


「イッちゃん、ごめんね。ちょっと待ってて」

彼女は部屋の扉を少し開け、上半身を突き出した。

「お父さーん」

どこからか「ほーい」という声が返ってきた。

「お父さん、ちょっと来て。音量を大きくしたいんやけど」

父親は何か答えている。左下のツールバーがどうの、右下のツールバーがどうのといった言葉が、とぎれとぎれに聞こえてくる。

「えっ、山型のマークが何て?」

少しばかりやりとりした後、友梨奈の父親が部屋の中へ入ってきた。

「今、テレワーク中やねんけどなあ」

文句を言いながらも、目は笑っている。樹を見ると、親しみのこもった会釈をした。

「おじゃましてます」

と樹は挨拶した。

「お父さん、何のこと、言ってたん？」

父親は樹と友梨奈の間に膝を突き、マウスを握った。

「右下のこれだよ、これ。ここをクリックしたら……ほら、スピーカーが出てきたやろ」

「えーっ、これのこと、言ってたん？」

友梨奈の父親がスピーカーのマークをクリックすると、音量を示す表示が現れた。メモリをぐいと右に寄せたとたん、橋本先生の声が画面の向こうから聞こえてきた。

部屋から出ていく父親の背中に向かって、「お父さん、ありがとう」と友梨奈が声をかけた時、思わずイラッとした自分を、嫌な奴だと樹は思った。

授業が終わってから、母親が紅茶とカステラを盆に載せて上がってきた。友梨奈は母親に文句を言った。

「カステラなんか食べたくない。マカロンがいい」

「せっかく持って上がったのに」

「ユリナ、カステラ嫌い」

「はい、はい、マカロンね。ユリナ、お友だちの前でそんなふくれっ面しないの」

母親は下へ下りていった。カステラは美味だった。友梨奈は一口食べただけで皿を押しやった。母親はすぐに上がってきた。マカロンを盛った皿を盆に載せて。

友梨奈の家を出た後、樹は何とはなしに腹が立った。思い返されるのは親切心に満ちた温かな場面ばかり。それなのに、ひどく貶められたような感覚が心にざらざらと残っていた。もしも友梨奈が、二人の境遇の差を知っていて、自分の恵まれた環境を見せつけたいがために樹を招いたのであったなら、幾分か救われたに違いない。友梨奈を軽蔑する理由にできるから。だが、彼女にそんな邪気はなかった。というよりも、そもそも彼女は樹の境遇に気づいてさえいない。

誰にもぶつけようのない怒りに駆られながら自転車のペダルをこいでいると、奇異な格好をした人物が目に留まった。樹は自転車を止め、左足を地面についた。

その人物は、小学生の体操着のようなジャージを身につけ、麦わら帽子をかぶっていた。手には軍手をはめ、ボウルのようなものを抱えている。樹は思わず手を振り、呼びかけた。

「小早川センパイ」

アルバイト先の蕎麦店「河内屋」で、一緒に働いている大学院生だ。部活でもないのに、「センパイ」と呼ぶ習慣がついている。

小早川はいつもすっぴんで、無造作に束ねた髪を左右に垂らし、度のきついメガネをかけている。話す時は、台本を棒読みするようなしゃべり方をする。年下の樹に対しても敬語を使う。

樹に気づき、向こうも手を振った。樹は小早川の前まで自転車をこぎ進めた。

「センパイ、それ、何スか?」

樹は小早川が抱えているボウルを指さした。どこで集めたか、草々で山盛りになっている。

小早川は、草の一本を指につまむと、

「これ、ヨモギです。川の土手で摘んできました」

と答えた。

「これはオオバコ。ツクシも見つけました」

小早川はツクシを一本、樹の目の先まで近づけた。

「ツクシは、カリウム、マグネシウム、リン、カロテン、ビタミンEを含みます」

「えーっ、食べるんですか?」

「はい、そのつもりです。店が早く再開すればいいんですけど、だんだんヤバくなってきました。何事もチャレンジです」

「これ、何ですか。ミニサイズの玉ネギですか?」

「ノビルです。ビタミンC、カロテン、カルシウム、カリウム、それから、アリシンも含んでいます。天ぷら、炒め物、みそ汁の具、いろいろ使えますが、さっとゆがいて酢味噌で和えてみようと思ってます」

「ほんまに食べれるんですか？」

「食べれるかどうか、やってみます。野草の次は昆虫です」

「昆虫はヤバイっスねえ」

「昆虫は、世界ではすでに二十億の人々の食卓に上っています。コオロギは、百グラム中のたんぱく質が牛の四倍で、鉄、マグネシウム、カルシウムも豊富です」

「小早川センパイ、頑張ってください」

　別れた後、この人はやっぱりおかしい、でも好きだ、と樹は思った。

五

　国民一人一人への十万円給付のニュースに大喜びしてから、一ヵ月近くが経とうとしていた。ところが、各世帯に送付されるはずの「申請書」がどういうわけか届かない。市役所に問い合わせたいが、催促しているようで気が引けた。

　自分や祖母のような、この世に生きていてもいなくてもどうでもよい「ちっぽけな人間」は、「国民」の数の内に入っているとも思われない。だから、「国民」として国の恩恵に浴する資格があると、胸を張って主張できない。そうした自信のなさが、積極的な行動に出ることを躊躇させてしまうのだ。

　事情がさっぱりわからないため、樹はあれこれと憶測を重ねることになった。疑念はいきおい膨れに膨れた。「申請書」の送付の遅れ――これは、家族の複雑さが原因ではないかと。

　母親はいったいどこで誰と暮らしているのか？　兄はどこに住んでいることになっている

のか？　そもそも両親は離婚手続きを正式にしているのか？　「申請書」は世帯主に送られてくるというが、佐藤家の「世帯主」は誰なのか？　その内、考えるのが嫌になった。

食費を節約しているので、慢性的に空腹だった。「柿の種」が残っているのを思い出し、食器棚の引き出しから取り出した。やせ細ってベルトをぎりぎりいっぱい締めあげた人のような態で、割り箸やプラスチック製フォークの上に、それは軽々と載っていた。袋の口を開けると、まだ申し訳程度のこっている。中指と人差し指を突っ込んで、一つつまんだ。口に入れ、ゆっくり味わう。もうすっかりしけっている。もう一つ、口に入れる。さらにもう一つ……。

記憶の断片が泡《あぶく》のように浮かんでは消えた。

子どもの頃に住んでいたアパート。夜だった。樹は布団の中で目覚めていた。閉ざされた襖の向こうにはぴりぴりした緊張感が張りつめ、大人たちは声をひそめていた。起き上がり、そっと襖を開けた瞬間、耳に舞い込んできた父親の声。

――そんなもん、使ってもたがな。

誰かが襖をぴたりと閉ざした。

今住んでいるアパートに移ってから偶然見つけた父親の写真。スーツ姿で、ネクタイも似合っていた。まだ幼い樹を抱き、笑っていた。樹の記憶の中の父親とはまるで別人のようだった。

母親は、仕事を転々としていたようだ。樹が目にするその人は、正体もなく眠りこけ、目を覚ませば髪を掻きむしり、樹や祖母に当たり散らした。

兄が隣人の生協のボックスからプリンを盗んだのは、古いアパートに住んでいた頃だ。まだ父親も一緒に住んでいた。母親が兄を平手でぴしゃぴしゃ叩くのを樹は見た。兄は歯を食いしばって抗った。

――その辺のスーパーで同じもん、買ってきて返しに行ったらええやないか。

爪切りで足の爪を切りながら、父親は他人事のように言った。だが、より鮮明に覚えているのは、正座し、具合悪そうにもぞもぞしている兄だ。こらえきれずにわっと泣き出した兄。右手を目に当て、嗚咽する兄。前のシーンとこのシーンには時間的なズレがある。記憶の谷間にいったい何があったのだろう。泣いている兄の前には、誰か兄を諭す人物がいたに違いないが、思い出せない。兄はあの後、謝罪に行った。

「柿の種」は少し残した。全部食べてしまうと、いざという時の救いがなくなる。樹は袋を元の通りにして、引き出しの中に戻した。

ゴールデンウィーク中に、祖母は介護施設の清掃業の仕事を見つけてきた。帰ってくるなり、「えらいわあ」「ああ、しんど」と言って嘆息する。これまで弱音をいっさい吐かなかった祖母が。

樹も早く働きたかった。それで、自転車で「河内屋」へ行ってみた。

瓦葺きの家を改装した店は、小さいがいかにも蕎麦屋らしい風情を醸していた。引き戸には、休業を告げる張り紙が貼ってある。

戸に鍵はかかっていなかった。店の奥にのれんで仕切られた控えの間がある。店主とおかみさんの声が聞こえている。

「おっちゃん、おばちゃん、入ってええ?」

のれんの裾を持ち上げ、おかみさんが顔を出した。

「あら、イッキちゃん。久しぶりやねえ」

店主はあぐらを組み、向こう向きになって、机上のノートパソコンに向かっていた。が、樹が顔を見せると、手を止めておかみさんが差し出したマスクをつけ、体の向きを変えた。

「イッキちゃん、元気にしとるか?」

「うちは元気やで」

「そうか。それはよかった」

「おっちゃん、何やってんの？」

店主は、えへっと笑い、刈り上げて青々とした大きな頭を、二度ばかり軽くたたいた。

「いや、それがな、慣れんこと、やってるんや」

「慣れんことって？」

「パソコン使ってな、持続化給付金っちゅうのを申請してるとこなんや。店、休業して、収入のうなったやろ。これ申請したら国が百万円、補助してくれるんやと」

「百万円？」

おかみさんが口をはさんだ。

「本当はね、イツキちゃんや小早川さんに休業補償せんならんでしょ。それで、一ヵ月前に融資の申請したんよ。それやのにいまだに音沙汰なし。持続化給付金なら、申請して二週間でお金が落ちるって聞いたもんでね。そやけど、この人、パソコンが不慣れでね。四苦八苦っちゅうか、七転八倒してはりまんねん」

おかみさんはちゃかすような口調で言った。

「じゃかましわい」

と言って、店主は豪放に笑った。

「それにしても、俺らみたいな者にも手を差し伸べてくれるとは、国っちゅうのはつくづくありがたいねえ」

「あんた、何言うてんの。税金払ってるんやから当たり前やないの。こういう時、国民に手を差し伸べるのが国でしょうが」

「お前はそう言うけど、俺は感激したね。世の中の片隅にあるこんなちっぽけな店でも国は見捨てへんのやってね」

「そうお？　私に言わせりゃ全然ダメやね。対策が二転三転して、何をやるのも遅いんよ。台湾や韓国を見てみなさい。コロナが出たら、ちゃちゃって動いたやないの。日本は何でこう遅いのかしらねえ」

「まあ、台湾や韓国はマーズやサーズの経験があるからなあ。日本は初めてのことやから、誰がやっても対策は難しいんや。お前はぐちぐち文句ばっかり言うが、安倍さんはようやってると俺は思うで」

「はい、はい、はい」

おかみさんは投げやりな返事をして、店主との会話を終わりにした。それから、樹の方へ向き直ると、言った。

「そういうわけで、持続化給付金が入金されたら、うちの店も何とか持つと思うんよ。そうなったら、またうちで働いてもらえるやろか？」

目の前にさっと光が差した気がした。

「喜んで。ぜひ働かしてください。お願いします」

樹は丁重に一礼した。

六

五月下旬になって、学校が再開された。元からトラブルの多かった樹だが、以前にもまして自分をコントロールできなくなっていた。それというのも、慢性的に体がだるく、頭痛に悩まされるようになっていたからだ。心も変調をきたしていた。ひどく怒りっぽくなり、時にはとんでもない失敗をやらかした。

体調不良で学校を欠席した翌日、英語の授業が終わってから、担当教師はノートを集めた。樹は怒りをぶちまけるような調子で叫んだ。

「えー？　うち、休んでたから、抜けてるとこ、あるで。だいたい、ノート提出やなんて聞いてへんし。もっと前もって言えよ」

身に覚えのない怒声を浴びた教師は、むっとした表情で樹を見つめた。教師ばかりか、教室内に起こったざわつきにも、樹のぶしつけをせせら笑う空気が混じっていた。教師はことさらに淡々と指示を出した。

「誰かにノートを写させてもらって、今日の五時までに職員室へ持ってきなさい」

樹は教室を見回した。

「誰かノート貸して」

いつものように友梨奈がノートを持ってきた。礼も言わずに樹はノートを受け取った。

ここまではまだよかった。昼休み、ノートを写していたら、判読できない字があった。何ら意味の感じられない、単に平常点稼ぎのための作業を強いられることに苛立っていた、その感情のままに樹は声を上げた。

「もう、この字、何て書いてあんの」

すると、何人かの女子がやってきて、樹を囲んだ。

「人にノート借りといて、何やの」

「おかしいやん」

「サトウ、お前、いったい何様のつもり」

一瞬、全身が凍りついた。が、いったん委縮した心に怒りが発火した。何よりも、彼女らの正義面が気に食わない。

「ああ、ムカツク」

と吐き捨てると、樹は自分のノートとペンケースをリュックにしまい込んだ。そして、友梨奈のノートだけを残して教室から出ていった。友梨奈は、女子たちの輪から少し離れた位置に、放心したような面持ちで立っていた。

樹は無断早退した。その日は、橋本先生から電話がかかってきても出なかった。呼び鈴が鳴って、橋本先生だとわかってもドアを開けなかった。次の日も､その次の日も､学校を欠席した。

例の「申請書」が届いたのは、そうした折——ちょうど不登校を続けていた時期だった。国民一人一人に十万円が給付されるというニュースを聞いてから、すでに二ヵ月が経っていた。申請用紙には、祖母と樹の名が記してあり、世帯主は祖母になっていた。「いったいなぜ？」と首をかしげたくなるほどの遅さだが、祖母は「ありがたや、ありがたや」と何度も唱え、両手をすり合わせ、神仏に対してなのか「国」に対してなのかわからないが、感謝した。「申請書」には、祖母の預金通帳と年金手帳の写しが必要だった。樹がコンビニでそれらのコピーをとってきた。「申請書」はその日の内に投函した。

七

　ある日の夕刻、呼び鈴が鳴った。橋本先生かと思い、仏頂面をしてドアを開けた。すると、作業着のような紺のズボンに色あせたグリーンのTシャツを身につけた男が、ぬぼうっと立っていた。背中には大きなリュックを背負っていた。兄だった。久しく見ない内に太り、髪は伸び、肌は浅黒くなっていたが、上目遣いで相手を見据える癖や、左の口角が右よりも吊り上がった歪んだ唇の形に、兄の面影は残っていた。

　よりによってこんな時に、何の前触れもなく戻ってきた兄に、樹は罵声を浴びせかけた。

「お兄ちゃん、なんで帰ってきたん？　勝手に出ていって、なんでのこのこ帰ってくるん？てか、なんで帰ってこれるん？　なあ、なんで？」

　騒ぎを聞きつけ、祖母が出てきた。

「これ、イツキちゃん、何言うてんの？」

兄を認めたとたん、祖母は驚きの声を上げた。

「あれ、まあ。隼人やないの。よう戻ってきたなあ。まあ、上がり」

兄はうんともすんとも言わず、のっそりした動作で上がりこんだ。

「おばあちゃん、甘いわ」

樹は文句を言ったが、人の好い祖母は兄の帰宅を手放しで喜んだ。

兄は八畳の間の畳の上にあぐらをかき、背を丸めた。太った体を縮めたがってでもいるようだった。祖母がいろいろと尋ねると、兄は聞かれたことだけを言葉少なに答えた。

「仕事は順調にいってるんか?」

「コロナで切られた」

「あらー、隼人もか。そんで、新しい仕事、見つかりそうか?」

兄は黙って二度、首を縦に振った。

「毎日ちゃんと食べてるか?」

ふんふんと、また二度うなずいた。

「晩ご飯、食べるか?」

「もうすましてきた」

「住むとこは? 住むとこはあるんやろなあ」

「寮は追ん出された」

「そんな……。次の仕事見つかるまで、寮に居らしてもらわれへんのかいな」

上半身をゆするようにして、兄はがくんと首を一振りした。

「今まで、どうしてたんや?」

「ネットカフェ。そうか、野宿」

「やあ、野宿って、あんた……」

祖母は絶句した。

「隼人、もうずっとここに居り」

樹は部屋の隅に座り込み、立てた膝に頭をうずめて、二人のやりとりを聞いていた。祖母の生っちょろさが樹には我慢ならなかった。それで、思わずつっけんどんな口の利き方をした。

「ここに居るんなら、食費、出してや。家賃も光熱費も分担してや」

「これ、イツキちゃん」

と祖母はたしなめた。兄は苦しげに顔をしかめ、ほうっと息を吐き出した。太った体をよじったかと思うと、再び背中を丸め、右手でぼさぼさの髪の毛をがしがし掻いた。そして、ぽつりと言った。

「所持金、三百円しか、あらへん」

「はあー？　なんやの、それ」

「まあまあ、イツキちゃん、もうちょっと優しいにできへんの？」

「そやかて、兄ちゃん養うお金、どこにあるねんな」

　祖母と樹がいさかいになりかけた時、

「ちょっと寝かしてくれへんかな」

　と兄は言った。隣の六畳間に祖母は布団を敷こうとしたが、断った。畳の上にごろりと身を横たえると、兄はすぐに鼾をかき始めた。

　その晩は、八畳の間に祖母と床を並べて寝た。襖を立て切ってはいたが、隣の部屋に兄がいると思うと、むかむかして眠れなかった。兄が疫病神のように思われ、明日にでも家から出ていってほしかった。未明になって、ようやくとろとろと眠りについた。

　翌朝、兄は姿を消していた。それは、樹自身が望んだことであったのに、怒りが爆発した。まるで自分が兄を追い出したような格好になっていることが――無言の内に、兄が自分に抗議しているように見えることが、樹には許せなかった。

　祖母はおろおろしていた。

「また戻ってくるんやろか。三百円しか持ってないのに。出ていくんならいくらかでも包んで持たしてやったのに。あの様子やったら、十万円のことも知らんのとちゃうやろか」

「これって、イツキのせい？」

　樹は祖母に食ってかかった。

「誰もそんなこと、言うてへんよ」

「なあ、イツキが追い出したん？」

「違う、違う」

「イツキが食費出せとか言ったから、居らんようになったんやろ。なあ、なあ」

「イツキちゃん、それは違うよう」

感情を制御できず、樹はふいっとアパートを飛び出した。勝手に戻ってきて勝手にいなくなった兄に怒りを燃やしつつ、その一方で、自分は「クズ」だと樹は思った。

八

一週間経って、橋本先生が訪ねてきた。暑がりの先生は、まだ六月なのに半袖のシャツを着ていた。前に訪ねてきた時は冷や汗だったが、今度は本当の汗をかいていた。ダイニングキッチンのイスに掛けると、額や首筋、さらには、マスクを指でつまみ、下からハンカチを突っ込んで、口の周辺の汗をもぬぐった。

「今日は、おばあさんは？」

「仕事」

つっけんどんに樹は答えた。

「そうか。仕事見つかったか。そうか、そうか」

どうでもよい話をする先生に樹はイラッとした。

「それで、何しに来たん？」

「何しにって……」

先生は苦笑した。

「学校に来うへんから、どうしてるかと思って……」

「うち、学校、やめるわ」

「なんでや？」

「なんでも」

「やめてどないする？」

それには答えず、

「学校、おもんない」

ぽろりとこぼした。

「例の件か？」

ノートの一件を、先生は誰かから聞いたらしかった。

「篠原がお前のことを心配してたぞ」

ほのかな嬉しさが心に灯った。が、次の瞬間にはそれを、不意に突き上げてきた不満が押しのけた。

持っている子は、何もかも持っている。食うに困らないお金も、自分を大切にしてくれる家族も、安らげる家も、世の中に堂々と出ていける学力も、味方してくれる友達も、そして、他人に優しくできる余裕も。

「どや、ここは素直に篠原に謝って、気持ちよく学校に戻ってこいや」

先生が「篠原に謝って」と言ったのが、癇に障った。

「嫌や」

「なんでや？」

「なんで謝らなあかんの？」

「篠原は何とも思てへんて言うとるけど、謝った方がすっきりするやろ」

「謝るっていうことは、うちが悪いっていうことやろ」

「悪い……？」

先生は言葉に窮した。

「なあ、うちが悪いっていうことやろ」

先生はハンカチで汗をぬぐった。

「なあ、なあ。何で答えへんの？」

樹は先生を執拗に責め立てた。先生はすっかり途方に暮れていた。

「なあ、悪いんはうち？　なあ、なあ」

「悪いんは……」

樹の勢いにつられて、先生は同じフレーズを口にした。一方、樹はすっと気弱になり、心の内でつぶやいた。

悪いんはうちやんなあ。どう考えても、うちやんなあ。

樹の心中の変化を知らない先生は、頭を抱え込みながら、「悪いんは……」「悪いんは……」

と繰り返していたが、やがて窮地に追い込まれた人のように目に苦悶の色を浮かべ、力なくつぶやいた。

「悪いんは……社会……」

その後、「コウゾウ」と言ったようだが、口の中にこもってよく聞こえなかった。だが、もうどうでもよかった。気持ちは切り替わった。

「わかった。行くわ。イッキ、学校に行くわ。でも、ユリナには謝らへん。絶対に謝らへん」

先生は帰っていった。樹はますます自分のことが嫌いになった。自分の嫌な性質を引き出してしまう先生や友梨奈の優しさにも腹が立った。

九

数日後、「河内屋」から連絡があった。行ってみると、小早川は先に来ていて、控えの間でおかみさんと何か話していた。前に来た時には、店主がここでパソコンを打っていたが、この日、店主の姿はなかった。

「イッキちゃん、ごめんねえ。店、閉めることになってね」

そんな予感はしていたが、改めてはっきりと告げられると、失望は大きかった。

「持続ナントカ金っていうのは……?」

口ごもりながら樹は尋ねた。

「それがね、不備があるとかいうメールが来たんで、修正して送ったのよ。そうしたら、また不備があるって来てね。それで、問い合わせの電話かけたんやけど、ちいっともつながらへんの。三十回ぐらいかけて、やっとつながるにはつながったんやけどね、向こうの言いはることが、なんやようわからへんのよ。さんざんぼやきもって、それでもあの人、頑張って添付書類、そろえたんやけど、そうする内にどんどん給付が遅れていくでしょう。貯えもどんどん無うなっていくし……。それで、あの人も心折れてしまったんやね、店たたもうって言い出したのよ」

おかみさんは、薄っぺらな座布団の縁を人差し指でしきりにいじっていたが、首をねじり、階段の方へ視線を向けると、二階を見上げた。

「小早川さんとイツキちゃんが来てること、知ってるんやけど、最近、あかんのよ。日中、ずっとダルマみたいに固まってしもてるわ。難しい顔して」

それでもおかみさんは、二階へ向かって呼びかけた。

「あんた、小早川さんとイツキちゃん、来てるで。ちょっとは顔出しいや」

おかみさんはしばらく上の様子をうかがっていたが、反応はなかった。

「ほんまになあ、きちんきちんと税金、払ってきたのに、まさか国からこないに見下されるとはなあ。まあ、店の一つや二つ、つぶれたかて、国にしてみたら痛くも痒くもないんやろ」

おかみさんがそんな話をしている最中に、店主が階段をみしみしときしませながら下りてきた。下りてくるなり、おかみさんをたしなめた。

「お前はすぐそうやって他人のせいにするからいかん。今回のことは、ひとえに俺の甲斐性のなさが招いた災難や。小早川さん、イツキちゃん、また働いてもらうって約束したのに、ほんまにすまんなあ」

とんでもありません、というつもりで樹は首を横に振ってみせた。一方、小早川は目をぱちくりさせていたが、いつものように台本を棒読みするような調子で言った。

「甲斐性は関係ありません」

「えっ？」

「すべて国の思う壺です」

店主とおかみさんは妙な顔をした。

「日本の経済を強くするためには新陳代謝が必

要だと、政府系シンクタンクは前々から繰り返し提言しています」

「なんやって？　そのシンク……」

おかみさんが言いよどんだ後を、店主が引き取った。

「タンクやないか」

自信満々に答えたものの、店主もその意味を解しなかった。

「シンクタンクというのは、専門分野について研究して政府に提言をする機関です。彼らが言うには、儲からない事業者は淘汰された方がいい――。つまり新陳代謝が活発に起こった方が、日本の経済は強くなる、国際競争にも勝ち抜ける、とこういうことです」

「まさか、いくらなんでも言い過ぎやないの」

と店主は力なく笑った。

「やなこったねえ。私の言った通りやわ。うちらのような店がつぶれたかて、国にとってはかえって好都合なんやろ」

とおかみさんは憤った。小早川はさらに続けた。

「ここからは私の勘繰りですが……高齢者が一定数亡くなれば、社会保障費がその分、浮きます」

少々ずり落ちたメガネの位置を直すため、小早川はほんの一瞬、ここで言葉を途切らせた。そのわずかの間に、まさか、それはないだろう、といった空気が漂った。と思ったら、彼女は再び続けた。

「――という疑念が生じるほど、国は無策です」

その場の空気が、確かにそうに違いない、といった方に傾いたのを、うっすらと樹は感じた。

帰る時、現金の入った封筒を渡された。「休業補償」というには少なすぎる額だと言って、店主とおかみさんは何度も詫びた。樹は封筒を受け取ると、

「おっちゃん、おばちゃん、ありがとう。お世

話になりました」

と言って、頭を下げた。

帰り道、中身を確認すると、四万円入っていた。

喜んだのも束の間、お金はすぐ家賃に消えた。

十

国民一人十万円の給付金は、なかなか祖母の口座に落ちなかった。お金の代わりに、布製のマスク二枚が国から届いた。

食事は日に日に貧しくなり、昼間は電気を消しているので、室内はいつも暗かった。お風呂は四日にいっぺんに減らしていた。樹名義の預金もとうの昔に消えていた。樹はますます怒りっぽくなり、祖母が電気や水を無駄に使っているのが目につくと、不必要にきつい口調で文句を言った。祖母のやることなすことが、わけもなく気に食わなかった。

祖母の唯一の娯楽は、一日二時間以内という制限内で観るテレビだった。

気の毒な人が画面に登場するたび、祖母はいちいち慨嘆した。

「やあ、可哀そうに。看護婦さん、家族にコロナうつしたらあかんからって、車のなかで寝泊まりしてるんやって」

そういう時、樹は冷たく言い放った。

「看護婦さんがなんやっちゅうの。他人のこと、憐れんでる場合ちゃうやろ」

ある時、祖母がテレビの画面に向かって、「あかんよ、やめとき、あかんよ、あかんよ」と呼びかけていることがあった。何事かと思ったら、外国人の女性二人が貧民窟のような場所で対面していた。一方は年若く、まだ幼さを残していた。

「おばあちゃん、何言うてんの」

「コロナで仕事なくなったから、自分の内臓、買うてくれって、交渉してやんのよ。この女の子、レバノンに逃げてきたシリア難民やねんて。こないにうら若い娘さんがねえ、内臓売るしか生きていかれへんとは。可哀そうにねえ」

祖母はあたかも、自分の身に起こったことを語るように、苦しげだった。

「あほらし。シリア難民なんか、うちらに何の関係もないわ。それより問題は明日食べていけるかどうかや。テレビもできるだけ観んようにしょ。電気代がもったいない」

そう言うなり樹はリモコンを手に取って、テレビを消した。

「これ、おばあちゃん、今の番組、観てたんやないの」

しかし、祖母は樹の手からリモコンを取り返したりはしなかった。

そういうことがあってから、祖母はテレビを観なくなった。仕事が休みの日など、樹が学校から帰ってくると、薄暗いダイニングキッチンで、ただぼうっとイスに掛けていることが何度かあった。樹の言葉に従った結果であるにもかかわらず、樹はそんな祖母のことをますます憎らしいと思うようになっていった。

ある日、帰宅すると、例によって、祖母はダイニングキッチンのイスに掛けていた。だが、いつもとは違って、何かを口に運んでいた。目はとろんとして、樹の姿が見えていないかのようだった。心行くまで味わっているのか、口をゆっくりと動かしている。見ると、祖母の前にあるのは、ワンパック六切れ入りの鉄火巻きだ。まだ四切れ残っている。

樹は祖母を懲らしめたい欲求に駆られた。その感情はどうにも抑えようがなかった。

「自分だけ、何、食べてんの」

樹は祖母に詰め寄った。とろんとしていた祖母の目は、ふっと息を吹き返した。

「そないに怒らんでも……」

「それ、自分で買ってきたんか？　買い出しはイツキの役目やで。おばあちゃんが勝手なことしたら、うちらの家計、ぐちゃぐちゃになるやんか」

「そんでもな、お腹が減って、お腹が減って、なんかこう、どうにもこうにも、鉄火巻きが食べたーくなってもたんやがな」

「鉄火巻きは二十万円が届いてからや」

「そやけど、おばあちゃん、一人でいたら、なんや寂しいて寂しいて……」

　そう訴えながら、祖母の目はみるみる湿って赤くなった。その様がいかにもみじめったらしく哀れなので、樹はむかむかした。

「ああやこうや、言い訳しな」

　いうが早いか、樹は鉄火巻きをゴミ箱に廃棄した。そして、その透明な容器を開いた状態でかぶせると、右足を突っ込み、上から容赦なく踏みつぶした。鉄火巻きは見る間に形を失った。

祖母は喉からつぶれたような声を出した。

　樹は六畳間へ引っ込み、背負っていたリュックを勉強机にどんと置いた。

「そないにせんでも……あんまりやないの……」

　と言いながら、祖母の泣く声が聞こえたが、すぐに、ことりとも音がしなくなった。

　これで気がすんだ。爽快だった。が、数秒ののちには､不快になった。自分のことを「クズ」だと思った。

　そんなことがあって間もなくのこと、祖母の預金口座にようやく二十万円が送金された。「国」が国民一人一人への十万円給付を約束してから、およそ三ヵ月が経っていた。助かった、これで次のバイトが見つかるまで何とかなる。ほっと安堵した矢先、事態は一変した。祖母がコロナを発症したのだ。

　祖母が病院に入院するまでのごたごたは、吹き荒れる嵐のようだった。病院に、保健所に、何度も電話をかけ、指示された施設まで歩いてPCR検査を受けに行き、自宅待機中に呼吸が荒くなって、救急車で病院へ運ばれた。

祖母がいなくなった室内は、嵐が吹き去った後のように空虚だった。樹は何をする気力も湧かなかった。幸い翌日は土曜日で、学校は休みだった。食欲がなく、買い出しをする気にもなれなかった。

祖母がそうしたように、ダイニングキッチンのイスに腰かけ、樹は思い出していた。病院で看護師からの指示を待つ間、テレビで観たバラエティー番組。ある学者が出てきてこう言った。

「日本のコロナ対策はうまくいってるんじゃないですか。ヨーロッパに比べて死者の数が格段に少ない」

出演者たちは一様に、誇らしげな表情を浮かべていた。樹はひどく恨めしかった。その人たちに向かって訴えたかった。

おばあちゃんがコロナにかかった。イツキのおばあちゃんが、イツキの、イツキのおばあちゃんが！

深夜の二時を過ぎて、樹はにわかに空腹を覚えた。買い出しをしていないので、冷蔵庫の中には何もなかった。食器棚から「柿の種」を取り出し、輪ゴムをはずした。まだ少し残っている。袋をひっくり返し、掌にあけた。指で一つ、つまみ上げ、口に入れた。機械的にもう一つ、さらにもう一つ、口に入れた。

いつかのように、遠い記憶の断片が、脈絡もなく次々と頭に往来した。

起き上がり、そっと襖を開いた瞬間、耳に舞い込んだ父親の声。

――そんなもん、使ってもたがな。

瞬間的に、ぴたりと閉ざされた襖。

母親は、あの頃はごく普通の人だった。お転婆だった樹はよく叱られた。いたずらをした時、何かへまをした時、誰かとケンカした時……。叱られると樹はよく泣いた。泣きながら尋ねた。

「お母ちゃん、イツキ、お利口さん？」

母親は必ずこう答えた。

「お利口さんやよ」

兄が隣人の生協のボックスからプリンを盗んだ。正座し、具合悪そうにもぞもぞしている兄。こらえきれずにわっと泣き出した兄。右手を目に当て、嗚咽する兄。泣いている兄の前にいたのは、祖母だった気がする。祖母が兄を諭したのではなかったろうか。

母親には何かひどいことを言った気がする。「ちょっとは親らしいこと、しろよ」とか何とか……。そのくせ、母親が戻ってくる夢を何度も見た。夢のなかでは、母親は「悪者」で、いつも樹に許しを乞うた。

その内、あてどない想念は、鉄火巻きの一件に行き着いた。もしも祖母がこのまま還ってこないとしたならば……という仮定が、樹の頭の中をぐるぐる巡った。それというのも、コロナの陽性が判明した後、祖母が母親の居所を紙に書いて寄こしたからだ。

対面できないまま死んでしまう祖母。死んで密閉した袋に入れられる祖母。葬儀屋に火葬場まで運ばれる祖母――。

命を閉じる瞬間、鉄火巻きを足で踏みつぶす孫娘の姿を、祖母は幻覚に見るだろうか。その時、祖母は目に涙をためているのではないだろうか。「柿の種」がとうとうすっかりなくなってしまった。すると、このまま死んだって構わないという気になった。この先、自分にどんな生きている価値があるだろう。

目が覚めたのは、ジーンズのポケットの中でケータイが鳴ったためだった。「柿の種」を食べた後、そのままテーブルに突っ伏して寝てし

まったのだ。電話は小早川からだった。ケータイを耳に当て、

「はい」

と寝ぼけた声で返事をした。

「サトウさん、時間、あいてますか？」

「はい」

「百合ヶ丘公園に来てください。家に何か大きな袋があれば、持ってきてください。トートバッグみたいな。なければ、リュック、背負ってきてください。出入り口んところで待ってます」

百合ヶ丘公園？　大きな袋？　昆虫採集でもするのか？

センパイ、ヤバイっスよ、と言おうとしたら、ぷつりと切れた。

おもむろに用意をし、先輩の顔だけでも見にいくか、と思いながら、マスクをし、手ぶらで出た。空腹でも昆虫は食べる気になれない。

公園に着いてみると、テントを張り、屋外マーケットのようなイベントをやっていた。若い人が頻繁に行き来している。米袋を抱えた学生風の若者が、目の前を通り過ぎた。

公園の出入り口で、小早川は高く掲げた両手を振っていた。樹はその方へ歩を速めた。

「センパイ、いったい、何なんですか？」

「あそこへ行って、食料と日用品、手に入れましょう」

小早川はテントを指さすと、その方へ向かってさっさと歩き出した。が、樹がついてこないことに気づき、戻ってきた。

「うち、お金、持ってませんよ」

「大丈夫、タダです」

「タダ？」

「サトウさん、今は緊急事態です。とりあえず生きましょう」

そう言うと、小早川は樹の手を取り、再びテントの方へ向かって歩き出した。思いがけず、

彼女の手の握力は強かった。その、強く握りしめられた手のひらを伝って、「生きてていいんだ」という感覚が、一陣の風となって全身に吹き上げてくるのを樹は感じた。

隣家の人々

一

迫田聡一郎、四十五歳。毒舌家で知られる政治学者のこの男は、家庭ではいたって温厚な夫であり、父親だった。

朝食前のひと時。中学一年生になる息子の剛毅が、リビングで飼い犬のトイプードルとじゃれている。そのじゃれようが、この年齢にしては少し度が過ぎ、まるで飼い犬が二匹いるようだ。名前に託した願望とは裏腹な成長を遂げた我が子に、常々小さな失望を覚える聡一郎であったのだが、そのことには目をつぶり、今日もどっかとソファに腰かけた。コーヒーテーブルに載っている新聞を手に取り、足を組み、悠然と紙面を広げる。

二〇二一年も六月に入り、日一日と東京五輪開催の日は迫っていた。彼は関連記事に素早く目を走らせた。

日本はいまだコロナ禍の収束する兆しはない。それだから、国民の八割がオリンピックの中止・延期を求めている。が、菅政権はあくまでこの世界規模のイベントをやってのける構えである。じつは聡一郎も、政府から頼まれもしないのに、国論に圧力をかけていた。

最近、どういうわけか、テレビ出演の依頼が多くなった。先日も、某テレビ局のワイドショーにゲストとして招かれた。カメラレンズの向こうでは、数限りない中止・延期論者たちがこちらへ警戒深いまなざしを注いでいる。それら見えない国民に向かって聡一郎は気炎を吐いた。

「自ら手を上げておいて、やっぱり止めます、コロナを抑えられませんでした、そんなことが言えますか？　日本は世界各国に約束したんです。オリンピック、我が国が引き受けますって。それを今さら止めますなんて、国家の威信は丸つぶれですよ。いまだにオリ・パラ中止なんて言ってる政治家や専門家がいますが、無責任の極みです。いいかげん、腹をくくったらどうなんですか。中止だ、延期だって言ってる間にも時間は刻々と過ぎていくんです。それよりも事態を前向きにとらえて、安全・安心のオリ・パラを実現するにはどうすればいいか、そっちの方に頭を切り替えるべきでしょう。私は、日本人ならやれると思います。日本の底力、世界中に見せつけてやりましょうよ」

五輪に消極的な政治家、専門家、そして有象無象の国民を敵に回し、聡一郎はそれだけのことを言い切った。言い終えた後には爽快感が、足先から頭のてっぺんまで旋風のように吹き抜けた。その後から、全身に力がみなぎるような感覚が来た。

迫田家は、リビングとダイニングキッチンが一体化した作りになっている。さっきまでキッチンに立っていた妻の千春が、リビングのドアを手荒に開け、出ていった。かと思うと、二階に向かって甲高い声を張り上げた。

「鞠乃、起きてるの？　早くしなさい。また遅刻するわよ」

下から怒鳴るだけでは足りず、何やら文句を連ねながら階段を上がっていく。

中学三年生になる鞠乃は、最近、学校へ行くのを嫌がる。おおむねわがままが高じたのであろうと、聡一郎は悠長に構えている。

実際、鞠乃は幼少の頃からわがままだった。

彼女は習いごとが好きである。ピアノ、習字、絵画、英会話……。ところが、何をやっても三月ともたない。小学校五年の時、バレエ教室に通いたいと言い出した。どうせ長続きしないからと説得しても聞かなかった。聡一郎は、不本意ながら車での送り迎えをさせられた。バレエ教室は予想外に長くもった。といっても、たかだか半年やそこらではあったのだが。

「鞠乃」もまた、昔の幼女たちの遊び道具である美しい手鞠をイメージしてつけた名前であるが、成長してみると、ゴム製ボールにしかならなかった。養育とはままならないものである。

千春が二階から下りてきた。リビングに入ってきた時、よほど腹が立ったのか、カッカしていた。

「どうしようもないわね。あんな子、ほっといて先に食べましょ」

「起きないのか?」

と言いながら立ち上がり、聡一郎はダイニングへ移った。

「布団をひっぺ返してやったら、やっと洗面所の方へ歩いていったわ。酔っ払いみたいに千鳥足でね」

「困ったもんだね」

千春はダイニングテーブルに朝食を盛った食器を並べた。野菜サラダ、スクランブルエッグにソーセージ、ミネストローネ、トースト、フルーツ入りのヨーグルト……。コーヒーメーカーから豆の砕かれる音が響き、コーヒーの香りがあたりに漂う。

「剛毅、いつまでルルと遊んでるの」

甲高い千春の声がリビングの広い空間を切り裂いた。「ルル」とは、飼い犬の名前である。剛毅はひょっと手を止め、立ち上がり、どこかバランスを欠いた足つきでこちらへ来た。

「ルル。ルルもご飯にしましょうね」

食卓についた剛毅の足元になおもじゃれつくトイプードルのルルを、千春は子どもらに対するのとは打って変わった優しい口調で呼び寄せ、餌をやる。

　リビングのガラス戸から日射しを一杯に浴びたテラスが見えている。テラスには洋風の白い丸テーブルとイスが置いてある。その向こうは広々とした庭である。庭の半面はテニスコートになっている。もう半面には、ブランコやシーソーなど子どもの遊具が、長いあいだ使われないままになっている。ぐるりには幾種類もの木々が青々とした葉を茂らせ、花壇には色とりどりの花が咲いている。中でも聡一郎のお気に入りは、テラスの脇に植えたソテツである。それは、太い幹のてっぺんから、鳥類の羽の形をした巨大な葉を、幾重にも折り重なった状態で四方に広げている。その威風堂々とした雄姿を眺めながら、聡一郎はコーヒーを一口すすった。

　そこへ鞠乃が現れた。制服は着ているが、顔つきは寝起きのままで、瞼も半分下がっている。けだるそうにやってきて、ダイニングテーブルのイスに尻もちをつくようなあんばいで腰かけた。その瞬間、背骨が崩れたかと思うほど上半身が大きく揺れ、長い髪はばさりと顔面に乱れ落ちた。

「しゃんとしなさい、しゃんと」

　号令をかけるような調子で千春は叱った。が、いっこうに効き目がない。体が半分覚醒していないのだ。軟体動物のようにぐんなりして、我が娘ながら嘆かわしい。

　聡一郎は努めて穏やかにこう尋ねた。

「眠そうだな。昨晩は就寝時間が遅かったのか？」

「別に」

　素っ気なく答えて、鞠乃はフォークをソーセージにつき立てた。

「ラインよ。夜遅くまでお友だちとラインをしてるのよ」

「やってねーし」

聡一郎はついつい説教を垂れたくなった。

「ラインは便利なコミュニケーションツールだが、限度をわきまえないとな。何事もほどほどにしろよ、ほどほどに」

鞠乃の目尻に赤みがさした。「何か」が彼女の逆鱗に触れたのだ。

「だから、やってねーって言ってんだろ」

怒りを押し殺すような声で彼女は言った。押し殺している分、鬱屈したマグマの爆発力が想像され、冷たいものが背筋を走った。それで、ちょっとしたユーモアで彼女の心を解きほぐそうと聡一郎は試みた。

「それならいいが、鞠乃のことを心配して言ったんだぞ。今日のお前はまだ半分眠っているようだ。背中がぐにゃぐにゃじゃないか。これじゃあ、まるでクラゲだ」

だが、父親のジョークに反応したのは剛毅の方だった。彼は嬉し気に声を上げた。

「クラゲ、クラゲ、クラゲ」

すると、鞠乃が突然、かっと目を見開き、右手を振り上げ、剛毅の頭頂部をぴしゃりと打った。目にも留まらぬ早業だった。さっきまでの半分まどろんでいるような様子からは、とうてい想像できない展開だ。一瞬、何が起こったのか理解できず、聡一郎は唖然として、ただ目をしばたたかせるばかりだった。

二

迫田家に隣接する場所に長らく放置されたままの空き地があった。そこに新築の家が建った。

壁面はうっすらベージュがかっており、屋根は西から東にかけて緩やかに傾斜している。窓の作りも昭和風で面白味に欠ける。二階の南面に突き出たベランダはずい分狭い。あんなところに洗濯物が干せるのだろうかと、よそ様のことなからつい心配になってくる。庭も狭い。そのスペースの大部分はカーポートが占めている。

まだ建築途中だった頃、

「ずい分こじんまりした家だね」

と言うと、千春は顔をしかめた。

「金づちでトンカチやる音やら、ドリルで穴をあける音やら、うるさくってかなわないわ」

家は見る間に完成し、そこに一組の家族が収まった。小さな容れ物の中に、確かに人が暮らしを営んでいるという気配があった。そうはいっても聡一郎は、この新たな隣人にとくだん興味は覚えなかった。夫婦で挨拶に来たらしいが、千春も、そのことをごくあっさりとしか伝えなかった。

その隣人一家に、Ｍ大学からの帰宅時、門の前でばったりと出くわした。家の前に停まった小型の黄色い車から、四人連れの男女が出てきたのだ。家族総出で買い物にでも出ていたのだろうか、妻と思しき女性が西武百貨店の紙袋を提げていた。

彼らの家族構成は、迫田家と同様、夫婦に男女の子どもが一人ずつ。ただし男の子の方はすでに青年の風格を備えており、高校生かと推測された。

聡一郎は、主人である男に向かって愛想よく声をかけた。

「どうも、はじめまして。隣に住んでます迫田です」

四人は一斉にこちらへ視線を向けた。

この時、聡一郎は言いようのない違和感を覚えた。「種」が違う——そう直観した。

種？　それが何を意味するのか、聡一郎にも説明はできなかった。が、とにかくこの一家と迫田家とは、根本的に何かが違う。彼らは「あちら側」の人間、違う世界に住む人々。一目見てそう悟ったのだ。

が、聡一郎は、「いい人」らしく目に笑みを浮かべたまま相手をじっと見返した。

特に強い違和感を覚えたのは、男の目だった。それはくっきりとして大きかった。大きいばかりでなく、明朗な光を帯びた、爽快感に満ちた目、とでも言おうか。

その目は、聡一郎が昨日も会っていた、旧来の友——企業人として成功した友の目とは、まるで違った。友である男は、陽気で豪放で、しかし、その目の玉の裏側には、世知にたけた狡猾さをひそめていた。

それにしても、この隣人たる男の目は、誰かに似ている。と、はたと思い当たる人物がいた。昔、激しく論争した男の目だ。その男は、一見もっともらしい「正論」を吐いて聡一郎をやり込めた。世の中に「正論」ほど嫌なものはない——そう思うようになったのは、「そいつ」に出会ったせいである。「正論」を説く人間を見かけると、だから聡一郎は、木っ端みじんに叩きのめさずにはいられない。

聡一郎は視線を、夫人に、それから子どもたちへと移した。男の目の中にあるのと同様の光は、多かれ少なかれ、夫人や女の子の目の中にも認められた。夫人は、唐突に出現したこの隣人に、好意的なまなざしをまっすぐに——まっすぐ過ぎるほどまっすぐに向けていた。そこに塵ほどの疑り深さも見えなかった。女の子も、人懐こい、興味津々といった目を聡一郎の方へ向けていた。三つ編みにした髪の先端を指先でぐるぐると回しながら。男の子は、何を思ったか、初めひどく驚いたような目をしていた。それがしだいに何かもの問いたげな目になった。そして、ただ一人、この子だけは、目に一点の陰りを宿していた。

「はじめまして。湯浅です。一度挨拶にうかがったんですが、出勤されているとのことで、お会いできませんでした。何でも、大学で先生をなさっているそうですねえ。いやあ、すごいですねえ」

「湯浅さんは、お勤めはどちらで？」

「僕は電器店をやってます。駅からほんの数分の所にあります。電化製品、ぜひうちでお求めください。お安くしますよ」

傍らで夫人がふっと笑った。

「初対面でいきなりセールス？」

女の子がふいっと聡一郎の前から消えた。

「野々花、ダメだよ」

と湯浅は娘に注意を与えた。振り向くと、野々花と呼ばれた女の子が、鉄格子状の門から迫田家をのぞいていた。

「キレイ。あのアジサイ、キレイ」

彼女は玄関脇に咲くアジサイを指さした。

「家の裏手に広い庭があって、そこにはもっとたくさんのアジサイが咲いてるよ」

「本当ですか？」

振り向いた野々花の目がきらりと光った。その目の光をまぶしいと思った瞬間、なぜだか落ち着かない気分になった。

「すみませんねえ。こーら、よそのおうちをじろじろ見ないの」

と言いながら、夫人は野々花を後ろから抱き込み、三つ編みにした髪の先で娘の頬やら顎やらをくすぐった。野々花は母親から逃れようと身をよじらせ、きゃっきゃっと笑った。

いっときの戯れをやめると、娘を背後から抱いたまま、夫人は聡一郎の方を振り返った。

「この子、迫田さんちを、お城みたいだって言うんですよ」

聡一郎は、ははっと笑った。

確かに迫田家は誰が見ても豪邸と言ってよく、他を圧して屹立するような観があった。屋根はくっきりとした三角形を描いていた。窓も、縦長・横長の四角い窓、丸い窓、張り出し窓、屋根窓など、多様な形状のものがはまっている。壁面はうっすら緑がかっている。古代ギリシャ風の彫刻が施された、バルコニーの手すりやポーチの柱は真っ白で、建造物にくっきりとしたアクセントをつけている。

「コロナでなければお招きするんですけどねえ。家の裏手の庭だけでも、機会があればご覧になってください」

もちろん「お愛想」で言ったのだが、

「ぜひそうさせてもらいます」

と湯浅は返答した。その口ぶりは率直だった。彼の表情に、一筋の煙ほどの羨望さえ仄《ほの》見えないのが、聡一郎には何だか物足りなかった。それだけではない、彼らが自分を「普通の」大学教授とみなしていることにも気を悪くした。目の前にいる人物が、メディアにもしばしば登場する政治学者の迫田聡一郎であるということに、なぜ彼らの内の誰一人として気づかないのか。

湯浅が、

「では」

と言ってちょっと会釈したのを合図に、あとの三人も引き揚げにかかった。湯浅は車の後ろに回り、トランクを開けた。女性陣は荷物を抱えて家の中へ入っていった。

家族の行動を最後まで見届けようと、聡一郎一人、その場を動かずにいると、何を思ったか、男の子が引き返してきた。少しばかりためらう様子を見せながら、彼は尋ねた。

「あの、テレビに出てましたよね」

不意打ちを食らったようで、聡一郎はすぐには応答できなかった。

「えっと、えっと、サコタソーイチさん……でしたっけ」

その時、「翔、手伝ってくれ」と湯浅が声をかけたので、返事を待たずに彼は素早く踵を返した。

えっと、えっと、サコタソーイチさん……でしたっけ。

心の内で少年の言葉を繰り返した。名前を正確に覚えていないとは、失礼極まりない奴だ、と聡一郎は憤慨した。その一方で、たった一人とはいえ、自分が著名人であることを知っている人間がいたことで、聡一郎の虚栄心は満たされた。

三

聡一郎は七人のゼミ生たちを前に、雑談のつもりで尋ねてみた。

「コロナ禍がいまだ収まっていない中でのオリ・パラ開催について、世論は真っ二つに分かれているが、君らはどう思うかね？」

いつものことだが、学生たちは困惑した表情を浮かべた。何がしかの考えは持っているに違いないが、それが他人と異なるのを恐れるのだ。あるいは、自分の答えが「不正解」となるのが怖いのだ。

それでも、ややあって学生の一人が答えた。

「オリンピックをやれば、世界中から人が集まってきますし、変異ウイルスは感染力が強いということですし、感染のリスクが高まるのは当然のことだと思いますから、中止した方がいいと思います」

微笑を浮かべながら、聡一郎は彼女の発言を聞いた。平凡で面白味のない意見だと思った。

「ふむ。他には？」

発言が続かないので、指名した。

「岩城君は？」

「自分も同じです。感染者数が減ったといっても下げ止まってますし、やらない方がいいと思います」

「じゃあ、三木君」

「僕的にはやってほしいですね。中止したら、これまで頑張ってきたアスリートたちが可哀そうですし、僕自身も、日本人選手の活躍が見たいっつうか……」

「武藤さん」

「私も、さっき二人の人が言ったように、コロナが心配です。オリンピックが終わった後、大阪みたいなことにならないかって」

コロナの第四波が来た時、大阪では、ベッドも隔離施設も不足し、医療機関にかかれないまま多くの人々が高齢者施設や自宅で命を落とした。「大阪みたいなこと」とは、そういう状況を指していた。

まだ三人残っていたが、聡一郎は意見を求めるのをやめた。

「君ら、ずい分慎重なんだなあ」

笑顔を作りながら学生たちの顔を見回した。

「いいか、プロ野球もJリーグも、観客を入れてやってるだろう。スポーツ界は、パンデミック下でも安全・安心にプレーできる経験を積み上げてきてる。どんなふうにやってるかっていうと、選手や関係者が一般国民と接触しないようにするんだ。こういうのを何て言う？」

「バブル方式」

と岩城が答えた。

「そう。バブルっていうのは泡のことだ。競技場と宿泊施設を大きな泡——つまりバブルで包むようにするから『バブル方式』って言う。NBA——アメリカのプロバスケット協会のことなんだが、そこがこのバブル方式で成功してる。一人もコロナの感染者を出さなかった。テニスの四大大会では、陽性者が若干出たが、おおむねうまくいったと見ていいだろう」

学生たちはどこか半信半疑の表情だった。

「もちろん、それらと五輪とは規模が違う。だから、組織委員会は今、『プレーブック』というのを作って、選手や関係者を厳しく行動管理しようとしてるんだ。『プレーブック』によると、移動は競技会場、練習会場と、選手村などの宿泊施設に限る、公共交通機関は利用できないってことになってる。つまり、選手たちを完全にバブル内に閉じ込める。それと、重要なのは空港でのＰＣＲ検査だ。陰性であることが証明された選手だけが日本に入ってくる。どうだ、それなら感染リスクが高まることはないだろう。実際、そうやって、安全・安心のスポーツイベントが、すでに各国でも日本でも行われている。それなのに、コロナを怖がってオリンピックを中止するなんてことになったら、日本は世界中の笑い者だぞ」

聡一郎は、自説を補強するためにさらに言葉を継がずにはおれなかった。

「何だか腑に落ちないっていう顔してるな。じゃあ、メディアが報じない情報を提供しよう。オリンピック休戦っていうのを知ってるか？　オリンピック開催の一週間前からパラリンピック終了の一週間後までの五十九日間は、紛争を停止することになってるんだ。国連が決めたんだ。オリンピックが平和の祭典だという意味の中には、こういうことも含まれているんだ」

聡一郎はことさらに、オリンピックのブランド力を強調してみせた。

「どうだ、オリンピック中止論など、浅はかだとは思わんかね？」

学生たちは目にうっすらと笑みを浮かべた。

先日、門の前で出会って以来、それきり湯浅家と関わるつもりはなかった。

一方、千春は、隣家に関するさまざまな情報を仕入れてきた。井戸端会議ならぬ、ゴミ出しの日のゴミ集積場での立ち話によって、湯浅家の事情に詳しくなったのだ。夕食時、知り得たことを彼女はすっかり披歴した。

「お隣の奥さんね、スーパーでレジのお仕事、なさってるんですって。毎月八万円のローンを組んでるし、お子さんたちの学費や自分たちの老後のこともあるし、だんなさんの稼ぎだけではとてもとてもっておっしゃってたわ」

「ほう」

「大型店舗がそこら中にあるじゃない。町の小さな電器店ではねえ、そりゃあ、苦しいわよねえ」

お金のために汲々とする生活はまっぴらごめんである。千春の話を聞きながら、聡一郎は湯浅に同情した。もちろん、聡一郎にとって同情心は、優越感と同義なのである。

「それにしてもねえ、子どもたちの学費っていってもね、翔ちゃんていうご長男さん、兼城工業高校ですって」

「それがどうかしたのか?」

千春が言わんとすることの差別的意味あいを承知しつつも、聡一郎はすっとぼけた。

「だって、工業高校なんて……。普通科には行けなかったのかしら」

「工業関係に興味があったんじゃないのか?なんせ、電器店の息子だからなあ」

「工業関係に興味があったとしても……。西谷工業高校ならまだしも、兼城工業高校なんか、行ったたって意味ないわよ。あんな高校、不良の行くところですもの」

千春は剛毅の方へ視線をやった。

剛毅は食事中も、スマホを見たり、足元にまとわりついてくるルルの相手をしたり、意味不明の言葉を発したりする。聡一郎はそんな息子を「大丈夫か?」と思って見るのだが、思春期に見られる一過性の、ある種の病気だろうと自らに言い聞かせ、注意もしない。

「ねえ、剛毅。あんた、兼城工業高校なんかに行っちゃダメよ。あんなところに行くなら、お母さん、学費出してやらないからね」

剛毅はちょうど、ギョーザを箸でつまみ、口に入れたところだった。彼は口をもぐもぐと動かしながら、何を言われたのかわからないような目をしている。

突然、卓上に置いてあったスマホからメールの着信音が鳴った。剛毅はさっとそちらへ目をやり、人差し指で画面をタップした。そして、アップされた画像を見て「おう」と声を上げた。母親の問いかけに対する反応の鈍さに比べ、彼の一連の動きは素早かった。その落差が千春の癇に障ったらしかった。彼女は長い腕を伸ばし、スマホをつかんだ。

「食事中はこんなもの、見ないの。何べん言ったらわかるの、この子は」

剛毅は「あっ」と短く声を上げ、取り返そうと頭上の空気を掻きまわす手つきをしたが、千春の方が上手だった。彼女はスマホをエプロンのポケットに滑り込ませた。

「返して。よお、よお」

と言いながら剛毅は手を出した。が、千春は勝ち誇ったような笑みを浮かべ、応じなかった。剛毅はすんなり諦めた。

千春は続けた。

「妹の野々花ちゃんの方はね、中学三年生なんだって」

「鞠乃と一緒じゃないか。同学年ってことか。知ってたか？」

鞠乃に尋ねた。

「知らない」

いつものことながら彼女の返答は素っ気ない。

「そりゃあ、そうだろうな。一学年八クラスだもんな」

「時どき、道で会ったら挨拶してくれるんだけど、愛想がよすぎてちょっと引いてしまうのよね。よく言えば、明朗快活っていうところなんだけど、お利口さんぶってて、私は気持ち悪いわ」

千春は、野々花が挨拶する時の口調をまねてみせては、けらけらと笑った。聡一郎も、彼女に同調して笑った。

そのような話をした二日後、二階の書斎で論文の執筆をしていた時、テニスボールをラケットではじく音が聞こえた。窓から庭を見下ろすと、ちょうど剛毅がテニスコートから走り出てボールを追う姿が見えた。ボールはたちまち樹木の影に転がり消えた。剛毅の相手をしているのは、背格好から湯浅翔ではないかと推測された。

聡一郎は何となく、自分たちの領域に「邪魔者」が入り込んできたような、自分たちだけの「楽園」が赤の他人に侵蝕されつつあるような、落ち着かない心地がした。見ていると、翔は剛毅にラケットの扱い方を教えている。剛毅の方から教えてほしいと言ったのか？　だが、息子は自分から積極的に人に教えを乞うような「キャラ」ではない。スポーツがからきし駄目で、テニスに興味を持つとも思えない。

聡一郎は荒々しい音を立てて階段を下りていった。千春はリビングでテレビを観ていた。

「おい、どういうことだ？」

千春は答えるのが面倒だとでもいうように、首をちょっとひねっただけの体勢で聞き返した。

「どういうことだって、何が？」

「あれだよ、あれ」

庭の方を指さした。そのしぐさは、首をひねっただけでは見えないはずだが、

「ああ、あれね」

と平然とした口調で彼女は応じた。

「高田さんちの塀にボールをぶつけて練習してたのよ。あそこ、車が来たら危ないじゃない。翔ちゃんだけなら一言注意して済ましちゃうんだけど、剛毅も一緒だったから、うちのお庭の

テニスコートを使いなさいって、つい言っちゃったのよ」

「剛毅がテニスをしたいと言ったのか？」

「言ったかどうかはわからないけど、翔ちゃんがやってるのを見て、興味を持ったんでしょう」

「アレがテニスに興味を持つのかねえ」

何となく腑に落ちない。が、彼女が言う通りの事情なら、追い出すわけにもいかないだろう。聡一郎はすごすごと自室へ引き揚げた。

同じ日、近くの川沿いの道を散歩して、家の前まで戻ってきた時、妙な光景を見かけた。これまで想像もつかなかったやり方で、鞠乃と野々花が意思疎通を図っていたのだ。今度は娘らか。聡一郎は苦々しい思いがした。

この時に知ったのだが、二人とも部屋が二階にあって、カーテンを開けると、窓から互いの部屋が見えるような間取りになっていた。部屋と部屋の間には数メートルの距離があった。彼女らはしきりに手を動かし、互いに「交信し合って」いた。鞠乃はからからと笑っていたが、聡一郎と目が合うと、すぐに部屋に引っ込んだ。彼が瞬間的に見た鞠乃の目は、ついぞ見たことのない生気を帯びていた。一方の野々花は、鞠乃が突然引っ込んだので、きょとんとしていた。が、聡一郎に気づき、間が悪そうに会釈した。

聡一郎は嫌な気分になった。娘たちが父親の自分に隠れて同盟でも結んでいるように見えるのが、そして、いつの日か、彼女らに背かれ、欺かれ、裏切られるような予感が心によぎったのが、不吉だった。

だが、彼女らはいったい何に対して背くというのか。どういう具合に欺くというのか。どんな理由で裏切るというのか。すべては聡一郎の単なる被害妄想でしかないのだった。

その日の夕食時、聡一郎は鞠乃に尋ねた。

「野々花っていう子と友だちになったのか？」

鞠乃はぶすっとした表情で、

「別に」

と答えた。千春は笑った。

「タイプが違いすぎるわよ。あっちはネアカのおバカさんでしょ。こっちはネクラの人間嫌いでしょ。友だちになんかなれっこないわよ」

「だって、さっき……」

と言いかけた時、鞠乃は、

「ごちそうさま」

と言って席を立った。

「まだ残ってるじゃない」

と千春は文句を言った。

「何、ぷりぷりしてるんだ?」

相手の機嫌をこれ以上損ねまいと、猫なで声で声をかけたのだが、鞠乃はそのままダイニングから出ていった。

「変な子」

と千春は言った。

「あの年頃の娘はわけがわからん」

と聡一郎はため息をついた。

四

そうする内、聡一郎自身も、湯浅と交渉の機会を持つ羽目になった。最寄り駅で相手とばったり出くわしたのだ。マスクをしていたが、すぐに湯浅だと気がついた。聡一郎はM大学からの帰りだった。向こうは定休日で、何かの会合に出ていたのだと言う。気が進まないながらも、友好的なところを見せたい思いが勝り、つい呑み屋に誘ってしまった。

「どうです、ちょっとやりませんか?」

そう言って、マスクをつけたまま酒をぐいと飲み干すしぐさをした。ちょうどコロナの感染者数が減り、緊急事態宣言が解除されたばかりだった。

湯浅は躊躇する様子だった。

「酒には目がないんですが、大丈夫でしょうか？」

コロナを警戒しているのだ。

「大丈夫。感染対策をしっかりやってる店を知ってます」

聡一郎は彼を行きつけの店へ案内した。その店は、要所要所にアクリル板を設置し、客席数も減らしていた。

手指を消毒してから、カウンター席に腰かけると、二人はまずビールから始めた。聡一郎が適当にあてを注文した。

知識人ではない人々と会話する機会の少ない聡一郎は、話すべき話題が今一つ浮かばなかった。それで、湯浅にごく平凡な質問をした。

「こういうご時勢では、ご商売の方も大変でしような」

「影響がなくはないですが、大変なのは飲食業でしょう。それと、観光業・宿泊業。先だって、一人暮らしの女性の家へ扇風機の修理に行ったんです。電気代を節約するため、今年の夏は、エアコンは使わないと言ってました。ホテルの清掃の仕事をやってたけど、切られちゃったって言うんですよ。いやあ、修理代金、払ってもらうの、申し訳なくて……」

「そうですか」

「大学も大変でしょ」

聡一郎は、大学が大変だと思ったことはなかった。

「そうでもないですよ。コロナだからと言って大学教授が首を切られたという話は聞いたことがありません。『売り上げ』に左右されるようなこともありませんしね。ただ……」

一年前、コロナが日本に上陸した初期の頃、オンライン授業のやり方をマスターするのに、多大な時間を費やしたことを思い出した。

「オンライン授業というのは厄介ですな。皆が皆、ＩＴ機器に精通してるわけじゃありませんから」

「それ、それ、そのオンライン授業ですよ。対面授業がないために友だちができなかったっていう話も聞きますし、第一、ずっとオンラインじゃ勉学意欲もわかないでしょう」

ああ、学生のことか、と聡一郎は思った。それで、話の方向を軌道修正し、

「そうです、そうです、学生は大変です」

と話を合わせた。

ビールを喉に流し込む。枝豆を唇に当て、豆の一つ一つを指で莢《さや》から押し出し、口の中へ入れていく。そうやって、次の話題を探した。

「家内が奥さんと親しくしてもらっているようですね」

と言うと、湯浅は、

「ああ、そのようですね」

と言い、目尻にしわを作って親しみのこもった笑みを浮かべた。

「千春さんとゴミ捨て場の前で二度ほど立ち話をしたと、絵美が言ってました」

夫人の名がエミであることを初めて知った。

「家内の話によると、野々花さんは明朗快活なご気性だそうで……」

湯浅は少し首を傾げた。

「いやあ、そんなことはないですよ。不器用っていうか、本人が言うには、頑張れば頑張るほど空回りするって言うんですね。クラスで『浮く』っていうんですか、そういうことがしょっちゅうあって、本人はけっこう悩んでます。あっけらかんとしてるように見えますけどね。あんまり落ち込んでいる時は、学校、休んでもいいんだぞって言うんですが、休まないです。そこがやっぱり不器用なんでしょうね」

「そうですか。意外ですな」

娘のことを不器用と評しつつ、湯浅の目は笑っていた。鞠乃の顔を思い浮かべ、どこも内情は似たようなもんだと、聡一郎はひそかに安堵した。ただ、娘の性質に関し、さして頭を悩ますふうでもない相手の余裕が、癪に障った。

「翔君も、なかなか好青年じゃないですか」

「あいつもいろいろ抱えてましてね、中学時代は一年ほど不登校でした」

「ほう」

息子の負の側面を、湯浅はさらりと告白した。そこに苦悶の跡はなかった。

「テニス部だったんですが、男女で合宿なんかするでしょう。あいつ、女子にも気安く話しかけるんですよ。それが気に食わないとかいうんじゃないが、周囲から何かちょっと変に見られるんですね。まあ、それくらいはいいとして、けがをした女の子の介抱をしてやったことが決定打になりましたね。あらぬ噂が立って、クラブにも学校にも居づらくなって、不登校になりました。なんと言いますか、世間常識に疎いというのか、空気が読めないというのか……」

息子を評する彼の態度は、むしろ愉快そうだった。

「それで工業高校に？」

「受かりそうなところを選んだ、最初はそう思ってたんですが、そうでもないらしくて……。どういう風の吹き回しなんでしょうね、いくつかの科があるんですが、あいつが選択したのは電気科じゃあなくて、建築科です。オヤジは電器店の店主なのに、建築の仕事に興味を持つとはね」

鷹揚に湯浅は笑った。笑ったことで愉快になったのか、妻については聞かれなくとも自ら語った。

「ちなみに絵美は自称『わきまえない女』です。ＳＮＳであれこれ発信してます。どんな意見を発信してるのやら、とんとわかりませんが、本人は熱心にやってます」

「わきまえない女」は、ある種、流行語になっていた。世界はジェンダー平等の方向へと向かっている。スポーツ団体も例外ではない。当然のことながら、オリ・パラ組織委員会も女性理事を増やすことが求められた。ところが、森喜朗前会長は、「女性がたくさん入っている理事会の会議は時間がかかる」と反対した。女性蔑視発言であるとの批判を受け、謝罪と発言撤回に追い込まれた会見の場で、彼はこんな発言をした。

「組織委員会に女性は七人くらいおりますが、みなさん、わきまえておられて――」

これがまた物議をかもした。女性蔑視発言の上塗りだ、と反発した女性たちが、「わきまえない女」と自ら名乗って、次々と意見表明した。「わきまえない女」とはすなわち、臆することなく自らの考えを主張する女という意味である。

聡一郎は、自称「男女平等主義者」だった。にもかかわらず、公言している主張とは裏腹に、「わきまえない女」に良い印象を持たなかった。率直に言うと、彼女らに嫌悪さえ抱いていた。それでつい、

「それは、大変ですな」

と言ってしまった。湯浅は聡一郎の失言を聞き流した。

その後、株の話もしてみたが、湯浅の関心をひかなかった。

話題探しに苦慮していると、湯浅の方から尋ねてきた。

「ところで、迫田さんは政治学者でいらっしゃるからお尋ねするんですが、国がこれほどまでに五輪開催にこだわるのはなぜなんでしょう?」

「それはですなあ――」

聡一郎は、一見もっともらしい「正論」とい

うものが嫌いだった。正論を説く人々を目にすると、かつて自分の顔に泥を塗った「あいつ」や「こいつ」の面影がちらつき、怒りが再燃してしまう。その「正論」に匹敵するほど嫌いなのが、「きれいごと」という奴だった。

オリンピックの招致の裏に、神宮外苑再開発という、政治家たちのいかがわしい野望が隠されていたことを、聡一郎は知っていた。再開発に支障となる数々の規制を緩和するのに、五輪の権威が必要だった。「オリンピックのため」という口実さえあれば、無理が通る。そして、今日、新国立競技場をはじめとする数々の施設建設に利権屋たちが群がり、暴利をむさぼっていることも、聡一郎は知っている。だが、それのいったい何が悪い？　六四年の東京五輪もいろいろあった。それでも、首都高速道路は整備され、新幹線は走り、日本経済は発展した。

また、何があろうと引くに引けない事情として、歴史に例を見ない六十七社ものスポンサー企業と、それらを束ねる大手広告会社の存在があることも、聡一郎は知っている。彼らにとってオリ・パラは、甘い蜜の滴り落ちる、目が眩むほど魅惑的な花園なのだ。だが、そこに群がることの何が悪い？　企業の究極的な目的は稼ぐことなのだ。

一方、国の中枢部にいる連中が、なぜかくまで五輪開催に固執するのかは、その頭をかち割ってみなければわからない。だが、そもそも政治家というものは、大々的なイベントを催し、巨大な箱物を建造し、それでもって自らの実績を誇示したがる生き物なのだ。なかでも五輪は、政権への支持を高め、国民の中に強固な団結力を生むための、絶妙な装置である。だからこそ安倍前首相は、五輪に異様なまでの熱意を見せた。招致委員会の場に出ていき、福島原発事故の影響について「アンダーコントロール」とウソまでついた。リオ五輪の閉会式では、自らマリオに扮して登場し、東京五輪をアピールした。

政治家たちはニッポンがかつての輝きを失いつつあるのを恐れている。技術力も経済力も衰退し、外交の場でも存在感を示せず、企業の、大学の、世界におけるランクは下がり……ニッポンはやがて後進国に成り下がってしまうのではないか？　政治家たちは渇望する。今こそニッポンの力を奮い起こし、アジアにおけるリーダーとしての姿を再び世界に向かって誇示したい。それを可能とする唯一無二の手段として、彼らは五輪に賭けている。

そして、聡一郎と彼らとは、その心情において極めて近いものがあった。自らにも、自らの人生にも、自らが属する国家にも、暗雲を吹き払う烈風のような活力と、高空にぎらつく太陽のような輝きを欲していた。スポーツにはそれがあった。

だが、そういった話――再開発、利権、金儲け、政治家の思惑、野心……等々の話を、湯浅にあからさまに語ることはできかねた。それで、聡一郎は美しい言葉を駆使し、東京五輪成功の意義を滔々と語ってみせた。

「世界中からアスリートや五輪関係者が集まれば、感染爆発が起こるのではないか。国民がそうした不安を抱くのは当然です。目の前に自民党の総裁選や衆院選が控えているために、五輪の盛り上がりを利用して政権党を勝利に導こうと、そうした策略が見え隠れするとなれば、国民の政府への不信感はいっそう募ります。こうした状況は大変残念なことです。なぜなら、今、我々の目に見えている負の側面をはるかに超えて、オリンピック憲章が掲げている理念は尊いからです。オリンピズムの根本原則は、スポーツを人類の調和のとれた発達に役立てるということです。人類の尊厳保持、平和な社会の構築、これがオリンピックの目標です。そして、政治というものは、国民の不信を招こうが、反対の声が高まろうが、人類は、国家は、かくあるべしという理念を携えて、前に進まねばならないのです。もっとも、理念を実現する方途が間違っていることも、理念そのものが間違っていることも、あり得ます。しかし、それが正しかったかどうかは、歴史が証明します。とはいえ、政府も、感染爆発をやむを得ないこととして放置しているわけではありません。安全・安心の五輪を実現するため、今現在も全力を挙げて鋭意つとめているところです」

湯浅はとくだん口を挟まず、聡一郎の話を拝聴しているかに見えた。

クラスで浮いている娘、空気の読めない息子、わきまえない女であるところの妻……。この家族とは極力付き合わない方がいいらしい、と思いながら、店を出た。

五

ウガンダから入国したオリンピック選手の一人が、コロナに感染していた。にもかかわらず、他の選手たちは、羽田空港で濃厚接触者と判定されることもなく、宿泊地である泉佐野市まで専用バスで移動した――このニュースを知った時、聡一郎は苛立った。

「何やってやがるんだ」

思わず声に出して呟いた。

しかも、直後に開かれた野党ヒアリングで、出席した官僚たちは、野党からの質問に「検討中」という語を連発した。どうやら、濃厚接触者の判定をどの部署が担うのか、選手らの入国が始まっているこの時期になっても、決まっていなかったようなのだ。

オリンピックを安全・安心に開催する、このフレーズを菅首相は何度も繰り返した。聡一郎自身も、安全・安心の五輪は可能だと確信している。だが、それを実際に担う組織委員会、国や自治体の担当者が「ぼんくら」では、話にならない。バブルに空いた小さな穴は、やがては大穴となるだろう。

苛立ちを募らせていた頃、聡一郎の知らぬ間に、知らぬところで、迫田家と湯浅家との交流が進展しつつある気配があった。「気配があった」というのは、息子たちが一緒にいたり、娘たちが挨拶を交わし合ったり、そういう場面が一度や二度、たまたま目に留まったというに過ぎないからである。だから、これは聡一郎の思い過ごしと言えなくもなかった。だが、そのたまたま目に留まった光景が、執拗に思い返された。どうかすると、子どもたちが結託して、自分に背き、自分を欺き、いつの日か自分を裏切るのではあるまいか、そんな疑心暗鬼に取り憑かれた。いったい彼らが自分の何に背き、自分をどう欺き、どんな理由で裏切るというのか、まるで見当がつかぬというのに、ただ故もなく被害妄想は膨らんだ。

千春もそうだ。帰宅して、家に湯浅がいた時にはぎょっとした。彼は作業着姿であった。キャップを、つばを後ろにしてかぶっていた。作業着も紺色、キャップも紺色、口元を覆うマスク以外、全身紺ずくめの装いだった。にもかかわらず、例の目の光によって、初夏の草原に照りわたる陽射しのような、爽快感に満ちた明るさを――我が家には異質の明るさを家の内部に持ち込み、それでいて、自身の異質性に気づかぬ顔をしていた。

「先だっては、どうも」

彼はマスクをしていたが、親愛感にあふれた笑みを目にたたえ、挨拶した。

「いや、どうもこちらこそ」

聡一郎も、最大限の笑みを作って応じたが、本心は、はなはだ面白くないのだった。

湯浅が帰ってから、不機嫌な口調で千春に尋ねた。

「彼は何をしに来たのかね？」

「何をって、リビングのシーリングライトが切れたから、取り替えてもらったのよ」

彼女の平然とした口ぶりが、聡一郎の神経を逆なでした。

「わざわざ電器店に来てもらわなくたって、ライトぐらい取り替えられるよ」

「前に取り替えてもらった時、ずい分てこずってたじゃない」

「あの時の経験があるから、俺にだってやれるって言ってるんだ」

「いったい、何、苛ついてんの？」

「苛ついてなんかないよ」

「苛ついてるわよ。もしかして、嫉妬？　やーだ、湯浅さんに嫉妬してるんだ」

「馬鹿な……」

胸中の不快さが嫉妬であると認めるのは、聡一郎の自尊心にとって、どうにも我慢ならないことだった。

何事も自分が主役でなくては満足できない性分だった。それなのに、自分を取り残して、周囲で化学反応が起こっていた。あの湯浅という男の目の光に、皆が毒されつつあった。それならば、こちらから積極的に打って出よう。両家の人間関係の中に自ら割り込んでいってやろう。そして、迫田家の「主」としての面目を取り戻そう。そのような軌跡を描いて、隣家とはかかわりを持たないと決めた方針は覆った。

考えあぐねた末、湯浅家を招いてのバーベキューパーティーの開催を思いついた。コロナはいまだ収束するに至っていないが、屋外であれば問題ないと考えた。もちろん、会話する際にはマスクを着用するのである。

千春を介して誘ったところ、湯浅家は快く応じてくれた。時節はすでに七月だった。子どもたちの学校は短縮期間に入っていた。

当日、テラスにバーベキューセットを据え、子どもたちが庭で遊んでいる間、大人たちはパーティーの準備をした。成り行き上、千春と湯浅がキッチンで野菜をカットし、聡一郎と湯浅夫人が火をおこした。隣家の夫婦の、この役割分担を、あべこべではないかと思いながら、聡一郎は団扇で炭を煽った。

子どもたちは虫でも見つけたのか、花壇の前で頭を寄せ合っている。

「おーい、密になってるぞー」

聡一郎の一声で、四人はすぐさま距離をとった。子どもらが思いがけずすっと反応したので、聡一郎はすっかり気分が上向いた。

千春と湯浅が食材を盛った大皿や食器を運んできた。夫人が子どもたちに呼びかけた。

「始めるわよ。いらっしゃい」

たちまちテラスが賑やかになった。めいめいが小皿にタレを入れ、網の上に箸をのばした。

「ソーシャルディスタンス、ソーシャルディスタンス」

と聡一郎が声をかけると、一同は、肉や野菜を取り分けた小皿を持って、空いた場所へ移動したり、距離を離して置いてあるイスに腰かけたり、各自のポジションを確保した。

「バーベキューができるなんて、でっけーうち」

と翔が言った。

「マリノの家、建ててよ」

翔が建築科で学んでいることを知っているらしく、鞠乃が言った。

「よし、マリさんちよりでかい家、建ててやる」

「小さくていいよ。マリノ一人で住むんだから」

「やだ、一人じゃ寂しいじゃん」

と野々花が言った。あはっと翔が笑った。

「その家に住むのは、ノノカじゃなくてマリさんだからな」

「お兄ちゃん、一緒に住んであげなよ」

野々花はくっくっと笑った。

「そういうわけにはいかねえし」

翔は頬をぽっと染めた。すると、澄ました顔で鞠乃は言った。

「いいよ」

「えっ？」

純情な若者は目に狼狽の色を浮かべた。

「いいよって言ってんの。住まわしてあげても」

「ショウちゃんが住むんなら、僕も」

と横から剛毅が口を出した。

「ゴウくんはダメ」

と野々花が言った。

「なんで？」

「ダメだったら、ダメなの」

「なんで？　なあ、なんで？」

聞き捨てならない子どもたちのやりとりが気になりつつも、聡一郎は大人たちの方へ顔を向けた。自分が会話の中心でなければならなかった。やがて子どもたちの声は意識から遠のいた。

「最近、日本のスポーツ選手の活躍が目立ちますね」

と聡一郎は口火を切った。

メジャーリーグで活躍する大谷翔平選手の話題で、会話はひとしきり盛り上がった。

「ニューヨークタイムスが一面で大谷のことを取り上げたっていうじゃないですか」

「ヤンキースは後悔してるでしょうね。大谷をとらなかったんだから」

と湯浅が言った。

日頃、ワイドショーをよく観る千春は、誰よりも活気づいた。

「大谷選手って、最新のテクノロジーを活用してトレーニングしてるんですよ。体の四十八か所にセンサーをつけて、筋肉不足の箇所が見つかったら、そこを改善するんですって」

「すごいですねえ」

と湯浅夫人も感嘆の声を上げた。

会話がちょっと途切れた時、湯浅が思いがけない言葉を口にした。

「ところで、迫田さん、この間、テレビに出ておられましたねえ。翔が、隣の先生がテレビに出てるって言うんで、ああ、ほんとだって言って、家族で観ました。いやあ、びっくりです。ご近所さんがテレビに出るなんて、普通はないことですからね」

やっと気づいたか、と聡一郎は鼻を高くした。

夫の言葉を受けて、夫人が続けた。

「それでね、迫田さん、オリンピックは開催すべきだっておっしゃってましたよねえ」

夫人の口ぶりに聡一郎を非難する向きはなかった。にもかかわらず、聡一郎は少し身構えた。

オリ・パラ中止を求める世論が強いことや、安全・安心を唱えながら、政府の対策の甘さが毎日のように報じられていることを、聡一郎は苦々しく思っていた。だが、そんなことはおくびにも出さず、彼はかえって胸を張った。

「ええ、言いました」

「東京はコロナの感染者数がまた増えてます。それでも、そのようにお考えですか？」

「私の考えは変わりません。オリンピックはやるべきです」

予想した答えと違っていたようで、夫人は目をぱちくりさせた。

「コロナが収まってない中でオリンピックをやれば、日本国内には当然、感染が広がるでしょうし、世界中にウイルスを拡散することになりはしませんか？」

彼女の発言は聡一郎の神経に触った。それというのも、一般人が――しかも女が、政治学者である自分に自らの政治的主張を披歴してみせたからである。さらに悪いことに、彼女の口ぶりには、身の程をわきまえもせず、相手を説得しようとする意志が感じられた。いったいこの俺を誰だと思っているのか。怒りがふつふつとこみ上げた。そして、思った。

確かに、この人は「わきまえない女」だ。

だが、聡一郎はしいて平静を装った。

「オリンピック開幕まであと一ヵ月を切ったというのに、奥さんが今おっしゃったような意見は後を絶ちません。私は、オリンピックが政治利用されているのを懸念しています」

「政治利用？　これ、政治なんですか？」

夫人はなぜか笑った。それが聡一郎の目にはきわめて失敬な態度と映った。

「この間、都議選があったでしょう。オリンピック中止を声高に叫べば叫ぶほど、その政党は支持率が上がるんです。実際、そういう政党が議席を伸ばしましたよね。オリンピックを政治利用するなど、由々しきことです。まったく、オリンピックを目指して命を削ってきたアスリートたちに失礼だ」

「でも、オリンピックを開催すれば間違いなく感染者数は増えるでしょう。感染者数が増えれば必ず死者の数は増えますよ。オリンピックって、死者を出してまでやる意味があるんでしょうか。そんなに重要な、何が何でもやらなければならないものなんでしょうか」

夫人の話しぶりはしだいに悲痛の響きを帯びてきた。女は感情的な生き物だ、と聡一郎は内心、思った。

「そうお考えになるのも、無理はありません。政府がオリンピックの意義を十分に説明し尽くしていないのが悪いのです。オリンピックは、世界がコロナ禍にある今だからこそ、意味があるんです。スポーツには、一試合一試合にドラマがあります。人々に勇気と感動を届ける力があります。アスリートたちの戦いを見て鼓舞される面が我々にはあります。コロナで傷んでいる今こそスポーツは必要なんです」

「誰かが命を落とすかもしれないんですよ。それでも勇気と感動ですか？」

聡一郎は余裕の笑みを浮かべ、さっきとは違う角度から相手を攻めた。

「奥さん、仮にオリンピックを中止したとしましょう。想像してみてください。世界は日本をどう見るでしょうか。日本の信用は失墜します。オリンピックをやると、世界に向けて公言したのですから。それと――」

とっておきのカードを聡一郎はここで使った。

「さらに先まで見通す想像力が我々には必要です。来年二月の冬季オリンピック、主催地はどこですか？　北京ですよ。中国がどかんと――あの独裁国家がどかんとオリンピックを成功させたとなったら、どうです？　世界における信用度は逆転しますよ。つまり、あんな非道な国が持ち上げられ、日本のような民主主義国が地に堕ちる。善と悪、正義と不正義、真実と虚偽……そうした評価軸が――地球上のありとあらゆる評価軸がひっくり返ってしまうでしょうね」

「でも、オリンピックさえなければ亡くならなかった命が、オリンピックをやったために亡くなったとしたら、いったい誰が責任をとってくれるんですか？」

聡一郎の方へ身を乗り出し、訴えるような調子で夫人は言った。

「奥さん、冷静になってください。諸外国に比べて日本人の死者数はごくごく少ないのです。もっとも、オリンピックを開催したがために、一時期のイギリスやスペイン、イタリア、アメリカのような感染爆発が起こるようなことにでもなれば、確かに悲劇です。しかし、国も今、懸命に感染対策に取り組んでいます。ワクチン接種も進んでいます。オリンピックが感染リスクを高める、このことは私も否定はしません。否定はしませんが、欧米諸国のようなことが日本で起こるとは思いません。つまり、日本人が耐えられる程度には死者数を抑えられると、私は踏んでいます」

そう言った時、なぜか奇妙な空気が流れた。夫人は黙り込んだ。夫婦は、異星人でも見ているような目つきをし、しきりにまばたきしながら聡一郎を見つめていた。

千春は退屈そうだった。彼女はこういう会話にはついていけないのだ。子どもたちは庭に出て遊んでいた。

陽射しがほのかに朱色がかってきた頃、パーティーはお開きにした。二組の夫婦は、何事もなかったかのように、とりとめもない会話を交わしながら片付けを始めた。

子どもたちも片付けに協力した。翔がごみ袋を表に出しにいったわずかな隙に、野々花が母親にこっそり告げた。

「お兄ちゃんがね、お兄ちゃんがね、テロを起こしてオリ・パラを止めるって言ってるよ」

「もう、翔ったら」

翔が戻ってきたので、会話はそれきりだった。危険な家族だと、聡一郎は湯浅家をひそかに見下した。

六

二日後、書斎でゼミ生たちの書いた論文に目を通していると、インターホンが鳴った。こうした場合、千春はめったに玄関口へ出ていかない。インターホン越しにやり過ごす。相手が新聞購読や商品販売を目的とする業者であったりすると、「けっこうです」の一言ですませてしまう。ところが、珍しく表に出て対応した。声からして来訪者は女のようだった。二人の会話はそこそこ長い。女が去ったのを見計らって、聡一郎は一階へ下りていった。冷蔵庫からルイボスティーの入ったピッチャーを取り出し、コップに注いで飲みほした。そして、いかにも「下りたついでに聞いてみた」とでもいったふうにそれとなく、

「誰か来てたか?」

と千春に尋ねた。

「湯浅さんの奥さんがいらしたわ」

「湯浅さんの奥さん?」

湯浅絵美が来たというだけで、何か嫌な気分になった。

「署名を頼まれたの。あなたの名前も書いておいたわ」

聡一郎は眉をひそめた。

「署名って……。内容は?」

思わずぞんざいな口調になった。

「オリンピックに関係のある署名よ」

「おい、おい。俺はオリンピックは中止すべきだなんて思ってないぞ。俺の立場、わかってるな」

「オリンピック中止なんて内容じゃなかったわ。学校ナントカカントカを止めさせるって言ってらしたわ」

何のことか、すぐにわかった。一般の観客とはまた別枠で、幼稚園児や小中高生のオリンピック観戦を、政府は自治体に割り当てている。これを「学校連携観戦」と言った。

聡一郎自身は、子どもを巻き込むことに危うさを感じていた。だが、「オリンピックは安全・安心に実施できる」とさんざん主張してきた手前、「子どもを競技会場に入れるのは危険だ」とは言えなかった。

「子どもらにオリンピックを観戦させるってい

うやつだろう。観戦させりゃあいいじゃないか」

「私はどっちだっていいのよ。国と学校がちゃんと感染対策をやってくれればね。ていうか、やってくれるんでしょう。でも、お隣さんから頼まれたら断れないじゃない」

「断ったらいいじゃないか。もしもペットの飼育を禁止せよっていう署名を頼まれたら、どうするんだ。署名するのか？」

千春が犬好きなのを知っていて、意地の悪い質問をした。

「そんな署名、あり得ないわよ。コロナになって、ペットを飼う人、逆に増えてるんだから」

「じゃあ、筋向いの空き家をつぶして保育所にしてくれっていうのはどうだ。子どもはうるさいから嫌だって言ってたろ。保育所を作れっていう署名を湯浅さんが持ってきたと仮定して、お前はそういう署名をするのか？」

「するわよ。近所づきあいってものよ」

「だとしても、自分の名前だけ書けばいいじゃないか」

「体裁ってものがあるじゃない。夫婦は一心同体だって世間の人は見てるものよ。私の名前だけだと、ここのおうちは夫婦間で何か問題あるのかしらって、そんなふうに思われるわ」

「お前の頭の中はまるで明治の世に後戻りしたみたいだな。夫婦は一心同体だなんて」

「あら、あなたの考え方だって古臭いわよ。古色蒼然っていうか、古過ぎて苔むしちゃってるわ」

そう言って、千春は過去の夫の失言を数え挙げた。聡一郎は彼女の話を途中で遮った。

「もういい。聞きたくもない。いいか、今後、署名はいっさい断れ。少なくとも俺の名前は使うな」

千春はふてくされ、その日は一言も口をきかなかった。

だが、夫人の集めた署名はまもなく必要なくなった。

オリンピックまであと二週間という時期になって、東京に再び緊急事態宣言が発令された。コロナの感染者数が予想を超えて急拡大したからだ。

およそ一ヵ月前、緊急事態宣言が解除された時、政府はオリンピックを「有観客」で行うことを決定した。収容定員の五〇パーセント以内、最大一万人を上限に。それが、再び緊急事態宣言が出たことで「無観客」開催が確定した。五輪実施に固執する菅政権は、たとえ「無観客」であっても実施すると決めたのだ。そして、「無観客」になったことで、都内の「学校連携観戦」の話も立ち消えになっていった。

日本のオリンピック関係者があたふたしているさなか、ＩＯＣのバッハ会長が来日した。放映権料が懐に入ったこともあり、ご機嫌だった。彼はメディアに登場し、満面の笑みを浮かべて「グッド・イーヴニング」と日本国民に挨拶した。

そんな折、ちょっとした用事があって、聡一郎はＳ駅付近を歩いていた。どこかの団体が行う食料支援の列に、生活に困窮した人々がずらりと並んでいた。その傍らを足早に通り過ぎ、何気なしに腕時計を見た時だった。ふいに、外国語を話す人々の声が耳に舞い込んだ。すれ違った男が身につけているＩＤカードのようなものが、ほんの一瞬、視界に入った。聡一郎は足を止め、振り返った。大きなリュックが三つ、ゆっくりと遠ざかっていく。

白人じゃないか。

オリンピック関係者に間違いなかった。

七月に入ってから、選手と関係者が海外から続々と来日していた。バブル方式により、彼らは一般国民から完全に遮断されているはずだった。おかしい、そんなはずはない、と自問しながら、聡一郎は三人の後ろ姿をいつまでも見遣っていた。

まもなくわかったことは、五輪関係者の行動規制を定めた「プレーブック」なるものは、それが守られるという保証が何一つないということだった。組織委員会は「プレーブック」を単に作成しただけで、あとは現場に丸投げした。だから、現場では規制がみるみる緩まり、バブルの外にはいないはずの外国人五輪関係者のたむろする姿を、あちらこちらで見かけることとなったのだ。

バブルの中も、安全とは言えなかった。空港でおこなう検査が、ＰＣＲ検査より精度の劣る抗原検査であったのは、驚くべきことだった。ここで陽性の判定を受けた者は、バブル内の発熱外来で——単なる発熱や熱中症で患者が訪れるかもしれない発熱外来で、ＰＣＲ検査を受け、改めて陽性反応が出ると、バブル外の隔離施設に移される。では、濃厚接触者はどうなるか。彼らはバブル内のホテルの空き部屋に入ることになる。陰性者との動線は、分けられてはいない。

あれこれと考えあぐねた末、聡一郎は千春に自らの計画を持ちかけた。

「今年の夏休みは軽井沢の別荘で過ごさないか」

夕食後のことで、聡一郎はそのままダイニングテーブルのイスに掛けていた。千春は食器を洗っていた。子どもたちはリビングでテレビを観ていた。

「オリンピックの最中に、どうして？」

「どうせ無観客だ」

「別荘に行って何するの？　家でテレビを観るか、別荘で観るかの違いでしょ」

「それはそうだが……」

聡一郎は苦々しい思いをかみしめた。軽井沢行きを思い立ったのは、一つには、自分と家族の命をコロナから守るためである。もう一つは、「安全・安心」を保障するはずだったバブルの崩壊を見たくない心理からである。それを見れば、バブルなど初めから幻想にすぎなかったと――「安全・安心」の五輪など壮大な虚構であったと、認めざるを得なくなる。自らの主張の行き着く先を、聡一郎は見たくなかった。そして、このひと夏、世間から離れて心静かに過ごしたかった。

「自然に囲まれたゆったりしたところで観た方が、観戦に集中できるじゃないか」

「バカみたい。同じことよ」

すると、さっきまで向こう向きになってテレビを観ていた鞠乃が、こちらを振り向いた。

「お母さんったら、鈍いなあ。東京は危険だから軽井沢に避難しようって言っててんじゃん」

聡一郎はぎくりとした。思いがけず、娘に本心を見透かされ、しかもそれを皆に暴露され、彼は面目丸つぶれなのだった。

「それならそうと、はっきり言えばいいじゃない」

「いや、そういう理由も確かにあるが、一番の理由はさっき言った通りだ」

あなた、オリンピックは安全・安心だって言ってたじゃない、という、千春の言いもしないセリフを勝手に想像し、聡一郎は弁解がましい言葉をつい口にしたくなった。

「オリンピックはバブル方式でやれば安全・安心に実施できる。これは間違いない。ところが、ふたを開けてみたらどうだ、穴だらけじゃないか。日本の官僚たちはなんて能無しなんだ」

「わかった、東京にいたら危険だってことね。じゃあ、今年の夏は軽井沢に行きましょ。鞠乃、剛毅、そういうことでいい？」

千春が子どもたちに同意を求めた。鞠乃はそっぽを向いたまま素っ気なく答えた。

「マリノは行かない」

「東京にいたら危ないのよ。コロナにかかったらどうすんの」

「行かないったら、行かない」

「僕も」

　聡一郎の目論見は、子どもたちの拒絶によってかなわなかった。


　夏休みを控えたある日曜日、鞠乃の部屋から、きゃっきゃ、きゃっきゃと話し声や笑い声が聞こえてきた。しばらくすると、大挙して（聡一郎の耳にはそう聞こえた）どどっと出ていった。その時、翔と野々花の声を聞いた。また奴らか、と聡一郎はうんざりした。

　千春が子どもらに何か尋ね、子どもらが何か答えた。よく聞き取れないが、言葉のほんの切れ端が聡一郎の鼓膜に引っかかった。


スタンディング……。

　こっそりと鞠乃の部屋に入っていき、見渡すと、勉強机や床の上に、模造紙の切れ端や油性マジック、スティックのりなどが散乱している。聡一郎は不快感を覚えながらすぐに書斎へ戻ったが、部屋の光景が瞼の裏に貼りついて消えなかった。子どもらはいよいよ同盟関係を強化し、父親である自分に反旗を翻そうとしているのだ――そんな妄想が膨らみ、仕事に手がつかないまま、時は過ぎた。

　一時間ほど経って、彼らは戻ってきた。しばらく談笑しているようだったが、昼時であったので、翔と野々花は帰っていった。

　午後になって、鞠乃が外出したすきを狙い、聡一郎はもう一度こっそり彼女の部屋へ入っていった。壁とベッドの間に、四枚の段ボールが裏向けにして差し込まれている。その中の一枚を抜き取り、ひっくり返した。

ガキのくせして、デモンストレーションでもやらかしおったか？

聡一郎は、細心の注意を払って段ボールを元の位置に差し込んだ。何しろ、聡一郎が部屋に入った痕跡をわずかでも残したなら、もうそれきり父と娘の関係は断ち切れてしまうに違いないから。

足音をひそませて書斎へ戻った。イスに掛け、さっき見たものを頭の中に再現した。四方をカラフルなイラストで縁取った手作りのプラスターは、いかにも子どもじみていた。が、その枠内に、太く、黒々と拙い字で書かれた「五輪より命がだいじ！」のスローガンは、どんな論敵が吐く正論よりも、聡一郎の心を打ちのめした。

誠太郎の判断

昭和二十年七月三十一日
御召により午後一時二十分、御前に伺候す。大要左の如き御話ありたり。
先日、内大臣の話した伊勢大神宮のことは誠に重大なことと思ひ、種々考えて居たが、伊勢と熱田の神器は……信州の方へ御移することの心組で考へてはどうかと思ふ。

（『木戸幸一日記』より）

＊

放課後の職員室は蒸し暑かった。窓という窓を開け放っても、こめかみや首筋をじっとりと汗がつたう。教頭の高橋誠太郎は、ぱたぱたと扇子であおぎ、胸元に風を送り込んだ。しばらく経って、この右手首の反復動作にすっかり倦むと、開襟シャツのポケットから小さな手帳を取り出した。赤沢国民学校の前身、赤沢尋常高等小学校に赴任して十年と半年。一日の終わりに日々の出来事を記録するのが、長年の日課となっている。

昭和二十年七月某日の欄を開き、誠太郎はまずこう書いた。

〈朝礼　校長訓話。戦時下の心構へについて〉

訓話は、あらかた次のような内容だった。

戦況は誠に厳しいものがある。が、強い精神を持ち、天皇陛下のお治めになるこの栄えある日本国の勝利を信じ、日々勉学と勤労とに励むべし――。

いつもとさして変わらぬ話だ。だが、戦況の厳しさについて触れた点は、印象に残った。

二宮校長は、生徒一人一人の個性を重んじる教育を、多年にわたり実践してきた人物である。見た目は、容易に近づきがたい威厳があった。精悍な顔立ち。五十を過ぎてなお黒々とした色つやを保っている髪。意志的な強い眼光を放つ目。太い眉毛。念入りに手入れされた口髭。が、生徒らに注ぐまなざしは優しかった。生徒らに語りかける声は朗らかだった。子どもらの頭部に添える手は、武骨ではあっても、豊かな愛情に満ちていた。

しかし、校長も随分と変わられた、と誠太郎は思う。軍国主義的風潮が強まるにつれ、生徒らに強さ、たくましさを求めることが多くなった。

校長は、個人主義と国家主義とのはざまで、人知れず苦悩を深めておられるのではあるまいか。最初はそう考えた。そうであってほしかった。が、「強い精神」「心身の鍛錬」「日本国の勝利」、そういった類の言葉をちりばめた訓話は、もうすっかり板についてしまったかに見える。とはいえ、昨今の世界情勢に鑑みるならば、これも致し方のないことだ。今日も誠太郎は自らに言い聞かせる。己の使命は、校長を支え、本校の生徒らを守ることにあると。

再びペンを動かし、手帳に記す。

〈初等科一、二年　平常授業〉

それにしても——。誠太郎はふと首を傾げた。広島県庁に出かけていった校長の帰りが遅い。

その時、職員室の戸が開いて、笠原延代が入ってきた。

「今日も一日、ご苦労じゃったのう」

誠太郎が声をかけると、笠原は微笑し、よく透る凛とした声で、

「お疲れ様です」

と挨拶した。そして、壁際の書類立ての方へ歩み寄り、学級日誌を引き抜いた。

笠原は今年二十八になる。若いがベテランの風格を備えている。彼女が担任する高等科二年

「に」組は、勉学への意欲も、勤労を愛する精神も、まっすぐに育っている。

　彼女はクラスの生徒ら数名に、毎日絵日記を書かせている。生徒らの描く絵は、決してうまいとは言えないが、自分たちの日常の生活をつぶさに観察し、色彩豊かに描いている。文章も、物資の欠乏や統制による不自由にも負けず、明朗で前向きな心情にあふれている。

〈私たちはこの戦争に必ず勝ち抜かねばなりません。そのために、一生けんめい勉強しました〉

〈兵隊さんたちはお国のために頑張っておられます。私たちも兵隊さんたちに負けないやう、一生懸命、菜園の草抜きをしました〉

〈今日、武道の時間に薙刀の練習をしました。汗水たらして働いておられる兵隊さんたちのことを思ひ、一生けんめい練習に打ち込みました〉

　どのページを開いても、そんなようなことが書かれてあった。読むたびに誠太郎は、健気な子どもらの頑張りに感激した。

　笠原は机の上に学級日誌を開き、ペンを手にしたまま何やら考え込んでいる。

　そこへ、佐伯正良が戻ってきた。彼は麦わら帽子をかぶり、首には手拭いをかけていた。

「精が出ますな」

　と誠太郎は声をかけた。

「生徒らはみな元気ですなあ。これもお国のためじゃあ言うて、こんな時間まで頑張っちょりました」

　佐伯は帽子を脱いで、柱に打ちつけた釘にひっかけ、流れ落ちる汗を手拭いでひと拭きした。

　佐伯は四十二になる名実ともにベテランの教師である。中国大陸へ出征したが、無事帰還した。放課後はいつも、学校の敷地内に設けた菜園の世話をしている。生徒らに人気があり、自発的に手伝う生徒が増えている。

「今年はキュウリもナスもよう育ちました」

いかにも豪放な人らしく、よく響く明朗な調子で晴れ晴れしく報告した。が、すぐに顔つきを変え、近寄ってきて、少しばかり誠太郎の方へかがみこむ姿勢になった。

「生徒らが、秋元先生は目ばかりじゃのうて頭もおかしい、あの先生は不良じゃと言うちょります」

多少声を低めたが、人並み以上の声量の持ち主であったから、佐伯の話は笠原にも丸聞こえであっただろう。彼女は手を止め、じっとこちらを見つめている。

秋元英次は専門学校を繰り上げ卒業して教員になった。年はまだ二十歳である。左目が義眼のためか、いまだ兵役を免れている。このことをとらえ、「穀つぶし」だの「役立たず」だのと、世間からは白眼視されている。口数の少ない、不愛想な青年である。ただ、笠原延代と言葉を交わす時だけは笑顔がこぼれる。こういったことにも、「穀つぶし」の分際で生意気にも女に色目を使いやがる、などといった陰口がつきまとう。

「君、そのう……何かね、素行が悪いということかね？」

と誠太郎は尋ねた。

「それがですな、生徒らが言いよりますには……」

佐伯が誠太郎の耳元に口を寄せた時、その当の本人が工場動員の引率を終えて戻ってきた。佐伯はふいと何食わぬ顔で誠太郎のそばから離れた。

「秋元君、ご苦労じゃったのう。生徒らはようやっちょりましたか？」

と誠太郎は声をかけた。秋元は右目で誠太郎を一瞥すると、ちぐはぐな挨拶を返してきた。

「十日以上欠勤しちょる工員が三人もおりました」

彼は独り言のようにぼそりと言った。誠太郎は、彼の言うことがよく飲みこめなかった。

「欠勤？　三人も？　生徒が三人も欠席したのかね？」

「いえ、工場の社員がです」

誠太郎はほっと胸をなでおろした。会話をつなげるため、さらに尋ねた。

「それは病人が三名おるということかね？」

秋元は不機嫌そうな顔つきで「さあ」と答えたが、少しずれたタイミングで、またぼそりと返答した。

「おおかた空襲が怖いんでしょう」

「そんな……」

と言ったきり、誠太郎は言葉が継げなかった。佐伯が目をキッと吊り上げたのが、視界の端にちらりと見えた。

空気が途端に重くなった。それで誠太郎は、少しの沈黙の後、気まずさを払拭しようと、ことさらに陽気な声で笠原に話しかけた。

「ところで、笠原先生、生徒らは今日の絵日記にどんなことを書いちょりますか？」

笠原は学級日誌の記入を中断し、頭を上げた。佐伯も彼女の方へ視線を向けた。

「あの絵日記は――」

笠原はいつもの凛とした声で返答した。

「三日前にやめました」

誠太郎と佐伯は「えっ？」と同時に声を上げた。

「それは惜しい」

うなるように佐伯は言った。誠太郎も同感だった。この時、秋元だけは、この小さなざわつきに背を向け、我関知せずといったふうに、職員室の一角にしつらえられた洗面台で手を洗い、うがいをしていた。

「生徒らは日常の生活を実に生き生きと記録しちょりました。またなして、やめんさったんかのう？」

誠太郎が尋ねると、

「特に理由はないんです」

と笠原は答えた。

「理由もなくやめたと……?」

ちょうどその時、帰り支度をさっさと終えた秋元が、誠太郎の脇を通り過ぎた。すれ違いざま、例の独り言のような調子で言った。

「理由は鬼畜米英、鬼畜米英」

秋元は職員室から出ていった。誠太郎は意味がわからなかった。笠原も佐伯も退勤した後、笠原の机の引き出しからこっそり絵日記を取り出し、開いてみた。なるほど、最近二、三週間の日記の中に、「鬼畜米英をやっつけろ」「今に見ていろB29」「アメリカ人をぶち殺せ」「米鬼必殺!」などといった、女子生徒とも思えないどぎつい文句が、あちらこちらに踊っていた。

校長が県庁から戻ってきたのは、夕刻をとうに過ぎた頃だった。誠太郎は校長室に呼ばれた。

「第六次建物疎開作業を行うことが決まった」

「建物疎開作業……ですか?」

「本校の割り当ては国見橋付近。開始日は八月二日。いつまでということはわからんが、八月いっぱいはかかるじゃろう。七月末頃、具体的な指示が下りる予定じゃ。皆に伝えるのは、それからということにしてくれたまえ」

校長は立ったままごく事務的にそう告げた。そして、用は済んだとばかりに、窓際に歩み寄り、カーテンをさっと引いた。

このような場合、常ならば「はい、わかりました」と言って速やかに退室するのだが、言い知れぬ不安に駆られ、誠太郎はしばらくその場を動くことができずにいた。

建物疎開というのは、敵機からの空襲を受けた際に火の延焼を防ぐため、民家を取り壊すことを言う。最初は業者や軍、大人たちの組織する義勇隊の仕事であった。が、しだいに手が足りなくなり、五月には広島中の中学校、女学校、国民学校高等科の生徒らが駆り出され、三週間に及ぶ作業を強いられた。

　あれと同じことを、炎天下の八月、しかも空襲が日に日に厳しさを増す中でやれというのである。「そんな無茶な」というのが、誠太郎の胸にまず湧き起こった思いであった。

　誠太郎は、日本人の多くがそうであるように、「お上」に対して従順だった。言葉を変えると、日本人のご多分に漏れず、「お上」に楯突くようなことは道徳に反する、といった観念が、骨の髄まで沁みついていた。しかし、そんな誠太郎でも、この時ばかりは何かひとこと言わずにはおれなかった。

「校長先生……」

「なんじゃね」

　と答えて誠太郎を見据えた校長の顔つきは、いつになく不機嫌だった。誠太郎は一瞬ひるんだ。彼は無理にも自らを奮い立たせ、口ごもりながらこう言った。

「このところ暑い日が続いちょります。それで、その、八月になれば、いっそう暑さは増すでしょう。何と言いましょうか、前回の……五月に行った前回のそれとはわけが違います」

　校長は長机に寄りかかり、腕を組み、考え込むようなしぐさをした。その表情は、何か他のことに思いを馳せているようにも見えた。校長は誠太郎より頭一つ分背が高かった。威厳もあった。この人にはとてもかなわない、という引け目があり、舌が思うように回らなかった。だが一方で、校長のかつての教育理念を知る誠太郎は、一縷の望みにすがり、もう一歩踏み出してみる気になった。

「カンカン照りの中、大勢をぞろぞろと歩かせて、ようやく国見橋までたどり着いたと思ったら、木材や壁土の散乱する中での作業。生徒らは身体の強健な者ばかりじゃありません。作業の最中に倒れでもしたら大ごとです」

誠太郎には、もっと心配なことがあった。空襲である。作業中にＢ29が飛んできでもしたらどうなるか。事は命の問題である。だが、空襲の心配を口にすることははばかられた。もしもの場合には、兵隊たちが市民を守るはずだと、常日頃から生徒らに教えてきたのであったから。

「その、何と言いますか……これは私の取り越し苦労でしょうか？　そうであるならいいのですが……」

誠太郎は校長の顔色を恐る恐るうかがい見た。校長の返答はごくそっけないものだった。

「軍の命令、いや、県の担当者、各校の校長らで協議して決めたことじゃ。今さら覆すわけにはいかん」

それもそうだ、そうに違いないと、誠太郎は考え直した。軍や行政の決定が覆ることなどあり得ない。無駄な抵抗を試みたものだと、誠太郎はつくづく後悔した。

建物疎開作業の説明会を行うため、各組の担任を含む引率教員十六名を、誠太郎は会議室に招集した。七月も末のことだった。

定例の職員会議と同じく、会合では誠太郎が司会を務めた。

「先だって、県の担当者、軍、各校の校長が県庁で協議を行いまして、第六次建物疎開作業を実施することになりました。今日はその件で、先生方にお集まりいただきました。二宮校長」

誠太郎は軽く頭を下げ、左手を校長の方へちょっと差し伸べ、自分はイスに腰かけた。校長は立ち上がった。

「このところ世界情勢は、日本にとって大変厳しい状況になってまいりました。東京でも、名古屋でも、大規模な空襲があり、住民は大きな被害に見舞われました。広島はたまたま大空襲からは免れておりますが、この先はどうなるかわかりません。一刻も早く建物疎開作業を完了し、市民の命を守るための防火帯を作らねばなりません。そこで、すでにお聞き及びかとは思いますが、八月二日より、全市挙げての大作業が行われることになりました。学校関係で言うと、中学校、女学校、国民学校高等科の一、二年生に動員がかかっております。他には、隣組、義勇隊などが各疎開地に集結する計画です。民家はすでに倒壊しております。我々に求められているのは、廃残物の片づけです。屋根瓦は屋根瓦、木材は木材、金属類は金属類というように分類し、道の脇にかためて積み上げる。これが主な作業であります。我が校の担当地域は、国見橋付近。朝七時にいったん生徒らを講堂に集め、朝礼を行い、七時半に出発というふうに考えております。先生方、ご足労ですが、当日はよろしくお願い致します。加えて、担任の先生方は、この作業が市民の命を守るための重要な作業であること、これなくして大東亜戦争の勝利はないことを生徒らに伝え、特別の事情がない限り欠席することのないよう、くれぐれもよろしくご指導願います」

校長が話し終えると同時に誠太郎は立ち上がった。

「何かご質問はございませんか」

誠太郎は教師たちの顔を見回した。教師たちは校長の話を身じろぎもせず聴いていた。

質問を求めながら、質問が出ないよう、誠太郎は心密かに祈っていた。彼は本心では、今回の作業には賛成できかねた。だが、「お上」からの命令とあらば仕方がないと観念した。本心とは違う立場を装って皆の前に立っていたため、教師から疑問が出た時、動揺せずに対処できる自信がなかった。誠太郎の心中に、質問を封じたい気持ちが自ずと働いた。

「特にご質問はないようですので――」

さっさと事務的連絡に移ろうと、誠太郎は会の進行を急いだ。

が、その時、笠原延代が手を上げた。彼女が会議で発言するのは、生徒に不利益が及ぶのを危惧する場合が多かった。誠太郎は嫌な予感がした。

「はい、笠原先生」

「建物疎開作業の意義につきましては、重々承知の上で申し上げるのですが、陽射しがかんかん照りつけるもとで、生徒たちに作業させるのは、健康管理の点から言って、果たしてどうなんでしょうか?」

誠太郎はぎくりとした。彼女の発言は、自分が本心で思っていることとそっくり同じであったのだ。笠原は続けた。

「私の組に金山道子という子がいます。五月の作業の時、微熱があるのに無理して参加したんです。途中でふらふらになりましたので、近くにあった建物の陰で休ませました。他の子たちが元気に作業しているのを目にしながら、何もできないのは辛かったと思います」

「金山道子? ああ、あの体の弱い子ね」

と誠太郎は応じた。痩せぎすで、いつも青白い顔をした少女であった。それならば道子は欠席させればよい。誠太郎はごく単純に考えた。

「確かにあの子には厳しいでしょう。金山さんには欠席を認めましょう」

ところが、そう発言した途端、教師たちの刺すような視線がこちらに向いた。

「それは、微熱がなくても、ということですか?」

「体の弱い生徒は金山道子だけではないと思いますが」

「体調不良を口実にして、ずる休みする不届き者が出てきはしませんか？」

教師たちは口々に発言した。中には、こんなご時世なのだから、少々のことではびくともしない頑健な体力と精神力を身につけさせなければならない、疎開作業はそのための鍛錬の場ととらえるべし、といった発言まで飛び出した。ふだんの会議では、教師たちはあまり発言しない。だから、いつもとは違う会議の雰囲気に誠太郎は困惑した。

ややあって、笠原がまた口を開いた。

「仮に、金山道子にあなたは欠席しなさいと言ったところで、あの子は来るんじゃないでしょうか」

彼女が言わんとすることは、よくわかった。五月の時も、建物疎開作業を欠席する者は「非国民」であるとの陰口が聞かれた。こういう空気は、学校内だけに蔓延していたのではない。「気分が悪いから作業を休みたい」と言うと、「欠席など非国民のすることだ。頑張って行ってこい」と父親に叱咤され、無理を押して登校してきた生徒がいた。逆に、風邪気味の娘に欠席するよう説得した母親が、娘から「お母さんは非国民じゃ」と罵られた、という話もあった。

「では、笠原先生はどうすればよいとお考えですか？」

と尋ねる者がいた。その口調には咎めるような響きがあった。

「それは……」

笠原は何か思うところがあるらしかったが、言葉にするのをためらい、うなだれた。

あの、ちょっと、と言って佐伯正良が手を上げた。

「笠原先生のご心配はよくわかります。ただ、先生のご心配を解決する方策は、一つしかないんです。それは、建物疎開作業を断ることです。しかし、考えてもみてください。大東亜の理想を掲げ、国を挙げて戦っている、広島中の市民と学徒も戦っている、そうした時に、本校だけ抜けさせてもらいます、とは言えんでしょう」

佐伯はまだ発言を続けようとしていたが、唐突に横から口をはさんだ者があった。

「その日本防衛のための重要な作業を、せめて九月に延期できませんか？　九月になれば涼しくなるでしょう」

皆の視線は校長に向けられた。校長はイスに掛けたまま、姿勢を正し、教師たちに厳しい視線を向けると、重々しい口調で答えた。

「建物疎開作業はやるしかないのです。開始日は八月二日。我が校の割り当て地は国見橋付近。これはすでに決まったことであって、一寸たりとも変更はあり得ません。いろいろ心配はあるじゃろうが、ゆるぎない覚悟と決意を持って受け止めていただきたい」

「当然です」

と佐伯は応じた。彼はいったん中断された発言を続けた。

「特定の生徒に欠席してもよいなどと言って、生徒間に差をつけるのは、よろしくないと思います。あの子が欠席してよいなら、私も、ということになりかねない。混乱を生むだけです。ただ、担任ともう一人、引率教員は各組に二人いるわけですから、作業中、よく目配りして、体調不良を起こす者がおったら、どちらかがその子を家まで送り届ける、とこういうことでええんじゃないですか？」

佐伯の発言をもって、一件落着を見たような空気になった。誠太郎はほっと安堵した。

「いま佐伯先生が言われた通りでよろしいですね」

誠太郎は教師たちに了解を求めた。教師たちは無言でうなずいた。

ところがそこへ、これまでの議論の積み上げを突き崩すような発言が放たれた。

「僕は、引率、しませんよ」

「えっ？」

　誠太郎は一瞬、自分の耳を疑った。他の教師たちも、虚を突かれたような顔つきで、声のした方へ視線を向けた。声の主は、秋元英次であった。

「君、それは困るね。一人でも欠けるわけにはいかん。理由を言うてみんさい」

　誠太郎はやや強い口調で言った。

「いつ空襲を受けるかもわからんのに、何かあったら責任が持てん」

　校長が口を開いた。

「軍需工場は確かに危険だが、まさか米軍も一般市民の、それも子どもの頭上に爆弾を落としはせんじゃろう。仮にそのようなことがあったとしたら、すべての責任は私にあります。責任は私がとります」

　きっぱりと校長は断言した。

「いや、そういうことではなくて、今さっきの秋元君のは、実に聞き捨てならん発言です」

　と言い放ったのは、佐伯であった。

「責任などという言葉を持ち出して、ごまかさんでくれ。要するに、やる気がないだけじゃろう。広島中が一丸となって防災対策に取り組もうとしちょる時に、己のことしか考えんとは、あきれてものも言えん」

　秋元も負けてはいなかった。

「本当に防災対策じゃろうか。巷では、戦闘機の滑走路を造らされとるんじゃと、もっぱらの噂じゃ」

　愚にもつかぬ発言に、誠太郎は言葉を失った。教師たちはざわめいた。中でも佐伯は、さっと顔色を変え、語気を強めて秋元に詰め寄った。

「君、誰がそんな噂を流したのかね？　スパイに決まっちょる。君はスパイの流した妄言を信じるのか?」

他の教師たちも口々に秋元を非難した。

「生徒らでさえ、妄言が皆の士気をそぐことを知って、そんとなことは決して口にはしませんよ。まったく生徒以下じゃ」

「そうですよ。生徒らでさえ、そこんところはちゃあんと心得ちょります」

「校長先生、こんとな人物に生徒の指導を任せてええんですか」

果てには「憲兵に突き出しゃええんじゃ」などと言い出す者もあり、どうにも収拾がつかなくなった。

事態を鎮静化したい誠太郎は、てっとり早い解決法を皆に示した。

「まあまあ、そういうことであれば、私が秋元君の代わりに引率しましょう」

これは、ほんの思いつきでつい口を滑らせたのだった。

その後、事務的連絡をさっさと終わらせ、誠太郎は強引に会議をお開きにした。

教師たちが会議室を出ていった後も、佐伯と秋元は互いに睨み合っていた。

「生徒らでさえ、不自由を我慢してお国のために力を尽くそうとしちょるのに、君は何じゃ。もういっぺん根性を叩き直さにゃあならん。だいたい、このご時世を何と心得ちょる」

秋元は一方的に佐伯の罵声を浴びていた。その挙句、涼しい顔をしてこう言った。

「わかりました」

その一言を聞いて誠太郎は安堵した。だが、秋元の返事には続きがあった。

「明日、辞職願を書いて持ってきます」

誠太郎は慌てた。

「まあ、そう言わずに」

佐伯は、好きにしたまえ、と冷ややかに言い捨てて出ていった。好きにします、と応じて、秋元も出ていった。誠太郎は疲労困憊し、しばらく立ち上がる気力もなかった。

八月二日は、予定通り朝七時より講堂内で朝礼を行った。それから、高等科二年「い」組の担任である佐伯正良を先頭に、二列縦隊になって校門を出た。誠太郎は、笠原延代が担任をする二年「に」組の最後尾についた。

笠原はいつもと変わらず、にこやかに生徒らに声をかけていた。誠太郎はその様子を何となく恨めしい気分で見た。美しい、それでいて厭わしいある光景が、たびたび脳裏にちらついたからである。

昨日の夕刻のことだった。たまたま二年「に」組の教室の前を通りかかった。教室は笠原と金山道子の二人だけで、他の生徒はいなかった。二人はイスに掛けていた。誠太郎から見て、笠原は向こうむきになっていた。彼女は少し前かがみになり、道子と同じ目の高さで何かを語りかけていた。笠原の手は道子の両肩にのっていた。笠原の唇からは、限りなく愛情のこもった言葉がささやかれているものと想像された。道子の表情は見えなかったが、しおらしい様子で、こくりとうなずいたようだった。その光景は、通常ならば、一幅の美しい絵として記憶の中に刻印されたはずである。が、その時の誠太郎の心に生じたのは、見てはならぬものを見てしまったというある種の後ろ暗さであった。誠太郎は思わず目を背け、忍び足でその場を去った。

予期した通り、金山道子は欠席だった。

生徒間に差はつけない、金山道子を特別扱いはしない、というのが、教師間で交わされた約束事、堅苦しく言えば「申し合わせ事項」である。それを笠原は破ったのだ。

個人的考えはどうあろうとも、すべての教師が足並みをそろえないことには、何事も成功しない。足並みの乱れたところから必ず物事は崩壊していく。誠太郎は思い悩んだ。笠原に厳しい態度で臨むか、それとも、ひとこと注意を与えてすませてしまうか、あるいは黙認するか。誠太郎の倫理観から言って、黙認は教頭としての任務の放棄に等しい。だが、生徒のことを思うあまり彼女がとった行動に、同情の余地がないわけではない。

己の取るべき態度が決まらないまま、出発の時刻は来てしまった。

生徒らは元気だった。みな遠足気分ではしゃいでいた。川べりの道に出ると、歌をうたい出す者もいた。どこからともなく湧き起こった歌声は、前へ後ろへ伝播し、教師たちをも巻き込み、いつしか大合唱となっていった。

そうする内、作業場所へ到着した。そこは人々でごった返していた。団体名を記したのぼりを掲げている者もいた。馬を引いている者もいた。たすきがけの女たちの姿もあった。圧倒的に多かったのは、十三、四と思しき子どもである。それは、「人手」となり得る人間を、ことに少年少女らを、広島中から集めに集めた、といったような眺めであった。

もしも今、空襲警報が鳴りでもしたなら――。その想像は、誠太郎の背筋を寒からしめた。サイレンが鳴っても、どこへも逃げ場がないのである。防空壕もない、民家の屋根もない、塀もない、木陰もない。仮にあったとしてもこの人数である。たちまち大混乱となるだろう。

民家はすでに倒壊していた。屋根瓦、崩れた壁、へし折れた木材、ちぎれた電線など、瓦礫がそこかしこに散乱し、そこへ、人々は蟻のように群がり動き回っている。

笠原が生徒たちに号令をかけた。

「みんな、一列になってえ。屋根瓦を先生が先頭の子に渡していくけえねえ。お隣の子に次々渡していって、最後の子は教頭先生に渡すんよ。『は』組の子らがやっとるじゃろう。あんなふうにやるんよ。わかったあ？」

生徒一人一人に届くようにと、大きく張り上げたその声は、ふだんにもましてびんびんとよく響き、心地よく誠太郎の鼓膜を震わせた。

「はーい」

生徒たちは元気よく返事をした。

ハイ、ハイ、と声を合わせて掛け声をかけながら、テンポよく作業は進んだ。誠太郎は、列の最後の生徒から屋根瓦を受け取ると、道端の一角にかためて積み上げた。

その内、誠太郎の心にある疑問が湧いた。火の延焼を防ぐための作業にしては、民家の取り壊しの範囲が広すぎる。幅広い道路ができそうなくらいである。すると、秋元の口から出た言葉がふと思い起こされた。

巷では、戦闘機の滑走路を造らされとるんじゃと、もっぱらの噂じゃ。

あの時、誠太郎も他の教師たちも、彼の発言を否定した。しかし、本当にあり得ない話だろうか？　いや、さすがに戦闘機の滑走路は馬鹿げているが、軍需物資を運搬するトラックの通り道ならどうだ？

誠太郎は首を二、三度振り、そうした妄想を頭から追い払った。馬鹿げている。教師にあるまじき想念である。軍は市民の命と安全を守っているのであり、道路を造るために子どもらの命を危険にさらすなど、あり得ない。秋元が口にした「流言蜚語」にとらわれている自分自身を、誠太郎は強く戒めた。

その日は、心配したようなことは一切起こらず、予定通りに作業は終わった。生徒たちは元気いっぱい帰途に着いた。

四日間は何事もなく日は過ぎた。

作業が始まって四日目の夜のことだった。突然、けたたましいサイレンが鳴り渡った。誠太郎は妻と二人の娘を防空壕へ避難させると、自分自身は自転車に飛び乗り、ペダルを滅茶苦茶にこいで赤沢国民学校へとまっしぐらに突き進んだ。彼には学校を守る責務があった。

学校に着くと、まず奉安殿のぐるりを念入りに眺め回し、水槽に水は張られているか、火叩き棒や砂袋は十分に備わっているか、確認を行い、それから校長室へと足を向けた。

赤沢国民学校は、凹形の構造になっており、左の建物を「西校舎」、右を「東校舎」と呼んでいた。校長室は二階の、ちょうど「凹」の字の谷間にあたる筋に位置している。

暗い室内で、二宮校長は窓際に立ち、炎の燃え盛る南の空を眺めていた。サイレン音と爆撃音が、物々しく深夜の空気を揺るがした。

「激しくやられちょるのう。呉あたりじゃろうか」

と校長は言った。

「他に誰か来てますか?」

「佐伯君が来ちょるよ。それから、秋元君が宿直室におる」

秋元は、佐伯とケンカした翌日、本当に辞職願を持ってきた。馬鹿な考えを起こしちゃいけんと秋元を叱りつけ、そのぺらっとしたいいかげんな紙切れを、本人の目の前で破り裂いた。その後、秋元はふだん通りに出勤していた。

校長と誠太郎は、しばらく黙りこくって、南の空を眺めていた。

「それはそうと――」

校長は思い出したように口を開いた。

「明日は出張なんじゃ。君、悪いが後を頼む」

「私も作業に付き添うことになっているのですが」

「秋元君に行かせたまえ」

「『うん』と言うでしょうか？」

「嫌じゃと言うたら、これは命令じゃと断言すりゃあよい。行くか行かぬか、個々人が判断できる性質のものではないことを、君の方からきちんと教えてやってくれ」

「はい、わかりました」

と答えたものの、足は、すぐには宿直室へと向かわなかった。

そもそも、「これは命令じゃ」の一言で押し切るのは、誠太郎の最も不得手とするところである。今さらながら彼は、自分の性質が全く非常時向きにでき上がってはいないことを自覚した。強く迫るという習性を持ち合わせていないのだ。

やや長い沈黙が訪れた。すると、努めて払いのけてきた不安がせり上がってくるのを、抑えることができなくなった。逡巡の後、誠太郎は口ごもりながら言った。

「近隣がこがいなことで、大丈夫でしょうか？　そのう、……国見橋は……」

校長はしばらく何とも答えなかった。が、ややあって、おもむろに口を開いた。

「市内の学校関係者が集められた時ね、だいぶ軍からお叱りを受けた。広島市民は呑気じゃ、作業が全然進んどらんとね。早う手を打たにゃあならん、これはもう一刻を争う急務じゃ、そのために学徒を大規模に動員せにゃならんとも言われた」

それを聞き、全く誠太郎らしからぬ怒りが不意にこみ上げ、本音が口を衝いて出た。

「広島市民の安全を守るために生徒らが作業に奉仕するのは、貴いことです。ほいじゃが、その市民の命を守るための作業の最中に、生徒が命を落とすようなことがあったら、どうです、そんな理不尽ありますか？」

誠太郎は感情の高ぶりを抑えながら、一言一句を喉から押し出すように訴えた。すると、校長は急に声をひそめ、こう言った。

「君だけには言うとく。我々は抵抗した。決して唯々諾々と軍に従ったわけじゃあない。空襲警報が続く中、屋外での作業は危険じゃ、動員には断固反対じゃと、はっきり言うた。じゃが、陸軍の責任者はだいぶ苛立っておってな、軍刀で床をどんと突いて、作戦遂行上、学徒出動は必要なんじゃと、声を荒げおった。君、軍の責任者は『作戦遂行上』と、『作戦遂行上』と言うたんじゃよ。議長はしばらく黙って考え込みよったが、あがいに脅されたんじゃあ嫌とは言えん。つまり、今回のことは軍に押し切られたということじゃ」

事のいきさつを初めて知り、誠太郎は驚いた。校長は続けた。

「空襲のことはみな心配しちょる。わしも心配で心配で夜も眠れん。たった一人でも作業中に亡くなる子どもがおったなら、本人にも、その親にも、申し訳が立たん。たとえ戦争に勝ったところで、子ども一人の命も守れんようじゃったら、意味はない。はっきり本音を言うと、作業は勘弁願いたい。ただ、佐伯君が言うた通り、市を挙げて取り組んどるものを、本校だけが傍観しちょるわけにはいかん。わし一人が非難されるのであるなら構わんが、生徒らが、あれは非国民じゃと世間から後ろ指をさされるに決まっちょる。こうなってしまった以上、他校と足並みをそろえるしかない。足並みの乱れは混乱をきたすだけじゃ。この作業は八月いっぱいかかるじゃろうが、何事も起らぬことを、わしはただただ祈っちょる」

「足並みをそろえる……」

校長の言葉を誠太郎は反復した。少しの沈黙の後、誠太郎は言った。

「宿直室へ行ってきます」

校長の言うことはもっともであり、誠太郎もうすっかり観念した。

宿直室は、西校舎一階の、ちょうど南の角に位置している。誠太郎は戸をそっと開けた。彼はひどく気兼ねしながら、声をひそめて秋元の名を呼んだ。

「秋元君、居るかね」

「はい」

電灯は消してあったが、秋元がはっと驚いたのが、声でわかった。秋元は畳敷きの部屋のど真んなかで、膝を抱え、やはり炎に包まれた南の空を眺めていた。

「よりによって、こんな日に宿直とは、君もついちょらんね」

思いやりをこめて挨拶をしたつもりが、応答はなかった。

誠太郎は部屋に上がり込み、秋元の脇であぐらをかいた。さっきまで、何をどう言おうかと、それぱかり考えていたのだが、いざ秋元と二人きりになってみると、何となく話が切り出しにくかった。すると、思いがけず秋元の方から話しかけてきた。

「今に始まったことじゃあないが、おかしな世の中です。天の岩戸だの、天孫降臨だの、そんなこしらえごとをみな信じちょる」

「君、まさか、そがいな穏やかでないことを、生徒らに吹聴しちょらんじゃろうね。くれぐれも教科書通りやってくれんと困るよ」

「わかってますよ」

だが、生徒らが秋元への不信感を口にしていると、以前、佐伯から聞かされた。「わかってます」との言葉を、誠太郎は信用できかねた。

秋元は建物疎開のことも話題にした。

「今やってる建物疎開も、意味なくないですか？　三月に東京がひどくやられたでしょう。

無駄だったんですよ、防火帯作りなんか。いや、そもそも防火帯を作ってるのかどうかも、怪しい。B29が本土に飛んでくる前から、東京では建物疎開、やってたそうじゃないですか。市民の命と安全のため？　そんなことはまやかしです。僕ら、軍用機の滑走路を造らされちょるんですよ。そうに決まっちょります。市民の命と安全を守るっちゅうんなら、僕がえらい軍人じゃったら、軍事施設や軍需工場のない田舎へ逃げろって命令します。子どもらだけでも、今日明日にでも避難させます」

誠太郎はあきれた。いやはや、市民に対して田舎へ逃げろとは。国が国民に「退去」を禁止していることを知らぬのか。

同時に、彼は内心、自分も舐められたもんだと憤慨した。秋元がこのように聞き捨てならぬ言葉の数々を口にするのは、自分がそれを放任するであろうことを見越してのこと――もっと悪く言うならば、威厳のかけらもない甘っちょろい教頭を軽んじてのことに違いない、と解釈したのだ。

秋元は続けた。彼はズボンのポケットから何かを取り出した。暗くてよく見えなかったが、米軍の撒いた伝単だと言い、そこに書かれてある内容にまで話は及んだ。誠太郎はそれを中途で制止した。そして、誰かに聞かれはしなかったかと、戸口の方へ目をやった。

「秋元君、こういう話は、もうやめよう」

と、誠太郎はやや厳しい口調で言った。相手は何とも答えなかった。用件を切り出すのは今だと思った。

「君、実はだねえ、明日、私は校長の代理を仰せつかった。引率ができん。それで、当初の予定通り君にやってもらう他ない」

誠太郎は相手の反応をうかがった。もしも嫌だと言ったなら――。

柄にもないと思われようが、自分とて、いつもいつも甘い顔ばかりしているわけではないことを、今こそ知らしめねばならない。相手に言い放つべき言葉を、誠太郎は頭の中に巡らせた。君、甘ったれるのもいいかげんにせんか。この非常事態を何と心得ちょる。多少のことは忍ばにゃならん。「お上」からの命令は絶対じゃ。君のような好き勝手が許されると思うのか。

誠太郎は暗闇の中でこぶしを固く握りしめた。ところが、思いがけず、

「わかりました」

という返答が返ってきた。前にも聞いたそのセリフに、誠太郎はぎくりとした。だが、それが誠太郎の過剰反応であったことが、すぐにわかった。

「僕も協力します。滑走路造りに」

その口調には、人を食ったような響きがあった。秋元はごろりと横になった。

八月六日の朝方、警報は解除された。

講堂は、校舎の東側に独立して建っていた。そこへ、生徒らはいつも通り登校してきた。心なしか皆しおれて見える。昨晩、恐怖で眠れなかった者も大勢いるに違いない。そう思うと、生徒らを作業場へはやりたくない、と思う気持ちがまたしても頭をもたげた。が、足並みをそろえねばならぬという校長の言葉を反芻し、誠太郎は無理にも自分を奮い立たせた。

「皆さん、おはようございます」

壇上から挨拶した。

「おはようございます」

生徒たちからも気持ちのよい挨拶が返ってきた。

「今日は校長先生が出張です。ですから、教頭の私が校長先生の代わりに皆さんの見送りをさせていただきます。皆さん、八月二日からの四

日間、建物疎開作業によく奉仕してくれました。天皇陛下もきっとお喜びになっておられることでしょう。皆さん一人一人がよく理解している通り、この作業は、敵の爆撃による火の延焼を防ぐための、非常に重要な仕事です。広島市民の命を守るという、きわめて貴い仕事でもあります。この厳しい暑さに負けず、今日も頑張って――」

と、その時、突然、警戒警報が鳴り響いた。

低い姿勢を取るよう誠太郎は指示をした。生徒らの姿は長イスと長イスの隙間に没した。

その間、誠太郎の頭の中は忙しかった。生徒らを帰宅させるか、それとも、警報が解除されるまで待ち、作業場へ向かわせるか。あるいは……空襲警報に切り替わる場合もある。そうなったら、しばらく講堂内でやり過ごすか、防空壕まで走らせるか。いったいどちらが安全なのか？　誠太郎は頭がこんがらがってきた。

そうする内、警報は解除された。生徒らはごそごそと頭をのぞかせた。学校を出発しなければならない時刻になっていた。

だが、何となく嫌な予感がした。本当に危険は去ったのか？　すぐにまた警報が鳴りはしないか？

生徒らも教師たちも、こちらを見ている。気のせいか、教頭の優柔不断を詰るように、佐伯が厳しい視線をこちらへ向けている。だが、誠太郎は生徒らを外へ出す決心がつかなかった。いま出発するのは危険な賭けである。そう判断した誠太郎は皆に呼びかけた。

「生徒の皆さん、警報は解除されましたが、もう少し様子を見ましょう。イスに掛けて、しばらく待機してください」

そう言い置いて、息苦しさから逃れるため、誠太郎は一人、講堂を出た。

何ということだろう、階段を上り、東校舎二階の廊下を歩く途中、ずっと足ががくがくと震えていた。職員室へ戻ると、うがいをし、顔を洗った。嫌な空想が、次々と浮かんでは消え、消えては浮かんだ。

炎天下の作業場。襲い来るＢ29の大編隊。木陰も、防空壕もない平地を、蟻のように逃げ惑う人々。その中に巻き込まれていく生徒たち。

馬鹿げている。まったく馬鹿げている。そんな危険極まりない無防備な「戦場」へ生徒らを連れ出すとは。

作業中止、という考えが頭に浮かんだ。その一方で、強い倫理観が誠太郎を責め立てた。

命を賭して戦場で戦っている兵士たち。炎天下、汗水たらして作業にいそしむ他校の生徒たち。彼らに申し訳ないと思わんのか。

足並みを乱すな。勝手な判断はするな。さもなくば――

非国民！

誠太郎を責めさいなむ罵声は、しだいに「世間」の代弁者の顔つきで迫ってきた。ここに来て、作業を中止するということの「罪深さ」が、はっきりと認識できた気がした。ヒューマニティーを貫き、生徒らから危険を排するための判断、行為は、平時であれば称賛に値する。が、昨今のような時勢にあっては否応なしに、そうした「身勝手」が、本校の生徒まるごと「非国民」とみなされる結果を招く。子どもらにとってこれほど不幸なことがあろうか。

佐伯が職員室に入ってきた。彼は苛立ちを隠せない様子で言った。

「教頭先生、時間、大幅に過ぎちょります。急いでください」

「わかりました」

佐伯は戸を開けたまま、足音荒く出ていった。誠太郎は重い腰を上げた。

その時、ぶるんぶるんというＢ29の不気味なエンジン音が聞こえた気がした。誠太郎ははっとして、窓べから空を見上げた。そこにあるのは、目に沁みるほど青く晴れ渡った空だった。警報は鳴らなかった。妙な気がした。

何かの悪い前ぶれではないか。ひどく胸騒ぎがし、また足ががくがくと震え出した。誠太郎の思考はすっかり振り出しに戻ってしまった。

ふと秋元が手にしていた伝単のことを思い出した。そこには、〈即刻都市より退去せよ〉という文言に続けて、米国はとてつもない爆弾を発明したという内容のことが書いてあったという。誠太郎はそれを、馬鹿げた脅し文句ととらえたのだが、しかし、仮に……仮にそれが、万が一にも真実の内容であったなら……。

誠太郎はもはや、ある種の勘でもって断言できた。今日こそは、間違いなく空襲がある。生徒らを作業場へやってはならん。作業中止。これしかない。

作業中止。作業中止。

首筋を汗水がしたたっているというのに、悪寒を感じた。

ふと思いついて、机の引き出しから事務用紙とペンを取り出した。作業中止——これは、教頭である自分一人の判断であり、校長も、生徒らも、他の教員らも、いっさい責を負う理由はない。

これは私の判断である、教頭である私の判断である、そう唱えながら、震える手で「辞職願」をしたためた。家族のことが頭に浮かんだ。妻の実家が農業を営んでいる。土を耕して生きる後半生を、誠太郎は夢想した。

「辞職願」を書き終えると、丁寧に折りたたんで封筒に入れ、ズボンのポケットに押し込んだ。

何となく重罪人になったような気分がした。日本人のご多分に漏れず、「お上」に背くのは犯罪であるという観念の染みついている誠太郎である。長年の生き方を転換するのは、恐ろしいことだった。だが、もう決めたのである。後戻りはできないのである。

腹をくくり、えいっと立ち上がったその時だった。めくるめく強烈な閃光が鋭く光った。続いて、すさまじい爆音が、どーんと鼓膜を震わせた。

その一瞬、時間は止まった。誠太郎の意識はどこか遠くへ飛んでいき、その遠い意識の中で、しまった、Ｂ29にやられた、という思いがぐるぐると巡っていた。

正気を取り戻した誠太郎は、ばねのように職員室から飛び出した。東校舎から、西校舎の北半分が倒壊しているのが見えた。誠太郎は廊下を左方向へ走り、階段を駆け下り、猛然と講堂めがけて突進した。

勢いよく講堂の壇上へ駆け上がると、肩で息をしながら大声で告げた。

「本校……西校舎に……爆弾が投下されました」

講堂内は一瞬、凍りついたようにしんとなった。

「各組の担任の先生方は……生徒の安否確認をお願いします」

教師たちは速やかに出欠をとった。誠太郎は講堂内を見回しながら、内心、妙なことだと思っていた。校舎の一部が倒壊している事実は目にしたものの、Ｂ29を一機も見なかった。空襲警報も鳴らなかった。

「本日の建物疎開作業は中止します。しばらく様子を見て、今日はこのまま帰宅することとします。必ず地区ごとにかたまって帰宅してください。先生方はできる限り手分けして生徒らに付き添ってください。なお、西校舎の復旧をしなければなりません。手が空いた先生方は速やかに職員室までお戻りください。それから、生徒の皆さんは西校舎への立ち入りを禁止します」

その後、しばらく待ったが、空襲警報は鳴らなかった。Ｂ29が襲来する様子もなかった。誠太郎は生徒らを順次送り出した。

講堂がすっかり空になると、職員室へ戻り、まず作業を中止する旨を県の担当者に伝えることにした。ところが、どうしたことか、何度電話をかけてもつながらなかった。

一時間ばかり経ったろうか、

「教頭はおるかあ」

と絶叫するような声が廊下から聞こえてきた。職員室の戸がばたんと開き、鼻息の荒い猪のような何者かが、勢いよく転がり込んできた。何事かと驚き、立ち上がった拍子に、騒々しくイスは倒れた。唐突に出現した男を見て、誠太郎は一刹那、どこの爺さんだろうかと訝しんだ。だが、よく見ると、男は校長なのだった。毛髪には白いものが混じり、眉根に寄せたしわはくっきりと深く、目は怯えたようにおどおどしている。見慣れた精悍な印象はみじんもない。すっかり老け込んでしまっていたが、その男は、まぎれもない校長その人だった。

「君、広島中が大変なことになっちょる。国見橋まで子どもらを救出に行かにゃあならん」

今一つ要領を得ないまま、まずは命令に背いたことを詫びねばならないという思いが、誠太郎の頭を一番に占めていた。

「申し訳ありません」

誠太郎は深々と頭を下げた。彼は頭を下げたまま謝罪の言葉を申し述べた。

「作業は中止しました。担任と付き添い教員が手分けして、生徒らを各家庭へ帰しているところです。私の判断でそうしました」

「私の判断」というところに、ことさらに力をこめた。誠太郎は頭を上げ、もう一度深々と頭を下げた。

「申し訳ありません」

校長は何とも答えなかった。勝手な判断をしたことへの罪悪感が、今更ながら誠太郎の心を苛んだ。

ややあって、校長が口を開いた。

「生徒らは国見橋へは行っちょらんのか？」

誠太郎は姿勢を戻したが、校長の顔をまともに見ることができなかった。

「はい。生徒らも、付き添い教員も、行く気でおりました。私の判断で中止にしました」

そう言って、誠太郎はうなだれた。

「一人も行っちょらんのか？」

校長の声は震えていた。

「一人も行っちょりません」

誠太郎はさっき「辞職願」を突っ込んだポケットの方へ手をやった。

「空襲警報も鳴っちょらんのに、B29のエンジン音が聞こえたような気がしました。妙な胸騒ぎがしまして、中止を決めました。その後、実際に本校に爆弾が投下され、西校舎の一部が倒壊しました」

「君、よく聞きたまえ。おそらく世間は本校に厳しい目を向けるじゃろう。なして赤沢国民学校だけが建物疎開作業に協力せなんだ、あの学校は非国民の学校じゃと、人は後々まで非難するじゃろう」

「ですが、作業中止の判断は私がしました。責任はひとえに私にあります」

そう言うと、誠太郎はポケットから封筒を取り出し、恭しく校長の方へ差し出した。

「なんじゃ、これは？」

と言いながら、校長は封筒から事務用紙を抜き取り、素早くその文面に目を通した。読み終えると、校長は「辞職願」を掌の中でくしゃっとつぶした。そして、声をひそめて言った。

「判断という言葉はよろしくない」

「はっ？」

「君は判断しなかった。いいかね。これは『不測の事態』じゃ。不測の事態が起こり、出発時間に遅れた。後々人に聞かれるようなことがあったら、そう答えたまえ。いいかね、君は判断しなかった。断じて判断しなかった。すべては『不測の事態』じゃ」

校長は吐き出すように一気に言った。封筒と丸めた紙切れが床に落ちた。そのとたん、校長の体はよろっと揺らめき、その場にくずおれた。そして、感極まったように左手で目を覆った。

「高橋君、よう判断してくれた。よう判断してくれた」

校長は何度も繰り返しながら、おいおいと泣き出した。

北西の方角の空に、一本足で立つ奇態な形状の雲を見たのは、校長と共に西校舎の様子を見にいった時だった。クラゲの形態をした雲の、傘の部分がぐらぐらとどこまでも広がりつつあった。

「あれは何です?」

言い終わらぬ内、全身がぞくぞくと粟立った。この世のものとも思えない、途方もなく奇っ怪な雲。その下には、おおよそ八千人もの子どもらが駆り出されているはずだった。

「あれの下は、……あれの下は、いったいどがいに……」

北西の方角を指さしながら、誠太郎は思わず声を上げたが、何となく悪夢の最中《さなか》にいるようで、実際に叫んだのか、声なき声を叫んだのか、たちまち自分でもわからなくなってしまった。

巨艦の幻影

一

シュロで編んだ簾によって隠蔽されたドックの中は、今日も蒸し上げられたように暑かった。

燃え盛る炉が吐き出す煙やら、火花を散らす熔接の青白い炎やら、鼻を衝く油の匂いやらが、渾然一体となった空間を、ガントリークレーンに吊るされた鉄の構造物は、したたる汗のように反射光を弾かせながら、上へ下へ、右に左に、ひっきりなしに行き来する。床にも、船体にも、いたるところ数限りないエアホースや電線が、絡まった状態でどこまでも長々と伸びている。それは、さながら脈打つ血管のようである。

「壱号艦」はもうあらかた船の体裁を為していた。

峰山清吉は足場の上で両足を踏ん張り、エアハンマーを握りしめ、仲間たちに合図を送った。ほとばしる汗は首筋から背中へ伝い落ち、あたりに鳴り響く騒音に耳はじんじん痺れている。彼は全神経を集中し、甲鉄板の穴めがけて、炉で焼かれた鋲を打ち込んだ。その瞬間、周囲の騒音さえ掻き消えるほどの轟音が、広大なドック全体の空気を揺すり上げた。

いま清吉の目の前にあるものは、途方もなく分厚な鋼鉄の板である。見上げんばかりに巨大な盤石無比の壁である。その一点に、寸毫の狂いもなく鋲が打ち込まれたのを、清吉は見届けた。すると、ふと、このずんべらぼうの、モノクロの壁の向こうに、近く執り行われるであろう進水式の様が浮かび上がった。

天高く翻る鮮やかな日章旗、艦上を飾り立てるおびただしい信号旗、純白の軍服に身を包んだ海軍の将校たち、寸分の乱れもないその隊列、朗々と響きわたる晴れやかな式辞、押し合いへし合いしながら見守る大勢の見物人、ゆっくりと海に滑り出す「壱号艦」の晴れ姿、人々のどよめきと歓呼、誇らかに奏でられる軍艦マーチ……。

この軍艦の建造が始まったのは、およそ三年前のことである。機密上、工員たちに艦の全貌は知らされなかった。命じられるまま、黙々と設計図通りの部品を製造する、それが清吉たちに課せられた仕事であった。いったいどのような艦ができ上がるのか、自らの手になる製造物が船のどのあたりの何に使われるのか、よくはわからぬまま作業は進んだ。ただ、「壱号艦」が、途方もなく巨大な、世界に二つとない無敵の軍艦であることを、清吉は早い段階から知っていた。起工前にドックを掘り下げる改修工事が行われたことからも、大屋根やトタン塀、シュロの簾でドックが隠蔽されたことからも、彼自身が日々格闘している甲鉄板の、尋常ではない分厚さからも、彼はそのことを推察できた。だが、自身の「推察」を確かにそうだと証明する術はなかった。仲間内で話題に上《のぼ》すことさえ許されてはいなかった。言うなれば、彼は一個の歯車に過ぎなかった。

とはいえ、バラバラな鉄のブロックが組み上げられ、しだいに船の形を現してくるにつれ、これまで建造にたずさわったどの軍艦にも抱いたことのない思い——鉄でできた箱の寄せ集めでしかない「壱号艦」への、奇妙なほど人間じみた愛情が、清吉の心に芽生えてきた。それは、我が子を産まれたての赤ん坊の時から手塩にかけて育てあげ、成長の過程に一喜一憂し、間近い将来の頼もしい巣立ちの姿を夢に見る、そうした親心に限りなく似通った心情だった。

この軍艦は、東洋に平和をもたらす上で、いずれ重要な役割を果たすであろう。また、これほど巨大な、これほど頑強な軍艦を備えていたなら、日本人の生命と財産は、敵のいかなる攻撃からも守られるであろう。

間もなくこの世に生まれ出る偉大なる我が息子、国家の守り神とも言える巨艦に、清吉は熱烈な期待をかけた。そして、今世紀日本にまたとない偉業の一端を担い得たことに誇りを感じた。

そんな清吉にも、実を言うと、会社に不信の念を募らせた時期がある。彼は一角の知識と技能を有し、勤務成績も良好だった。にもかかわらず、何人かの後輩たちが清吉を追い抜いて出世した。部下が自分を差し置いて、重要な任に就いたこともある。清吉としては、なぜそうなったか理由が知りたい。だが、彼は不平不満を呑み込んで、一途に会社に尽くしてきた。

常に、工員としても、国民としても、模範的であろうと彼は努めた。いつしか不信の念は消え去った。知らぬ間に醸成された愛社・愛国の精神に心は満たされた。彼は常々、自分自身に言い聞かせた。この軍艦は、およそ八万の全従業員が一丸となって造り上げたものであり、一億の国民がこれの完成を心待ちにしているのだと。

その日の作業を終えると、清吉は作業着を脱ぎ、白いシャツとズボン、カーキ色の上着、頭にはカンカン帽という身なりになった。そして、職札場に立っている番兵に顔写真入りの通行許可証とバッジを示し、海軍工廠を後にした。

もうすっかり夜だった。空に瞬く星々を時おり仰ぎ見ながら、清吉は帰宅を急いだ。

道々、再び進水式のありさまを夢想した。だが、その夢想を破るように、次男の顔が頭に浮かんだ。彼は腹立たしい思いに駆られた。

親をなめやがって。あの馬鹿息子めが。

進水式の日には、何が何でも次男を軍港に引きずり出し、「壱号艦」の威容と見物人たちの熱狂を見せつけねば、と思うと、清吉の心は高ぶった。「壱号艦」を一目見れば、息子も父親の成し遂げた仕事の偉大さを思い知るに違いない。そして、十四という年齢の割には子どもじみている息子の心に、必ずや愛国の灯をともすことができるだろうと、彼は信じた。

我が家の前までたどり着いた時、清吉はふっと冷静な気持ちに立ち返った。そして、またか、と苦々しさを噛みしめた。ことあるごとに、なぜこうも次男の顔が浮かぶのか。まったく忌々しいことだった。

夕飯の用意をしていた妻の妙子が、タンスの引き出しから白い封筒を取り出した。

「あなた、武からよ」

「ほう」

清吉は妙子から封筒を受け取り、表を見、裏を見た。まぎれもなく武の筆跡である。

子どもたちには字に一人一人個性があり、長男の武の書く字は、体格に似合わず女が書いたように丸みがあり、こぢんまりとして形がよかった。むしろ末娘である百合子の字の方が、濃く太くたくましい。一方、次男の勇は、まるで比較にならなかった。角張った右肩上がりの、強烈に癖のある字で、判読に骨が折れた。

清吉は卓袱台の周りに置かれた座布団の一つに腰を下ろし、手紙を読んだ。両親と弟妹たちの安否を問う挨拶に続けて、勉強と訓練に励む様子がごくあっさりと書いてある。いつも通り、最後は、今後の決意と両親への感謝の言葉で結んであった。

武が海軍に志願したのは、二年前、まだ十五の時である。当時は皆から称賛を浴び、峰山家にとっても、一家が住む佐原村にとっても、大いなる名誉とされた。武は海兵団で三ヵ月ほど軍事訓練に明け暮れる日々を過ごしたが、体力も学力も人並み以上に優れている上、砲術の腕前も見込まれて、今は横須賀にある海軍砲術学校で学んでいる。

読み終えると、清吉は手紙を元の通り封筒に収めた。

妙子が二階にいる子どもたちに声をかけた。

「勇、百合子、下りてきんさい」

清吉はにわかに子どもたちの気配を背後に感じた。

「お兄ちゃん、やめて」

勇は何かと妹にちょっかいを出したがる。それで、百合子はいつも怒っている。可愛さ余ってついかまいたくなる兄の心理を、清吉もわからぬわけではない。とはいえ、やはり幼稚きわまる次男の性癖は嘆かわしい。

「もう、お兄ちゃん」

清吉は首をひねり、子どもたちの方へ顔を向けた。

「こら、勇」

事情を聞かぬ先から、彼は勇を叱りつける。

「お兄ちゃんが髪の毛引っ張る」

勇は、ははっと笑った。

「これを見たら誰だって引っ張りとうもなる。本能というもんじゃ」

左右に束ねた髪を、この日の百合子は三つ編みにして垂らしていた。

「勇、またしょうもないことをしよって。少しは中学生らしいにせんか」

清吉は勇を一喝した。

子どもらは食卓につくと、「いただきます」をし、それぞれ箸に手を伸ばした。

いつでも一家団らんの場になごやかな話題を提供してくれるのは百合子である。

「今日ね、学校の近くの田んぼで虫取りをしたの」

「ほうか」

清吉の頬は自然とゆるむ。

「林先生が、お国のために頑張って一人五十匹取りなさいって言いんさったから、百合子、一生懸命取ったの。頑張ったんじゃけど、四十二匹じゃった」

百合子はいかにも残念そうである。

「あと八匹か。惜しかったな」

と清吉は慰めた。

「四十二匹も取れたんじゃったら、上等よ」

と妙子は誉めた。

尋常小学校に通う百合子は、成績優秀な自慢の娘である。学期が終わるごとに学校からもらってくる通信簿には、「優」がみごとに並んでいた。とりわけ音楽を得意とし、その美しい歌声を担任はしきりに誉めた。学科ばかりではない、「校訓」「規律」「言葉」など、素行欄のすべての項目に「〇」がついた。器量もよかった。

この子はいずれ帝国軍人の花嫁となり、皇国の子にふさわしい健康な子を産み育ててくれるであろう。

まだ十二にしかならない娘の行く末を、清吉はもう思い描いていた。

一方、子どもたちの内でただ一人気がかりなのが勇である。

この日も、百合子の話が一区切りついたところで、「のう」と不機嫌な声を上げた。

「のう、カメラは返してもらえんのかのう」

次男の呑気な言い草が清吉の癇に障った。妙子は眉をひそめ、何か言いたげな顔つきで、箸を置いた。百合子はカメラがどうしたのか知りたがった。

勇は黒縁の眼鏡をかけている。眼鏡は少しずり落ち、そのせいで目が黒い縁に隠れてしまう。それで、しわを寄せた眉間が目立つ。その眉間を見つめながら、清吉は辛辣な言葉を勇に投げつけた。

「昨日、警察からさんざん注意を受けたっちゅうのに、けろっとしよって。勇のようなのを表六玉っちゅうんじゃ」

ところが、勇はいっこうに悪びれた様子もなかった。

「お巡《まわ》りはアホじゃ。俺は何も悪いことはしちょらん」

「悪いことはしちょらん？　よくもぬけぬけと言えたもんじゃ。警察が理由もなしに人を捕まえることなぞありゃあせんが」

「神社から印象派の風景画みたいな景色が見えたんじゃ。太陽が照って、工場の向こうに見える海がきらきらして、美しーい海じゃった。ほいで、カメラを構えたら、お巡りが血相変えて飛んで来よったげな」

印象派なるものを清吉はよくは知らない。不届き者の息子が教養をひけらかし、生意気な口を利いたことが、ますます彼の神経を逆なでした。

「そらそうじゃろが。軍港は見てはならんのじゃ。ましてや写真を撮るなぞ、大犯罪じゃ」

「あがいに血相変えるほどのことでもないが」

「壱号艦」建造の件は重要な機密であったので、軍港は見てはならないとされていた。それで、周辺の地域には多くの憲兵や特高が配置された。カメラを提げて軍港近くをぶらつきなどするとすぐさま飛んでくる。勇も軍港を撮影しようとして警察に捕まった。署では延々説教され、あげくにカメラを没収されてしまったというわけなのだった。

「カメラはもう返ってこんのかのう」

「返ってこん方がええ」

「横領罪じゃ。お巡りが横領罪を犯すとは、おかしな国じゃ」

「こら、勇、何を言う」

妙子が優しい口調で勇をなだめた。

「勇、カメラはあなたが大人になるまで預かってもらった方がええ。今回のことは、家に戻してもらえただけでもありがたいことなんよ。今の世の中はね、カメラを提げよったら、もうそれだけでスパイと間違われるけえ、よう覚えておきんさい」

「スパイ？　なしてカメラを提げよったらスパイなんじゃ？」

勇の口から「なして」という言葉が出ると、清吉はいつもうんざりする。が、ここで引き下がるわけにはいかない。妙子に代わって彼は答えた。

「一枚の写真から軍機が外国に漏れることもあり得る。そうなったら、日本の安全は守れん。それで、警察はカメラを持っちょる人間を警戒するんじゃ」

「グンキって何ね？」

「軍事上の秘密のことじゃ」

「秘密？　誰に秘密にしちょる？」

「外国人に決まっちょるが」

「外国人に知られんように、日本人を取り締まるんか？」

「スパイが外国人に秘密を漏らさんとも限らんからじゃ」

「秘密を漏らそうにも、俺は外国人の知り合いなぞおりゃあせん」

「勇はそうじゃとしても、日本人を裏切って秘密を漏らす輩がおるんじゃ」

「秘密って、不沈艦を造っちょることか？」

勇が「不沈艦」という言葉をあまりにもあからさまに口にしたので、清吉はぎくりとした。彼はこれまで家族に仕事の話をしたことなど一度もない。どこの誰だかわからぬが、子どもにいらぬ知識を吹き込んだ「売国奴」に、清吉は腹を立てた。

「なして知っちょる？」

「みんな知っちょる」

「いつ知った？」

「小六の時じゃ」

「誰から聞いた？」

「みんな言うちょる」

「最初に言うたのは誰じゃ？　そいつはスパイじゃ。わしが警察に突き出しちゃる」

「スパイなんかじゃなあ」

「いいや、スパイじゃ。名前を言うてみい」

「同級じゃった喜一郎の弟の文太から俺は聞いた」

清吉は一声うなったきり、あとはもう何も言う気がしなくなった。彼は黙りこみ、夕飯をただ惰性的に飲み下すだけだった。

だが、不快なことは、これだけではすまなかった。

夕食後、箸を置いた百合子が、「お母さん、アレ」と言って母親の方へ視線を向けた。頰を桃色に染め、唇にほんのり微笑を浮かべている。

「はい、はい」

妙子は立ち上がり、タンスの引き出しにしまってあった一枚の藁半紙を百合子に渡した。百合子はそれを、「お父さん」と言って清吉の目の前で広げて見せた。見ると、試験の答案用紙である。

「ほう」

藁半紙の右上に赤ペンで「100」と書かれている。躍動感のある、今にも踊り出しそうな字であった。

ところが、清吉が手を伸ばすよりも早く、勇が百合子の手から答案用紙を抜き取った。彼は藁半紙を頭上に掲げた。

「返して。お兄ちゃん、返して」

百合子は立ち上がり、その方へ腕を伸ばした。が、勇は、身をのけぞらせたかと思うとくるりと背を向け、答案用紙を取り返そうとして百合子が突き出してくる腕を巧みにかわした。

「こら、勇」

勇は百合子の答案を声に出して読み上げた。

「支那事変を聖戦というのはなぜですか——支那の国民政府やその軍を滅ぼすことは、日本のためばかりでなく……」

食器の片付けにかかっていた妙子は、さっと青ざめた。

「勇、やめんさい」

「支那の善良な国民を救うことになり、……東洋平和を築くことに……」

清吉が立ち上がろうとすると、妙子が「勇、勇……」と次男の名を呼びながら、おろおろとその方へ寄っていき、腕を伸ばした。

家の周辺で誰かが聞き耳を立てていないとも限らない。彼女は近隣者による陰口や密告を恐れている。

百合子をちょっとからかったことで満足を得た勇は、素直に答案用紙を母の方へ差し出した。

「もう、お兄ちゃんは……」

百合子はふくれっ面をし、兄に向かって右手の拳を振り回した。勇は軽やかにひょいひょいと身をかわした。

「暗記すりゃあ誰だって満点がとれるが」

勇の妹に対するからかいや嫌がらせが、愛情の裏返しであることはわかっている。だが、今のは許しがたい振る舞いだった。「分別のつかん猿めが。家から出ていけ」というせりふを、ようやくのこと呑み込むと、憎々しい調子を込めて清吉は息子を罵った。

「ふん、やっかみじゃ。みっともないと思わんか、勇。暗記すりゃあ誰だって満点が取れるじゃと。よく言うわい。その暗記ができんくせに。教育勅語が暗記できんで、いったい何べん廊下に立たされた」

勇はふくれっ面をした。

「無意味な知識なぞ暗記する気にはなれん」

清吉はキッと勇をにらみつけた。

「いま何と言うた？　勇、ちいとこっちへ来い」

語調を荒げたが、勇は振り向きもせず、二階へと上がっていった。


清吉は、就寝まで読書に時間を費やすいつもの習慣で、書斎に入った。机上に書物を開いたが、忌々しい次男の顔ばかりが浮かんでくる。どこでどう教育の仕方を間違えたか。活字をぼんやり眺めながら、清吉は子どもたちがまだ幼かった頃のことを回想した。思えば彼は勇をことのほか愛していた。

勇は好奇心の塊のような少年だった。

なしてキリンの首はあがいに長い？

なしてインコは人間の言葉が話せる？

蛇は冬眠中どがいな状態になっちょるね？

日食がいつ起こるか、どがいな計算をすりゃあわかるんじゃろう？

地球の歳は何年ね？

カメラはどがいなしくみになっちょるのかのう？

造船の仕事にたずさわっている清吉は、船のことが話題に上ると、子どもたちの会話に割って入らずにはおれなかった。

暖かな陽射しが降り注ぐ縁側が不意に記憶の底から浮き上がる。八歳になる勇、傍らには兄の武、訳あって引き取っていた、勇より五歳年長の原口卓也という少年。三人は額を寄せ、船の図鑑を眺めていた。船の外観のみごとさに感嘆の声を上げる武。だが、勇は違った。

「なしてこがいな鉄の塊が海に浮くんかのう」

清吉は読みかけの新聞を卓袱台に広げたまま立ち上がり、彼らの中へ入ってゆく。

「船は中が空洞になっちょるから、水に浮くんじゃ」

「中が空洞になっちょったとしても、鉄は鉄じゃ、重いのに変わりないが」

「物体は水を押しのけた分だけ下から押し上げられるんじゃ」

「アルキメデスの原理ですね」

卓也が言うと、勇の目の中に好奇のひらめきがさっと翔《かけ》る。

「アルキメデスって何ね？」

清吉はつい彼らの話題に釣り込まれ、そのへんにあった紙切れに図を描いて説明する。盥に水を入れ、鉄瓶を浮かべて実験まで試みる。

あの頃はよかった。

「なして？」「何ね？」「どがいして？」と問わずにおれない勇の個性を、疎ましく思うようになったのは、「壱号艦」の建造に端を発する。

三年前、役所からある「御触れ」があった。軍港の方は見ないようにすること――。峰山家の邸宅は丘の中腹に建っており、ちょうど二階の子どもたちの部屋から軍港が見えていた。清吉は窓にベニヤ板を打ちつけ、軍港を見ないよう子どもたちに言い聞かせた。武と百合子は、きょとんとした目をしていたが、言いつけに従うことを約束した。が、ひとり勇だけは、違った。

「なして窓をこがいなふうにした？」

眉間にしわを寄せ、勇は父親を追及してきた。

「さっき説明したじゃろ。そうせにゃ、軍港が見えてしまうからじゃ」

「なして？　なして軍港を見てはいけんのじゃ？」

「それもさっきから何べんも言うちょる通りじゃ。役所がそう言うてきたから従わにゃならんのじゃ」

「なして？　役所はそがいに偉いんか？」

「壱号艦」を造っていることは極秘である。子どもたちには話せない。それに、清吉からすれば、役所が言うことに従うのは当然であり、なぜと問うこと自体が間違いである。それを「なして」「なして」と迫ってくる勇は、清吉からするとどうしようもない阿呆である。まともに相手をする気にもなれず、「役所はそんなに偉いのか」という問いに、半ば捨て鉢になってこう答えた。

「その通り。役所は偉いんじゃ」

勇はふくれっ面をした。そして、なおも食い下がった。

「どこを見ようが、何を見ようが、人の勝手じゃ」

「役所が見ちゃならんと言うちょるんじゃけえ従うしかないが」

「軍港を飛び越えたもっとずっと遠くの海を見たい時はどがいすりゃあええ？」

「わざわざ見る必要なぞない」

「むしょうに見とうなったら？」

「我慢するんじゃ」

「見たいもんを見て何が悪い？」

「なしてわざわざ軍港の海など見たがる？　役所が見るなと言うちょるものを」

「あれは見てええ、これは見ちゃならん言う権限がなして役所にある？」

「そこまで言うんなら、見い。すぐにお巡りに捕まるが」

「お巡りが来るんか？」

「ほうじゃ」

「見る気は無うても、うっかり軍港が見えたらどがいなるんじゃ？」

「それは仕様がねえが。意識してじいっと見るんがあかんちゅうことじゃ」

「うっかり見てしもうたか、意識してじいっと見たか、お巡りは判断しよるんか」

清吉は言葉に詰まった。が、ここで引き下がるわけにはいかない。

「そら判断しよるじゃろう。判断できんわけなどなかろうが」

自分の返答をいちいち愚劣だと清吉は思った。

だが、役所からの「御触れ」に子どもたちを従わさせなければならないという一念だけが、彼にはあった。

そこまで回想したところで、開いていた書物をぱたんと閉じた。

その日の夜、清吉は夢を見た。夢の中では、すでに「壱号艦」は完成し、進水式が今まさに行われるところであった。ドックの中に水が注がれ、二艘の小型船が艦を引いていく。夢の中のドックには、隠蔽用のトタン塀もなければ屋根もない。簾も取り払われている。巨艦はやがてゆっくりと海に向かって滑り出す。人々が押し合いへし合いしながら、その様子を眺めている。大きなどよめきと歓呼の声が湧き起こる。その中に、とりわけ大きな声で叫んでいる少年の姿があった。

「しっかり日本を守ってくれよー」

少年は手を振り、伸び上がって、声を限りに叫んでいる。ふと見ると、見知らぬ少年と見えたのは、勇である。不意に喜びが込み上げる。少年は眼鏡をかけていない。斜め後ろから目を凝らして勇——。だが、近寄ってよく見ると、少年は眼鏡をかけていない。斜め後ろから目を凝らしてじっと見るが、勇のようでもあり、他人の子のようでもある。混乱した状態のまま目が覚めた。未明であった。清吉は薄暗がりに溶けている天井をぼんやり見つめた。


幾日か経って、ドック内で働く工員たちは、艦内と甲板上の荷物の片付けを命じられた。進水式の日の迫っていることが、暗黙の内にもひしひしと感じられた。清吉は身の引き締まる思いがした。汗と油にまみれ、皆が一丸となって造り上げた我らが息子、「壱号艦」が、いよいよ産声を上げるのだ。

同じ頃、また役所から「御触れ」があった。八月八日の八時頃、軍事演習を行うので、決して外出せぬように、というものだった。

夕食後、子どもたちにこのことを告げると、またしても勇の「なして」が始まった。

「なしてそがいな朝っぱらから演習する？」

「朝でも、昼でも、演習する時はするんじゃ」

「おかしなことじゃ。俺はその日、家にはおらん」

「家にはおらん？　どこへ行く？」

「わからん。ほいじゃが、何があるのか、確かめに行く」

「何があるのか、さっきから言うちょるじゃろ。軍事演習じゃ」

それでも勇は納得しない。

「勇、お前はそがいに親の言うことがきけんのか。よし、わかった。警察に頼んで勇が外へ出れんように家を警護してもらおう。家から一歩でも出たら、警察に捕まるけえ、覚悟しちょれ」

そうまで言っても、勇は「怪しい。何かある」の一点張りだった。


八月八日、清吉はいつもと変わらず、七時前には出勤した。ドックに足を踏み入れた次の瞬間、彼は目を疑った。水門が開かれ、巨艦はすでに浮いていたのだ。

清吉はふと、勇とのやりとりを思い起こした。勇が「何かある」と言った、その「何か」とは、ひょっとすると進水式のことであったか？　そのような疑いが心をかすめた。

彼は考えを巡らした。

もしそうだとするなら、軍事演習は、進水式を人々の目から隠すための大芝居、ということなのか？　海軍も、海軍工廠も、警察も、役所も、グルになって人々を騙したということなのか？　まさか、と彼は微かに生じた疑念をすぐさま打ち消した。

その内、艦がおもむろに動き出した。見守っているのは、清吉ら造船部の工員だけである。甲板上で行われている儀式は、ドックの縁に立っている清吉らには見えなかった。歓呼の声も湧き起こらず、軍艦マーチも響かない。心血を注いで建造した「壱号艦」の誕生を祝う祭典が、このように侘しいものであってよいものか。進水式のありさまが、これまで脳裏に思い描いてきたものとあまりにもかけ離れていたことに、清吉は失望した。晴れやかな儀式を次男に見せつけたいと願った自分が、今となっては滑稽だった。

ところが、妙なことだが、勇は「壱号艦」が進水するのを見たのである。そのことを夕飯時に清吉は知った。

「やっぱり何かあると思うちょった」

興奮した様子で勇は言った。

「あれほど外へ出てはならんと言うたじゃろう。いったいどこへ行っちょった?」

「神社に行った」

「神社?　何しに行った?」

勇はそれには答えなかった。

「不沈艦が海に浮いちょったげな」

彼の関心は明らかに、「壱号艦」の威容にあるのではなく、自分の予想が図星であったことの方にあるらしかった。

清吉は鉛を飲み下したような不快な気分を味わった。

巨大な軍艦がドックから姿を現し、海面に浮かんだ様子を、勇はありありと語ってみせた。あれほどの軍艦なら、何万もの見物人が集まってもおかしくはないはずだのに、見物人はおらず、ややあって、数羽のハトが大空へ飛び立っていくのが見えたという。

勇がもう一つ、調子づいて語ったのは、街を闊歩する憲兵や警察の多さであった。勇が外出しないよう警察に家を警護してもらうと豪語した清吉だったが、もちろん勢いでつい口から出たのである。実行する気は毛頭ない。しかし、清吉が要請するまでもなく、警察は出動したのだ。そして、勇を取り逃がし、警護に失敗した。

勇は他にもいろいろなことをべらべらとしゃべったが、途中から清吉の耳は何も受けつけなくなっていた。彼は機械的に食物を口に運び、噛み砕き、胃の中に流し込んだ。

「壱号艦」の華々しい進水式のありさまを、何度夢見たかわからない。従業員が一つになって艦の誕生を祝い、地域住民からの熱烈な歓迎と祝福と称賛に包まれる――清吉が思い描いたのは、そのような場面だった。そして、彼の切実な願いは、式典を勇に見せつけ、親としての尊敬を勝ち得ること、そして、次男を愛国的少年へと成長させることだった。が、それら一連の望みは泡と消えた。

軍機とはいえ、「壱号艦」がこれほどまでに隠し子同然の扱いを受けるとは。その建造に力を尽くしてきた工員さえもが、儀式から排斥されるとは。寂しさがひしひしと身に堪えた。

だが、翌日から、何事もなかったかのように、清吉は歯を食いしばり、艤装工事に精を出した。愛社・愛国の精神は、何事が起ころうとも揺るがなかった。

二

またたく間に一年と半年が過ぎ去った。

先頃、喜ばしい知らせを受けた。武が「壱号艦」の乗組員に抜擢されたというのである。峰山家にとってこれ以上名誉なことはない。進水式の日に味わった失望と無念、悲嘆を引きずりながらも、不平不満の一切を呑み込み、清吉は会社に尽くしてきた。情熱を国に捧げてきた。そうした日々の苦労が、一度に報いられたような思いがした。

人生は好転した。

ちょうどそうした折、世の中も大きく動いた。「壱号艦」の竣工が目前に迫っていたある日の朝、突然、ラジオから聞こえてきた、きんきんと響く緊張気味の男の声が、清吉の耳を驚かせた。

「大本営陸海軍部発表。十二月八日、六時。帝国陸海軍は本八日未明、西太平洋において、米英軍と、戦闘状態に入れり」

全身に電撃が走った。次の瞬間には、歓喜が腹の底から渦巻くように湧き上がった。

建造に関わった全従業員の、渾身の作である「壱号艦」が、いよいよ活躍の場を与えられたのである。アジア各国を他国の圧政から解放し、東亜新秩序を建設するという、この栄えある使命を遂行せんがため、不沈艦が波を蹴立てて邁進する姿を、清吉は想像した。

その日からほどなくして、「壱号艦」は完成した。

昭和十七年の元日を、清吉はこれまでにない高揚した気分で迎えた。その日は、隣町で床屋を営む弟の浩二が、家族を連れてやってきた。妻と息子の和也、娘の明子と京子、本人を合わせて総勢五人の来訪だった。久しぶりに帰郷した武も加わり、峰山家はにぎわった。

清吉と妙子は、雑煮やお節料理で弟一家をもてなした。この日の清吉は、一点の曇りもない晴れ晴れしい気分であった。

「日本は快進撃を続けておるようじゃね。いやあ、日本軍は立派なもんじゃ」

「日本は神国じゃけえ、当たり前よ」

朗らかに浩二も応じた。

ただでさえめでたい饗宴の席であるが、なかでも武は、威光をまとっているかのように、格別まぶしく皆の目に映っていた。百合子はそんな兄を自慢に思うらしく、武の隣に席を占め、いつもよりはしゃいでいた。勇は表情が冴えなかった。兄の方にばかり注目が集まるので、面白くないのであろうと、清吉は勇の心中を推し測り、ザマを見ろと心ひそかにほくそ笑んだ。

　銚子一本の熱燗を飲み干すと、酔いが回り、清吉は上機嫌で武を誉めた。

「武に久々に会うたが、体つきがこれまでにもましてがっしりしてきよった。それに、我が子ながら顔つきも凛々しゅうなった」

　妙子が顔を赤らめた。

「お父さんったら、我が子のことをそがいに誉めて……。親馬鹿にもほどがありますよ」

　浩二がおどけて妙子を制する仕草をした。

「まあまあ、今日だけは親馬鹿も良しとしましょう、妙子さん。誰が見ても兄さんの言う通りで、武君には僕だって惚れ惚れしますよ」

　彼の明るい声のトーンが、新年のつどいの場に爽やかな空気を吹き込んだ。

　浩二は、今度は武の方へ視線を向けた。

「いやあ、大したもんじゃねえ。よほど優秀でなけりゃあ選抜されんけんなあ」

　武は謙遜するように「いえ」と言ってかぶりを振った。

「そんなことはないんですけど、お国のために働く場が与えられて、喜びはひとしおです」

　誇らしげに彼は頰を上気させた。

「うちの和也にも水兵はええぞと勧めちょるんじゃが」

　浩二は半ばあきらめたような、それでいて情愛のこもったまなざしで和也を見た。

「和也君も十五になったんじゃったな。どげんするつもりじゃ？」

　清吉が尋ねると、和也は愛想のよい笑顔になった。

「もちろん、軍隊に志願します」

　声の明朗さが父親にそっくりだった。

「飛行機乗りになりたいって言うんよ」

浩二は顎を突き出して和也を指し、おちょこ一杯の酒をぐいと喉に流し込んだ。

「飛行機に乗ることはガキの頃からのあこがれでしたから、航空隊員としてお国のために働く道を選びます」

きっぱりと和也は答えた。

「いやね、『燃ゆる航空隊』っちゅう映画を見てね、もう夢中なんよ」

「和也君はなかなかしっかりしちょるのう。よい飛行機乗りになりよるじゃろう」

誉めながら、清吉は和也に物足りなさを感じていた。年が同年ということもあって、彼は、和也を武よりも勇と比べていた。和也の明るい瞳、明快な受け答えは爽やかだった。だが、勇のような際立った個性のないことが、好ましい半面――まったく癪に触る事実なのだが――魅力に欠けた。


父親がそのような感想を抱いているとも知らず、饗宴の間、勇はほとんど口を利かなかった。

浩二は口数の少ない勇に好奇のまなざしを時おり注いだ。そして、とうとうそれを口にした。

「勇君は、今日はやけにおとなしいが。『なして?』『何ね?』『どがいして?』っちゅういつもの口癖は出てこんねえ」

清吉は勇に対しては容赦なかった。

「武のことをひがんでおるんじゃろう。ひがむくらいなら、ちっとは武を見習わんか」

勇はふくれっ面をしてみせたが、ことさらに反論もしなかった。

饗宴が終わりかけた頃、武が年始の挨拶に行ってくると言って立ち上がった。

「そうしんさい。日本国をしっかり守りますけえ、皆さんも銃後の守りをよろしゅうに頼みますゆうてな」

「はい」

武が座敷から出ていこうとした時、清吉は息子に言い置くべき重大なことを思い出した。彼は武を呼び戻した。武は何事かと思っているふうで、父の前に正座した。

「原口君のところへは行かんでええ。いや、行ってはならん」

口にはせずとも、武の目は、なぜですか、と問うていた。清吉は声をひそめた。

「思想問題でつまずきよってな。あれはアカじゃ」

武は何か問い返したそうな目をしたが、口には出さなかった。

原口卓也――。幼い頃に父親が戦死し、たった一人の肉親であった母親も、彼が十歳の時に病死した。それ以来、親戚のよしみで、十七になるまで峰山家で養育した。その後、小さな印刷所に就職し、独り立ちして低家賃の住宅に移り住んだ。今年二十一になる。清吉の知る原口は、とりすました、しかし、礼儀正しい、幼くして大人になってしまったような少年だった。暇さえあれば読書していた。それがどこでどう間違えたか、アカに「感染」した。そして、二度ほど警察に検挙された。

清吉は、今では過去に原口の世話をしたことを、重大な汚点のように感じている。健全であるべき家庭が、とりわけ子どもたちの精神が、一粒の芥子の種によってだいなしにされかねない。それに、自分の出世が思うようにならない要因も、あるいは原口との関係にあるのではないか。最近になってそのような疑いを抱き始めた。峰山家は過去にアカの世話をしていた――警察なのか、探偵なのか、それともごく隣近所の住民なのか、よくはわからぬが、会社にそう告げ口した者がきっといるに違いない。世話をしていた頃は何の問題もなかったのに、その頃から原口がアカであったかのような言い方を、密告者はしたのだろう。

いったん疑いを心に抱くと、疑念は日に日に募っていった。そして、告げ口した何者かではなく、身上調査をした会社でもなく、原口に憎しみのはけ口を彼は求めた。

武は賢明にも「はい」と答えてそれ以上のことを知ろうとはしなかった。が、清吉はその場に勇のいることを忘れていた。

これまでうつむき加減であった勇がふと顔を上げた。しまった、と後悔したが遅かった。

「アカって何ね？」

次男の一言で、ほろ酔い気分は吹き飛んだ。

「何を言うちょる。アカはアカじゃ」

彼は勇の疑問を一蹴した。

「答えになっちょらんが」

すると、おせっかいなことに、清吉の代わりに浩二が答えた。

「危険思想の持ち主をアカっちゅうんじゃ」

「危険思想って何ね？」

浩二に面倒な勇の相手をさせるわけにもいかず、清吉が後を引き取った。

「国体を覆そうとする思想のことじゃ」

「国体って何ね？」

「修身の時間に習うたじゃろう。日本国は万世一系の天皇陛下を中心に、民族が一つにまとまっちょる。こういう国の形を国体と言うんじゃ」

「国体が覆ったら、どがいなる？」

「それはおおごとじゃ。日本人は天皇陛下を中心にまとまっちょる。じゃけえ日本民族は優秀なんじゃ。こういう日本固有のありようは、古来からの伝統で、将来にわたって守り通さにゃあならん。それが覆るっちゅうことは日本が国家としての体を為さんようになるっちゅうことなんじゃ」

「どがいすりゃあ国体は覆る？」

清吉は勇のしつこさに苛立った。

「そがいなこと、知らんでよい」

ところが、またしても浩二が勇に余計な知識を吹き込んだ。

「昔、天皇陛下暗殺を企てた輩がいて、そいつらは死刑になりよった」

「天皇陛下暗殺？　卓兄ぃは人殺しなんぞできん」

青白い顔をした物静かな原口卓也の面影が、清吉の脳裏にちらついた。だが、ここで引き下がるわけにはいかない。

「もちろん原口君はそがいな大それたことはできんじゃろが、そんとな危険思想を持つこと自体が犯罪なんじゃ」

「思想を持つことと、実際に暴力をふるうこととどっちが悪い？」

「天皇陛下暗殺につながる思想を持つことは、暴力をふるうゆうようなこととはまた次元の違う、犯罪の中でも最も罪の重い犯罪なんじゃ」

「警察は卓兄ぃを竹刀で打った。これは犯罪にならんのか？」

原口がアカに「感染」したという噂を耳にした時、彼とは交渉せぬよう子どもたちに言い渡した。それなのに、勇は明らかに原口のことを知り過ぎている。清吉は内心、穏やかでなかったが、その問題はひとまず脇へ置いておくことにした。

「警察がそがいな処置をとったのには、わけがあるんじゃろ」

「読書会を開いただけじゃ」

情報通であることを誇示したいらしく、浩二がすかさず反応した。

「読書会っちゅうのは表看板で、アカが何やらよからぬことを相談しちょったんじゃろう」

「相談と暴力とどっちが悪い？」

「勇のその暴力という言い方がそもそも間違うちょる。警察は原口君を罰して、改心させようとしたんじゃ」

「卓兄ぃは盗みもしちょらん、暴力沙汰も起こしちょらん。なして罰を受けるんじゃ？」

「呑み込みの悪い奴じゃのう。アカだからじゃ」

「赤かろうが青かろうが人の勝手じゃが」

「そうはいかん。アカは民心を乱すために実際に策動しておる。電柱や橋の欄干におかしな貼り紙を見かけることがあるじゃろ。あれはみんなアカの仕業じゃ」

浩二も清吉に加勢した。

「戦争は即刻中止せよっちゅうやつじゃね。あれはひどい。日本人が一丸となって敵と戦うちょる時に、絶対にやっちゃならんことじゃよ。国を売るようなもんじゃけえ」

「そうじゃ。アカっちゅうのは、言い換えれば売国奴のことじゃ。売国奴を撲滅するためには、警察の行き過ぎた処置も、我々目をつぶらにゃあならん」

それでは、僕は……と言って、武が立ち上がったので、会話は途切れた。

武が家を出、女たちが片付けにかかると、浩二は家から持ってきた双六を卓袱台の上に広げた。「大東亜周遊双六」という題が付いており、東南アジアの地図が描かれている。振り出しは東京である。座敷に残った面々は、ほんのちょっとした気晴らしのつもりで、このたわいのない遊びを始めた。

じゃんけんで勝った和也がまずサイコロを転がすと、「三」の目が出た。彼は駒を三つ進めた。地図上では海の上だった。他の者も順番にサイコロを転がしていき、目の数だけ駒を進めた。百合子の転がしたサイコロは「一」と出た。振り出しの絵の中に、「『一』は満洲国へ」と書いてある。駒を八つ進めた先にある満洲国まで、彼女は軍用機専用のコースをたどって一気に進んだ。二順目も同じように、それぞれがサイコロを振り、競って駒を前進させた。

百合子の転がしたサイコロが「六」と出た。満洲国の絵の中に「『六』は中華民国へ」と書いてある。彼女はまたしても軍用機で中華民国までひとっ飛びした。

「おっ、百合子ちゃん、運がええねえ。この次もしも『四』の目が出たら沸印まで進めるけん」

と言って浩二がおだてた。

だが、次に出たのは「一」の目だった。それで、駒を一つ進めると、「休み」とあった。三順目はサイコロを転がす権利がない。百合子は悔しがった。

「残念じゃったねえ。でも、百合子ちゃんにはまだまだみんな追いつかんけえ」

勇は三順目で砂漠に入ってしまい、満洲国まで引き返さなければならなかった。清吉は順調に中華民国まで進んだ。百合子を易々と抜いたのは和也である。彼は海南島まで見る間に進んだ。浩二は満洲国の手前で「休み」が入り、出遅れた。明子と京子も、なかなか中華民国まで行きつかなかった。

皆で遊ぶことですっかり気持ちをほぐした浩二は、勇に直截的な質問をした。

「勇君は兄さんみたいに海軍に志願する気はないんかのう？」

余計なことを聞きよって、と清吉は内心、腹を立てた。

「どうせ二十歳を過ぎたら男は軍隊に取られる。それなら自分から志願した方がお父さんも鼻が高いというもんじゃ」

「俺は……」

勇は考え込みながら卓上の地図に視線を這わせた。そして、双六に描かれた密林の絵に目を留めると、大真面目にこう言った。

「俺はどこかのジャングルへでも行って、猿のように生きたいもんじゃ」

世間の風潮にそぐわぬ答えが返ってくるであ

ろうことは、清吉も予想していた。しかし、勇が口にした願望は、あまりにも突飛であった。

浩二は失笑した。百合子は、お兄ちゃんが猿に見えてきたと言って笑い転げた。清吉はひとこと皮肉を言わずにおれなかった。

「ジャングルで猿のように生きる？　勇の頭ん中はどがいなっとんじゃ。男はなあ、志を大きゅう持って、人様の役に立たにゃあならん」

浩二も清吉に加担した。

「そうじゃよ。こういうご時世じゃから、男はお国のために働くことを第一に考えにゃあ」

和也がタイ国からビルマへ飛んだ。清吉はタイ国にまで進み、順調と見えた百合子は密林に迷って沸印へ引き返した。勇は四順目も砂漠へと入ってしまい、再び後戻りとなって、まだ満洲国でぐずぐずしていた。その間に、浩二にも二人の娘たちにも抜かれてしまった。

「どうじゃ、勇君も海軍に志願しては？　それとも、親父さんのように軍艦を作る方がええか？」

それには答えず、勇は不意に清吉の方へ視線を向けた。黒縁眼鏡が少しずり落ち、丸いレンズが二つ、てらてらと光っている。それを、不穏な事件の前触れでもあるかのように、不吉な思いで清吉は勇の口から出る言葉を待った。

「のう」

と勇は清吉に呼びかけた。

「なんじゃ？」

「兄貴は生きて戻ってこれるんかのう？」

不意を突かれて、清吉は言葉に詰まった。武が「壱号艦」に乗り込む際には、「立派に戦ってこい」と励ましてやるつもりであった。立派に戦うとは、お国のため、天皇陛下のため、命を惜しまず戦えということである。理屈ではわかっていても、清吉は武が実際に戦死する可能性を、ほとんど考えてはいなかった。

清吉に変わって浩二が答えた。

「戻ってくるよ。武君が乗るのは不沈艦じゃ。不沈艦に乗りゃあ安心よ。陸軍のように一人一人が鉄砲を撃ち合うわけじゃあないけえ」

「不沈艦」と聞いて、清吉はぎくりとした。秘密裏に建造が進められたにもかかわらず、「壱号艦」が不沈艦であることは、広く人々に知られていた。だが、それをあからさまに口にするのは、艦が完成した今も、清吉にとっては憚られることだった。

清吉がぼうっとしていると、勇は反撃を開始した。

「空から攻撃を受けりゃあ、船は沈まんでも、船の上の人間は死によろう」

浩二が言い返した。

「甲板に出て大砲をぶっ放す役に就くのは、熟練古参兵じゃ。若いもんは中におって、弾を飛ばす方角や角度を見定めて、上へ伝えりゃあえだけじゃ」

「軍艦の横っ腹に爆弾をぶち込まれたら？」

あはは、と声高く浩二は笑った。

「爆弾なんぞ撥ねっ返すくらいに分厚な鉄でできとんじゃ」

「いいや」

清吉が二人の会話を遮った。そして、自分自身に言い聞かせながらこう言った。

「お国のために戦って死ねりゃあ、名誉なことじゃ。生きるの死ぬのと言うちょるようではいけん。戦場に赴くからには命はない。本人も親もそれくらいの覚悟をせにゃあ戦《いくさ》に勝てるわけはなかろうが」

清吉はいつの間にか和也を抜いてジャワにまで進んでいた。百合子もまたインドから軍用機に乗ることができ、パレンバンへと直航した。和勇は沸印を出たところで「休み」となった。和也はカルカッタを越えた後、暴風雨のためビルマまで引き返した。明子が、トップを行く清吉を追っていた。

勇はもう言い返しては来なかった。その顔つきから不機嫌になっているのが見て取れた。だが、ややあって、彼は独り言のようにつぶやいた。

「俺は海軍には志願せん。砲弾が飛んでいく先には人間がおるけえ」

浩二が妙な顔つきをして清吉を見た。反戦言辞とも受け取られかねない、不穏な発言である。清吉はこれ以上、勇を刺激しないよう口をつぐんだ。幸い浩二も、取り立ててとがめだてはしなかった。

ジャワを出ると、「上がり」までもう一息である。浩二はようやくインドを越えたが、猛獣に出くわし、後戻りした。清吉はボルネオにたどり着いた。

調子を上げてきた勇が、インドからパレンバンまで軍用機で飛んだ。気がつくと、再びトップを行くのは百合子であった。彼女はジャワからボルネオ、セレベス、ニューギニアと進み、誰よりも早くフィリピンにたどり着いた。その地でサイコロを転がすと、「三」の目が出た。彼女は弾むような声で「上がり」と叫んで朗らかに笑った。

「上がり」の絵柄は軍艦だった。背景には富士山がそびえ、艦の側壁には日の丸が描かれ、甲板では子どもが万歳をしている。

つづいて清吉が上がり、その他の者も次々と日本の軍艦上に到着した。勇も終盤になって調子を上げ、かろうじて滑り込んだところで双六は終わった。

京子はジャワにとどまったままだった。

「京子は日本に戻ってこれんかったな」

浩二は京子をからかった。遊びとはいえ、現実と仮想とを混同して、幼女は今にも泣き出しそうな顔をした。暫時の間、皆困惑して、場の空気は沈み込んだ。その時、勇がとっさに自分の駒と京子の駒を差し替えた。

「俺は軍艦には乗らん。ジャングルで猿になって生きる。」京ちゃんは日本へ帰れ。

そう言うと、彼は京子の頭に手をやって、愛撫する仕草をした。

清吉は勇をますます憎たらしく思ったが、次男の機転が皆の困惑を晴らしてくれたのは、否めない事実であった。

双六が終わった頃に武が帰ってきた。片付けを終えた女たちも、その場にそろった。浩二が百合子に歌を歌ってくれと催促した。

「お母さん、何がええかねえ」

「何でも百合子の好きな歌を歌いんさい」

名案を思いついたといったふうに、浩二が手をたたいた。

「そうじゃ、百合子ちゃん、軍歌は嫌いか?」

百合子はかぶりを振った。

「近い将来、武君は不沈艦に乗って敵に立ち向かっていくんじゃ。百合子ちゃん、武君のために『出征兵士を送る歌』を歌ってあげんさい」

軍歌には似つかわしくない澄んだ声で、百合子は歌い出した。

「わが大君に　召されたる
命栄えある　朝ぼらけ
讃えて送る　一億の
歓呼は高く　天を衝く
いざ行けつわもの　日本男児」

百合子は六番まである長い歌詞を歌い切った。

三

夕飯の後、妙子と二人、茶の間でくつろいでいると、いったんは二階へ上がった勇がまた下りてきた。彼は珍しく清吉のことを「父さん」と呼んだ。

「父さん」

それは、ぶしつけに「のう」と声をかけて話を切り出す、いつもの調子とは違っていた。妙子は何か知っているらしく、優しい口調で勇を諭した。

「勇、そんとなこと、まあだ言うちょる。お父さんも同じことを言わっしゃるに決まってますよ」

清吉は、まあまあ、と妙子を制した。

「なんじゃ。言いたいことがあるんなら言うてみい」

勇の口から出た「父さん」という言葉の心地よい響きが、まだ鼓膜に残っていて、次男への愛情をかきたてた。突然に襲いかかってきたこの感情のうねりは、まったく予期せぬ忌々しいものだった。だが、彼はこの酔い心地にも似た感情を、振り払うことができなかった。

「一生のお願いがあるんじゃが」

「一生のお願い」と聞いて、眼前の光景が輝き渡った。

勇は右手の親指と中指で、ずり落ちている眼鏡の縁を持ち上げた。眼鏡はまたすぐにずり落ちたが、意外と聡明な光をたたえた黒い瞳が、レンズの奥にかいま見えた。

ここ数年、父親としての株は下がる一方だった。だが、今になって勇は自分を頼ってきた。有頂天になっている心の内を見透かされるのは癪だった。だが、らんらんと輝いているであろう自分の目を、彼はどうすることもできなかった。

「何じゃ。なんでも言うてみい」

父親の顔つきをうかがうように、もう一度眼鏡の位置を修正してから、勇は話を切り出した。

「人間は生活に困った人を見りゃあ、助けにゃならんと思うんじゃ」

「そらそうじゃ」

と清吉はうなずいた。

「食うもんもない、着るもんもボロばかり、病気になっても医者にかかれん、そういう人間がおりゃあ、放置はできん。そこで、父さんに相談なんじゃが……」

最後まで聞かずとも、清吉は勇の言わんとすることを半ば理解した。燦然と輝くかに見えた希望は見る間に光を失った。さっきまで優しく応じていた清吉が、ぶっきらぼうに言葉を返した。

「もうええ。回りくどい説明はいらん。原口君をどうしてほしい？」

「卓兄ぃを家へ連れてこようと思うんじゃゃ」

「それはならん」

きっぱりと清吉は言い放った。

「なして？」

「警察の厄介になるような犯罪人をうちへ置くわけにはいかん」

「なして？　アカも人間じゃ」

これまで困惑顔で二人の話を聞いていた妙子が、口をはさんだ。

「勇、人を思いやるのは大切なことよ。ほいじゃが、アカをかくまうようなことをしたら、勇も百合子も学校で嫌な思いをするでしょう。お父さんの出世にも響きます。それだけじゃなあ、私たちまでも非国民ゆうて後ろ指を指されます。ほいで、お父さん、考えてみたんじゃけど……」

妙子は、今度は清吉の方へ顔を向け、とつとつと自らの思いつきを口にした。

「勇が言うことももっともじゃけえ、……そのう……卓也君に何がしかの生活費を援助することにしてはどうですか？」

まったくの赤の他人とも言えない一青年を見捨てることには、さすがの清吉も少しばかり気がとがめた。そこで、二日後、会社が休みの日に、当面生活するに足るだけの金を用意し、原口の住まいを訪ねた。

原口は二階建ての古い住宅の一室を借りて住んでいた。出入り口のところに打ちつけてある看板には、墨で「若菜荘」と書いてある。何度も雨にさらされたのであろう、字はにじみ、ところどころ薄黒いしみになっている。ガラスのはめ込まれた開き戸の右下方には穴があき、放射状にひびが入っている。

戸を押して中へ入った。かび臭い匂いがむっと鼻孔にまとわりついた。左手には、茶色の塗料を塗りたくった粗末な戸が四つ並んでいる。廊下をはさんで、右手の壁には窓がはまっている。そこからうっすらとした光線が差している。赤ん坊がぐずって泣く声が聞こえなければ、どれも空き家かと思うほどひっそりしていた。

足をのせるたびぎしぎしときしむ、はしごのような階段を上がっていった。そして、奥から二番目の戸をノックした。反応はなかった。清吉はもう一度ノックした。すると、微かに人の気配がして、ひどく疑い深げな押し殺した声が返ってきた。

「どちら様でしょうか?」

「峰山じゃ」

戸がわずかばかり開かれた。

「お父さん」

薄暗がりの中に、喜びに堪えないといった顔つきの原口を認め、清吉は戸惑った。

この日の来訪の目的は、生活費を手渡すことにあったのだが、より重要なこととして、原口を改心させようという目論見が腹にあった。歓待されると覚悟が鈍る。無愛想にあしらわれた方がまだよかった。

「お久しぶりです」

しばらく見ない間に、原口は大人になっていた。子どもの頃の硬さが取れ、客への遇し方も知っていた。

部屋には布団が敷きっ放しになっていた。原口は赤面し、

「病み上がりですけえ」

と言い訳した。彼は布団をたたんで隅に押しやり、一枚しかない座布団を清吉に勧めた。室内を見回したが、こたつもない、火鉢もない。清吉は外套を脱ぐ気になれず、そのまま座布団の上にあぐらをかき、背中を丸めて手の甲をしきりにさすった。

原口は台所に据えた小さな戸棚の前にしゃがみ込み、何かを探しながら、朗らかに話しかけてきた。

「お父さん、武君や百合ちゃんは元気にしちょりますか？」

原口を引き取る時、自分たち夫婦のことを「お父さん」「お母さん」と呼ばせるようにした。今、原口から「お父さん」と呼ばれてみると、あまりよい気はしなかった。清吉はそっけなく「ああ」とだけ答え、じろじろと部屋の中を見回した。

天井からは裸電球が吊り下がり、かび臭い畳を照らしていた。台所は狭かった。七輪の上には持ち手のついた小さな鍋がのっている。流しの縁からは薄っぺらな雑巾が垂れている。視線を部屋の奥に転じると、窓から曇った空が見えていた。窓の下には文机が置いてあり、その脇には本や雑誌が乱雑に積んである。

原口は戸棚を開けたり閉めたり、がたがたと音を言わせていたが、やがて立ち上がり、振り向いた。清吉はその方へ視線を向けた。みすぼらしい和服に褞袍《どてら》を羽織った原口の全身から、青臭さが匂い立っている。顔は青白く、痩せて鼻先も顎も尖っている。清吉は――極めて遺憾なことではあるが――いかにも繊弱そうなこの青年を、美しいと思って見た。

「お茶を出したいんじゃが、お茶っぱがありません」

落胆した様子で彼は言った。清吉は「よい、よい」と言いながら、右手を振った。

原口は表情をゆるめ、清吉の前に腰を下ろした。清吉は、彼が羽織っている褞袍に目をやった。原口もそれに気がついた。

「これ、お古で悪いんじゃがって言うて、勇君が僕にくれました」

彼は両腕を広げ、褞袍が清吉によく見えるようにした。

「勇が？」

「ええ。ひどい貧乏暮らしなんで、見かねたんでしょう」

言われてみれば、その褞袍には確かに見覚えがある。以前、勇が身に付けていたものだ。

「勇とはちょくちょく会うちょるのかね」

「はい。あの子は気質の優しい、ええ子じゃ。お父さんの家に住まわしてもろうてた頃、正直言って、僕は勇君のことを変わった子じゃ思うちょりました。ほいじゃが、今になってお父さんの気持ちがわかるようになりました」

「わしの気持ち？」

わしの気持ちが君なんぞにわかってたまるか、という思いが頭をもたげた。

「はい。お父さんが勇君のことを一番好いてること、知っちょりました。まだ僕も子どもでしたけえ、勇君のことをいつも羨んでました」

鷹揚に彼は笑った。

かつての原口はひどくとりすました少年で、勇のことを羨む素振りなど見せなかった。

「そうじゃったかね」

清吉はとても笑う気分ではなかったが、相手に合わせて笑ってみせた。

原口は饒舌だった。清吉はなかなか話を切り出せなかった。だが、ずるずると無駄な話に付き合っている暇はない。

「ところで、あんたに話さにゃあならんことがある」

　原口は何の話かおおよそ見当がつくらしく、警戒するような目になって、居住まいを正した。

「いや、そうしゃちこばられては困る。足をくずしてくれ。一つ腹を割って話さんか」

　清吉はそう言うと、二、三日前に電信柱から剝がしてきた貼り紙を、外套のポケットから取り出し、畳の上に広げて見せた。貼り紙には、角ばった字で「侵略的帝国主義戦争は直ちに止めろ！」と書いてあった。

「こがいなものを町で見かけた。残念なことじゃ。国民が一丸となって戦わにゃあならん時に、国民の戦意をくじくような、こがいなものを人の目につくところへ貼って回るとは。日本国民を守るため、汗まみれ、泥まみれになって、兵隊が異国の地で戦うちょる。多くの血も流れちょる。彼らに申し訳ないと思わんのか。わしにはとうてい理解できん」

　清吉は、反戦文書をばらまき、反戦言辞を吹聴する行為が、日本国民への裏切りであり、正義にもとる行為であり、いま現に戦っている兵士たちに唾するのと同等の罪であり、何よりも天皇陛下を冒瀆するものであることを長々と述べ立て、行為者であるところのアカを弾劾した。そして、ようやくのこと、核心部分へと話を向けた。

「残念なことに、わしはあんたがアカに『感染』したという噂を聞いた」

　すると、今まで黙って聞いていた原口は、白い歯をのぞかせて、にっと笑った。困惑と寂しさをにじませたその笑いが、「アカ憎し」の思いでいっぱいの清吉の目には、ふてぶてしい挑発的な笑いと映った。

「あんたの思想のことはようわからんのじゃが、……率直に言おう、原口君、考えを改める気はないのかね」

すると、今度は原口が、清吉の方へ身を近づけ、ことさらに声を低め、自分の思うところを語り始めた。

「何をもってアカと言うのか、その定義はようわかりませんけど、権力になびかん人のことを言うのなら、これからアカは増えます。間違いのう増えます。いま政府は戦争にどんどん金をつぎ込んどります。じゃけえ、国民は苦しい生活を強いられちょるんです。米はない、油もない、砂糖もない、味噌もない、炭もない、マッチもない、衣類もない。政府は貯蓄しろ、貯蓄しろと言いますけれども、貯蓄に回すような金、どこにありますか？　兵隊らも哀れです。内地では勝った、勝ったとお祭り騒ぎをしちょりますが、戦地では、何百万人も死に、外国人を何百万人も殺しちょります。聖戦じゃとか、大東亜共栄圏の建設じゃとか言うても、やっちょることは人殺しです。兵隊らは、自分らがなぜ戦うちょるのかを知りません。なるほど彼らは、お国のため、天皇陛下のため、故郷に暮らす家族のために戦うちょると言うでしょう。ほいじゃが、真実は違います。みんな騙されちょるんです。戦争によって莫大な儲けを得たい財閥や、手柄を立てたがっちょる将校らのために、みんな戦うちょるんです。ちゅうか、戦わされちょるんです」

原口の話は長かった。清吉は気分が悪くなって、途中から全く聞いていなかった。はっきりしたことは、原口はそうとう「色の濃い」アカらしいということだった。

「あんたの考えはようわかった」

と清吉は言った。原口の目に喜びと安堵の光が差した。

「あんたが浅薄な思想かぶれなぞではなく、揺るがぬ信念を持っちょることがようわかった」

清吉は波立つ感情を抑え、呼吸を整えてから先を続けた。

「ほいで、あんたに頼みがあるのじゃが」

「はい、何でしょう」

原口は目をきらりと輝かせた。

「今後は勇とは会わんようにしてくれんか。アカに『感染』して、あれが人様に顔向けできんようになるのは、親としては忍びんからな」

原口の顔色がさっと変わった。青白い顔はますます血の気を失い、さながら蝋人形のようだった。

「ほいから、わしのことを『お父さん』とは呼ばんでくれ。気分が悪い」

口を開くごとに感情がむき出しになるのを、清吉は抑えることができなかった。原口は、驚きのため物も言えない様子であった。沈黙の時間が流れた。やがて原口は、ふっと息を吐き出し、頬をひきつらせて虚ろに笑った。

「お父さんに……いいえ、峰山さんに……こがいに嫌われているとも知らずに、ええ気になって、ちいっとしゃべり過ぎました」

原口は、それとは知らず、自分が恥をかいていたことを知り、目の縁を赤らめた。彼は視線を落とし、しばらく畳の縁を意味もなく指でこすっていた。が、やがて顔を上げ、決然とした目で清吉の顔を見た。そして、その目つきのまま、声だけは低め、訴えるような調子で話をついだ。

「嫌われついでに、もうちっと話しましょう。みんな騙されちょるんです。真面目で純朴で善良で品行方正で、そうして有能な人ほど騙されやすい。峰山さんはその典型です」

「どういうことじゃ?」

むっとして、清吉は聞き返した。

「戦争は人殺しです。それ以外の何ものでもありません」

「平和を築くための戦いが、あんたには人殺しにしか見えんのか」

「峰山さんの技能的に優秀な腕も、悲しむべきことに、殺人兵器の製造に利用されちょります」

「殺人兵器？　原口君、それは失敬じゃぞ」

清吉は思わず声を荒げた。

「あんたはわしを侮辱するのか」

「そがいなつもりはありません」

原口の声の音量が、思わず普段通りになった。

「わしは自分の仕事を誇りに思うちょる。軍艦造りはわしの人生そのものじゃ。あんたなんぞにわしの仕事を否定する権利はない」

「僕が言いたいのは、峰山さんの仕事への誇り、真面目さや善良さ、そがいなあらゆる美点を利用して、大量殺人に協力させてしまう戦争ゆうものを、僕は憎んどるっちゅうことです」

「大量殺人？　失礼にもほどがある。原口君、今の発言は撤回して、謝りんさい」

原口は、どうしてわかってもらえないのか、と言いたげな顔をした。

「僕がどがいな失礼なことを言いましたか？」

一方、清吉は、人生をかけて築いてきたこれまでの輝かしい功績に、泥を塗られたような屈辱を感じ、原口への憎しみを募らせた。

「理屈ばかりこねよって。あんたは汗と油にまみれて働いたことがあるかね。熔接や鋲打ちはやったことがあるかね。何かどでかいもんの完成を、涙を流して仲間らと喜び合うたことはあるかね。わしの人生は、そがいなかけがえのなあ経験が結晶してでき上がっちょるようなものなんじゃ。そのわしの人生を、わしの人生そのものを、あんたは冒瀆した。謝りんさい。謝れ」

清吉は思わず原口の襟首をつかみ、引きずり上げて、その上体を揺さぶった。だが、爆発寸前で怒りは萎えた。清吉は感情のはけ口を失った。それというのも、相手の体が思いのほか軽かったせいである。日々の労働に鍛え抜かれた清吉の腕にとらまえられ、原口は赤ん坊も同然だった。清吉は思いがけず心打たれ、手を緩めた。彼の心に――まったくもって忌わしいことながら――親心にも似た情愛が一筋さした。

清吉は手を放した。

「何しんさるんですか」

原口は腹立たしげに言って、胸元の乱れを直した。

「つい感情的になってしもうた。すまなんだ」

激しい感情の起伏のため、ぼんやりとかすむ頭の中で、清吉はどうこの場のけりをつけようかと思案した。さっさと肝心の用をすませ、早くこの場を立ち去りたかった。そうはいうものの、相手に金を渡すには、あまりにも状況が悪かった。だが、この最悪の状況の中で、彼はそれを断行した。

「今日はこれを渡すために来たんじゃった」

清吉は用意してきた封筒を畳の上に置き、立ち上がった。

「何ですか？」

原口は封筒を手に取り、電球の光にかざした。封筒は糊付けしてあった。

中身を知ると、受け取りを拒否することも予想された。清吉は挨拶もろくにせず、立ち上がり、酔っ払いのようにふらふらと戸を押し開け、外へ出た。そして、転がり落ちるような勢いで階段を駆け下りた。果たして、狼狽しているらしい声が上から聞こえてきた。

「お父さん」

清吉と入れ違いに、男が二人、階段を上がっていった。彼らの荒々しい足音を背後に聞きながら、清吉は暮れかかった町へ飛び出した。


それから十日と経たぬ内、清吉は再び原口に会いに行った。会った場所は、拘置所の面会室だった。

原口が姿を現した時、清吉は「原口君……」

と言ったきり絶句した。

　原口は両手を縄で縛られ、すっかり罪人の姿にされていた。顎には薄汚くひげが生え、左頬には気味の悪い紫色のあざが浮き出ていた。右目の上には瘤ができ、まぶたが瘤に圧迫されて、目はほとんど閉じていた。ほんのつい先頃、美しいと思って見た面立ちは、ほとんど原形をとどめぬほど変形していた。

　清吉は原口に対して言うべき言葉を失った。だが、後ろに官憲が控えている以上、自分が罪人とは立場を異にすることを示さなければならなかった。同時に、原口を救わねば、という親心にも似た感情が清吉を揺さぶった。

　仕切りの向こうにいる原口に、清吉は懇願するような心持ちで訴えた。

「原口君、悪いことは言わん、危険思想はすっぱり捨てて、やり直しんさい。こがいなことになるまで頑張ることもあるまいに」

　原口は、

「ご迷惑をおかけします」

と詫びたが、思想を捨てるとは言わなかった。

具合の悪いことに、この事件は勇の耳にも入っていた。茶の間で新聞を読んでいた時、勇がやってきて息巻いた。

「卓兄ぃを殴った警察は罰を受けんのか？」

　勇が言わんとすることに同調すれば、アカに加担することになる。清吉は反論しないわけにはいかなかった。

「危険思想を根絶するのが警察の仕事じゃけえ、やむを得んのじゃ」

「卓兄ぃは武器を持っちょらんが。無抵抗な人間に警察は暴力を振るうんか」

「頭ん中に持っちょるもんが、国の存立を危うする危険な思想なんじゃ」

「人を殴った人間が威張っちょって、人殺しはいけん言うちょる人間が警察に殴られる。逆さまじゃ。そがいな国なんぞ無うなりゃあええわ」

「何を言う、何を」

勇がアカのようなことを言ったので、このまま聞き流すわけにはいかなかった。

だが、父親に言っても仕方のないことと、見切りをつけた様子で、勇はくるりと背を向けた。

「勇、どこへ行く？」

「本屋じゃ」

ぶっきらぼうに言い捨てて、彼は外へ飛び出した。

四

武をはじめ、三千人の水兵を乗せた不沈艦は、太平洋の彼方へと消えていった。我が子と我が艦、この二つの巣立ちに直面し、感傷を募らせていた頃、どういうわけか、峰山家に――「壱号艦」の建造に尽力し、その乗組員まで送り出した栄えある峰山家に、二人の特高警察がやってきた。日曜日の午後のことである。

彼らは家に上がり込むと、二階をめざした。気が動転した妙子は、よろよろと危なげな足取りで彼らを追った。清吉は声を限りに訴えた。

「上は子どもらの部屋ですけえ、調べるなら私の書斎を調べてつかあさい」

男らは耳を貸さなかった。

国に多大の貢献をしてきた自分たち一家は、当然、公的機関から敬意を表されてしかるべきであると、清吉は固く信じていた。それなのに、敬意を表されるどころか、まるで犯罪者のような扱われようである。

腹立ちまぎれに彼は叫んだ。

「よろしい、どこなと調べてつかあさい。わしらはやましいところなど、これっぽっちもありゃあしません」

幸い子どもたちは外出していた。

背の高い方の男が、勇の本箱から一冊の雑誌を引っ張り出し、清吉の鼻先に突き付けた。表紙に「改造」という文字が読めた。

「こういうものを読んどるとアカに染まるけえ、手え出さんよう子どもによう言うて聞かせ」

部屋の隅にくずおれ、立てずにいた妙子は、額を畳にすりつけんばかりにして、教育が行き届かぬのを彼らに詫びた。清吉も、弁明の言葉が見つからず、息を詰めて時をやり過ごすしかなかった。

男は何気なく雑誌をぱらっとめくり、それから、おやっというような顔をした。

「何やら書き込みがしてあるわ」

背の低い方の男も、首をぬっと突き出して雑誌をのぞいた。

「何じゃ、この字は。読みづらい字じゃのう」

二人の男は、他の戦利品を探し求めて、再び本箱の前に身をかがめた。どちらかが「アカ」とつぶやいたのが耳に入った。清吉は恐怖を覚えた。彼はきっぱりと断言した。

「うちの子はアカじゃあありません。まだ十六です。何の考えも持っちょりゃしません。それだけは信じてつかあさい」

男たちは清吉の言葉が耳に入らぬようだった。彼らは本箱から一冊の本を取り出し、さっきの雑誌と一緒に押収した。そして、無礼な振る舞いを詫びるでもなくそのまま家から立ち去った。

清吉は勇の帰りを茶の間で待った。警察にあらぬ疑いをかけられた以上、もはや「なして」とは言わせない覚悟であった。彼は問答無用に次男を殴りつけることしか考えなかった。妙子はじっと待つのが辛いと言って、座敷で裁縫をしながら時を過ごした。

勇が帰ってきた。清吉が頭に思い描いていた単純明快なシナリオは、しかし、あいにく不発に終わった。清吉が出るより早く、妙子が機敏に動いたからだ。

「勇、ちいっとここへ来て、座りんさい」

妙子は茶の間と廊下を仕切る壁に向かって正座し、勇を呼んだ。彼女の声は優しかった。だがそれは、陰鬱な感情を押し殺した、変に無気味な——嵐の前ぶれのような優しさだった。

「何じゃ？」

ふらっと入ってきた勇は、ふだんとは様子の違う母親を見て、怪訝そうな顔をした。清吉の位置から妙子の表情は見えなかった。が、微動だにしないその背中から、並々ならぬ覚悟を心に秘めているらしいことが察せられた。勇は吸い寄せられるように母親の前に歩み寄り、その顔つきをうかがいながら、壁を背に正座した。

妙子は優しい口調で話し始めた。

「お母さんは、勇が探究心旺盛なのを、いつも感心なことじゃと思うちょります。いいえ、疑問に思うたことをとことん追究する、そんなところを尊敬しちょります」

ここで妙子はほんの少し間を置いた。そして、続けた。

「ほいじゃが、勇、今のご時世、勇のような子は生きてはゆかれんのよ」

生きてはゆけないという言葉に、妙子はことさらに力を込めた。

「今日、警察の方が訪ねてきて、『改造』とかいう雑誌と、ほいからもう一冊、本箱にあった本を持っていきんさりました」

勇は「えっ？」と声を漏らした。

「勇、何が正しいとか何が間違うちょるとか、そんなこと、世間様に逆ろうてまで見極めんでええの。そんなこと、知らにゃあ方が人間は幸せになれるけえ」

おかしな説教をしよる、と清吉は思った。何が正しいことなのか見極めろ、と言うべきなのだ。だが、口出しできぬような厳粛な空気が、妻と次男を包んでいた。清吉はあぐらをかき、腕組みして、事の成り行きを見守った。

「あなたはお母さんの自慢の息子じゃ。難しい本や雑誌を読んで、とことん正しいことを知ろうとする。お母さんじゃって本心は、勇の個性を大事にしたいんよ。ほいじゃが、今のご時世は、そんとな探究心が災いを招くんです。学者さんたちも、学生さんたちも、たくさん知識を持ったためにアカになって、おおぜい刑務所行きになっとられるでしょう。せっかく大学まで行かした子どもがそがいなことになって、親御さんはどんなに落胆しておられることか。卓也君も、もとはといえば、そんとな学生さんたちと付き合うたことがきっかけで、ああなってしもうた。勇、いちばん大事なことは、自分の身を守ることなんよ。そいじゃけえ、横道にそれずに、学校で教わることだけを一生懸命勉強しんさい。よい人生を歩んでゆくには、先生から教わることがいちばん大切なことなんよ。世間様に従うて生きてゆきんさい。長いものには巻かれろ言うでしょう。そんとな生き方をずるいと見る人もいるじゃろうけど、そがいなことはなあ。長いものに巻かれるゆうのは、生きてゆくための知恵なんよ。勇、金輪際、危険な本や雑誌には手え出さんっちゅうて、お母さんに約束しんさい」

母親の渾身の訴えに驚いたのか、勇は「なして」と問うことも忘れていた。彼は答えに窮し、ふっと微かなため息をついた。すると、その拍子に、何かが妙子の中で決壊した。彼女はさっきまでの優しい調子をかなぐり捨てた。

「なあに黙っちょるの。勇、約束しんさい。これからは学校で教わることが第一。世間様がいけんっちゅうものには手を出さん。お母さんにそう約束しんさい。何が正しい、何が間違うとる、そんとなことより、身の安全と毎日毎日の生活の方が大事なことなの。余計な知識なぞ、生きてゆくのに邪魔なの。今、お父さん、お母さんの前できっぱりと約束しんさい」

おいおい、違うぞ、妙子。心の中で清吉は叫んだ。こういう場合、何が正しいことなのかを教えなければならないのだ。

「約束できんの？　まさかアカに『感染』したんじゃあなかろうね。そんとなことになったら人生おしまいじゃけえ」

人が変わったような母親の、激しい語気に気圧され、勇はしばらくものも言えずにいた。沈黙が重くのしかかった。息子がなかなか陥落しないのを見て取ると、妙子は身を乗り出し、いっそう強い調子で息子に迫った。

「勇、お母さんの言うちょること、わかったの、わからんの？」

勇は何か言おうとしたが、言葉にはならなかった。思わず妙子は勇の方へにじり寄った。

「勇、黙っちょらんで、ちゃんと返事をしんさい」

すると、勇はやっとのこと、くぐもるような声を発した。

「なして……」

その一言を聞いた瞬間、妙子は勇の頰を平手で打った。

「『なして』は、もうけっこう」

妙子の鋭い一声が清吉の鼓膜をふるわせた。それでも勇は左手で頰をさすりながら言葉を続けた。

「なして……なして阿呆でおらにゃあならんのじゃ」

「勇のことを思うてこがいに言うちょるのに、まあだそんとなことを言う。勇をここまで大事に大事に育ててきたのに、犯罪人にされてしもうたら、お母さんは口惜しゅうて口惜しゅうて……」

妙子が声を詰まらせている。ただごとではないと思った清吉は、ようやく腰を上げた。勇を殴りたい欲望は失せていた。彼は妙子を気遣う言葉をかけ、勇には形ばかりの説教をし、今日のところは終わりにした。

勇が二階へ上がっていった後も、妙子は放心した様子で座り込んだままだった。

それから数分と立たぬ内、あろうことか、上から勇が哄笑する声が聞こえてきた。妙子は顔を両手で覆い、うめくような声を漏らした。

「勇の奴」

清吉は今度こそ勇を殴りつけるつもりで、階段を駆け上がった。

「勇、何がおかしい」

すると、勇はエビのような格好でひっくり返ったまま、本箱を指さした。

「警察はアホじゃ」

「何、警察がどがいした?」

笑いが引いた後も、勇はぜいぜいと苦しげに息をした。彼は体を起こした。

「スタンダールの『赤と黒』を持っていきよった」

そう言うと、彼は再び仰向けにひっくり返り、腹を抱えて笑い続けた。

勇がアカに「感染」するのを食い止めねばと、夫婦二人して頭を悩ませていた頃、何の心配もなかった百合子までが、我が家の波乱の種となった。

お父さん、お母さんに話がある、というので、夕飯の片付けを終えた後、二人して茶の間で待っていると、百合子が二階から下りてきて、両親と向かい合う位置に正座した。

長いまつげに縁どられた、くっきりとした目、形よくくびれた桃色の唇、赤ん坊のようにつるりとした白い肌。今はまだ愛らしい蕾でも、間もなくあでやかに花ほころぶであろう予兆を、清吉は娘の面立ちの中に見た。

「お父さん、お母さん」

百合子はまず父親を、次に母親を、思い詰めたようなまなざしでひたと見つめた。何かを強く決意しているらしい目の力に、清吉はたじろいだ。

「百合子は従軍看護婦になって、お国のために働きます」

清吉はたちまち全身が石のように固まった。清吉が娘の将来の姿として描いていたのは、帝国軍人の嫁である。

妙子が鋭い声を放った。

「いけません」

妙子の目にもまた、娘の願いを断じて聞き入れまいとする、凛とした意志が見て取れた。

「砲弾が飛びこうちょるような危険な場所に、あなたを行かせるわけにはいきません」

するると、百合子は視線を清吉の方へ向けた。

「本当は、武兄さんのように、十五になったら海軍に志願したいんじゃけど、担任の先生に聞いたら女は軍隊には志願できんゆう話じゃけえ、それなら従軍看護婦になって、傷ついた兵隊さんたちのお世話をしようって決めたの。男は大きな志を持たにゃあならんって、お父さんは言うちょったよねえ。国を挙げて戦争やっちょる時に、男も女もないけえ。お父さんは許してくれるよねえ」

清吉は腕を組み、目をつぶり、一声うなった。百合子の言う通りであった。これがよそ様の家の子であったなら、言葉の限りを尽くして少女を誉め、励ましてやったに違いない。だが、我が娘が異国の地で危険にさらされることを想像すると、親としての覚悟は鈍った。

清吉が何も言えずにいると、勇がそっと階段を下りてくる気配があった。柱の陰から現れた勇の方へ、皆の視線は集まった。

「従軍看護婦なんか、やめとけ」

勇の口ぶりに、いつものからかいの調子はなかった。

清吉は、この時ばかりは勇と同じ気持ちであった。が、まさか、その通りだとは言えなかった。

百合子の方は、勇の忠言をいつもの嫌がらせの延長のようにとらえ、反発した。

「お兄ちゃんは邪魔。あっちへ行ってて」

妹に邪険にされても、勇は敷居の上に突っ立ったまま、言葉を継いだ。

「無駄に命を捨てに行くようなもんじゃ」

百合子の目のふちに赤みが差した。

「兵隊さんたちが大勢お国のために戦うちょりんさる時に、お兄ちゃんは何ね。無駄とか命とか。兵隊さんに失礼じゃ」

たちまち百合子の面差しは変貌し、目に憎々しげな光をたたえた。

「臆病者」

百合子は兄を罵った。

「臆病者なんかじゃあないが」

その口調には力がなかった。ふだん、妹の嫌がることをして面白がっているくせに、勇は妹に本気で嫌われると弱いのだ。

「戦争が終わってからお国のために頑張ったらええが」

この一言は火に油を注ぐ結果となった。

「お兄ちゃんはようそんとなことが言えたもんじゃね。戦争が終わってから頑張ったってしょうがないじゃろ。お兄ちゃんは非国民じゃ」

「百合子、やめんさい」

妙子が百合子を叱責した。

妹から非国民呼ばわりされた勇は、見る間にしおれた。

「なして、そがいなふうに言う?　後で自分の言うたことを後悔するけえ」

勇が悄然とした足取りで二階へと退散するの

を、清吉は背中で聞いた。

女には女の役目がある。清吉はその一点で自分の意見を押し通した。自己矛盾に陥っていることは十分に自覚し、そのことを不快に思いながらも、彼はこればかりは譲ることができなかった。

百合子は清吉の言うことを黙って聞いていた。だが、終始ひややかな上目づかいで、彼女は清吉を見据えていた。挙句に彼女は、

「もうええ。お父さんも非国民じゃ」

と捨て台詞を吐いて、階段を駆け上がっていってしまった。

原口卓也が亡くなった。電報を受け取った清吉は、すぐ拘置所へと赴いた。夜だった。案内された部屋に入っていくと、板きれを継ぎ合わせただけの粗末な樽が置いてある。案内人の男が蓋を開けた。清吉はそこに原口の遺体を見た。

背中から悪寒が脳天にまで達するような感覚があり、次には全身にぶるぶると震えが来た。

誰がこがいなことを……。

遺体は、肩にも首にも腕にも、紫色の斑点が浮き出ている。それが無造作に折り曲げられ、あたかもゴミとして始末するのと同等の扱われようである。

原口は殺された。

アカならば殺してもよいというのか。アカならば遺体をぞんざいに扱ってもよいというのか。

ぐるぐると頭を巡っていた疑念は、しかし、やがて自分自身へと向かい始めた。

アカの根絶のためには暴力もやむなしと、寛容に構えていたのは、ほかならぬこの自分ではなかったのか。自分はそうしたやり口を推奨さえしていたのではなかったか。それぱかりではない、原口の元へ乗り込んでいき、頼まれもしないのに、特高の手先にも等しい行為を行った

のではなかったか。

若菜荘から出る間際に聞いた「お父さん」という声が清吉の耳によみがえった。清吉は思わず遺体の方へ腕を伸ばした。だが、手が死者の頬に触れた瞬間、原口を殺したのはお前だ、とささやく声がどこからか聞こえてきた。その途端、清吉はくずおれるようにその場にしゃがみ込み、樽に額を押しつけた。

その後、どうやって家まで帰り着いたのか、記憶になかった。

清吉は、密かに原口の葬儀を執りおこなった。勇からどんなに厳しい追及を受けることかと、彼は内心びくびくしていた。

警察はなして卓兄ぃを殺した？

アカの撲滅っちゅうのはこがいなことか？

国体護持のための殺人は裁かれんのか？

だが、不思議なことに、次男は何事も問わなかった。むしろ彼の沈黙が、清吉には不気味であった。

葬儀の翌日、いつも眼鏡の縁で隠れている勇の目が、何かの拍子にはっきり見える瞬間があり、清吉はぎょっとした。その目は遠くにある何かを見つめ、歓喜の炎をぎらぎらと燃やしていた。唇の端には不敵な笑いを浮かべていた。

それから二、三日して、朝方にまたいつかの特高がやって来た。今度は勇に署まで来てもらうと彼らは言った。

背の高い方の男は、ポケットから一通の封書を取り出し、中身を抜いて清吉の前に広げて見せた。そこには、右肩上がりの角々しい字が躍っていた。

「見てみい。お宅らの息子は、こういう不穏文書を首相官邸あてに送り付けようとしよった」

清吉は手にとって、目を通した。妙子も清吉の手元をのぞきこんだ。

――拝啓、東条英機殿
一　殺人は極悪犯罪である。アカといふだけで人をとらへ、殺した警察は、即刻処罰されたし。
一　我等は天皇の赤子である。天皇の赤子たる我等の命を無駄にそこなふ戦争は、即刻これを止めるべし。
一　大東亜共栄圏を築くなどと虚偽の宣伝をし、兵器商人をまうけさせる内閣は、ただちに解散されたし。

「アカのような」という形容は通り越し、もはやアカそのものの文面だった。

その時、勇が二階から下りてきた。その後から百合子が青ざめた顔をしてついてくる。勇の姿を見た清吉は、思わず驚きの声を上げた。

「勇、その恰好は……？」

勇はすっかり外出着に着替え、首には襟巻まで巻いていた。妙子は「勇、勇」と次男の名を呼びながらその方へ駆け寄り、これ以上先へは進ませまいとするかのように、勇の両足にしがみついた。そして、男たちの方を振り向いた。追い詰められて本能を剝き出しにする野獣のように、彼女は血走った目を大きく見開いた。そして、吠えるように男たちに罵声を浴びせた。

「人の手紙を勝手に開封して、いったいどういうことですか」

だが、勇は何かに憑かれたように、顔を男たちの方へ向けたまま、母親の耳元でささやいた。

「母さん、お願いじゃから、ちいっと手を放してつかあさい」

勇は自分の体から母親の腕をほどき、まるで自ら警察へ出向きでもするように、男らのほうへ進んでいった。

清吉は悪夢を見ているような心地がした。

「お兄ちゃん――」

勇は振り向きもせず、男らに伴われて出ていった。妙子は勇が出ていった方をぼんやりと見つめながら、さっきまで勇の両足にまきつけていた腕で百合子を固く抱きしめた。

しばらくして、少しばかり頭の中の靄が晴れると、清吉は妙子に尋ねた。

「妙子、勇はどうなっちょるんじゃ。いったい何が起こったんじゃ?」

答えたのは、百合子であった。

「お兄ちゃんは警察を訊問しちゃる言うてじゃ」

「何、警察を訊問?」

原口の遺体を見た時と同じ悪寒が、背筋を走った。

「おい、妙子、勇の奴、まさか竹刀で打たれるようなことはなかろうな」

「さあ」

彼女はどこか焦点の定まらぬ目つきをしていた。

「あれはまだ十六じゃからな」

「そんとなことで手加減なぞしやしませんよ。あの人たち、野放しにされた狂犬と同じですから」

清吉は再び、おい、と呼びかけずにはおれなかった。

「おい、警察はいったい何を守っちょるんじゃ?」

「お父さんが前に言うてたアレじゃないですか」

「アレ?」

「ほら、アレですよ」

「アレではわからん」

「コクタイ、とかいうのを守っちょるのじゃないですか」

妙子はまるでアカのようなことを口にした。

「何、国体?」

その言葉を口にするなり、怒りに駆られて彼は怒鳴った。

「そがいなわけのわからんもんを警察は守っちょるのか」

言い捨てると、清吉は寝起きのままの格好で飛び出した。「お父さん、着替えを」と妙子があわてる声が聞こえた。

表に出ると、寒さのため、全身に震えが来た。それでも構わず、清吉は足早に歩いていった。胸元はすっかりはだけ、歩くたびに帯はゆるんだ。足につっかけているものが、一方は下駄、もう一方は妻の草履であることに気がついた。頭に血が上っていたせいで、足がもつれ、まっすぐに歩けない。だが、何としても勇を取り返さねばならなかった。

脳裏に繰り返し浮かんでくるのは、勇が警察をあべこべに問い詰める様だった。

なして人の手紙を勝手に開けた？

なして卓兄ぃを殺した？

なして殺人者を処罰せん？

勇は竹刀で打たれても問うことを止めないだろう。そして、しまいには原口のように樽の中に押し込まれ、ボロ屑のように始末されてしまうだろう。

下り坂に差しかかった時、下がってきていた着物の裾をふんづけた。その拍子に均衡を失い、見えていた光景が傾いた。気がついた時には、彼は冷え冷えとした地面に腹ばいになっていた。

どこかで壮行会が行われているのだろうか、突然に、晴れやかな軍艦マーチが聞こえてきた。いつもなら熱い血がたぎるその勇壮な曲調が、清吉の耳を愚弄した。「万歳」を唱和する声も歓呼の声も、嘲りに満ちた呪詛に聞こえた。

清吉は四つん這いになり、声が聞こえてくる方へ右腕を突き出すと、自分でも驚くほどの大声を張り上げた。

「おうい、騙されちゃあいけん」

その声は天空から自らの頭上へと降ってきた。

あとがき

私の家の中には、たくさんの「引き出し」があります。タンスの引き出し、本箱の引き出し、いくつものレターケース……。その引き出しの中がとうとう、およそ二十年の間に書きためた小説の原稿や、それらを書くために集めた資料で、一杯になってしまいました。気づけば私の頭の中も、引き出しの中身と同じくらい満杯状態になっていました。いちど、これまで書いたものを整理しなきゃ――これが作品集の出版を思い立ったきっかけです。

私は三十年以上の歳月を高校教員として過ごしました。Ⅰに収録したのは、教員生活の中から生まれた作品群です。

「亀山先生」「金星煥」「茶髪狩り」は初期のもので、未熟な小説ですが、今こういうものが書けるかというと、どうも書けそうにない気がして、載せることにしました。

五十代の頃は仕事にのめり込み、その結果、十年余りの間、筆を断ちました――と言いたいところなのですが、そして、実際、ずっとそういう認識でいたのですが、ところが、タンスの引き出しの底から、十数枚の短いものがいくつか出てきました。Ⅱに収めた「ミニゴン」「エリック・クラプトンを聴きながら」「人力車夫」「白骨と春景色」は、忙しくてなかなか創作に時間を割けなかった時期に書いたものです。

「慰問袋」は、書き出してまだ間もない頃、「しんぶん赤旗」の文芸部から依頼があって書きました。掌編小説を何人かがリレー形式で書く、という企画だったと思います。「最後のところの意味がわからない」とのダメだしが二度ほどあり、何度も書き直した記憶があります。自信がなくて、「出来が悪かったら、構わずボツにしてください」と言う私を、文芸部の方は温かく励ましてくださいました。文芸部の方の助言と励ましがあったからこそ、完成できた作品です。


Ⅲに集めたのは、ここ数年の内に書いた作品群です。五篇に共通しているのは、勉強して書いたという点、それと、「政治」を日常生活の次元から、もしくは人間心理、人間の内側から描くことを試みた作品である点です。成功しているのか、失敗しているのか、自分ではかいもく見当がつきません。ただ、たとえ失敗作であったとしても、苦闘の痕跡を残すことに何がしかの意味があると考えました。

五篇の内、「誠太郎の判断」「巨艦の幻影」は、戦時中の広島が舞台です。私としては、過去の話を書いたつもりはありません。時の権力者が民衆をだまし、民衆は易々とだまされ、そのだまされた民衆が、正しいことを主張する人々を排斥する――こういう不幸は今もなお形を変えて繰り返されている現象です。ですから私はこれら二篇を、現代の話と思って書きました。

それにしても、これらを執筆した時期よりも日本の政治状況はいっそう悪くなっています。小説小説家にはジャーナリストとは異なる役割があると信じたいし、また、心の内に書きたい衝動がある限り、私は家というのは、一周遅れどころか、二周遅れ、三周遅れのランナーです。それでも、書かずにおれません。

二〇二三年七月

倉園沙樹子

【発表年】

亀山先生　二〇〇〇年『民主文学』10月号
金星煥　二〇〇一年『民主文学』3月号
茶髪狩り　二〇〇四年『鹿笛』26号
暮れゆく春に　二〇一五年『鹿笛』37号
折れ線グラフ　二〇一九年『鹿笛』41号
ミニゴン　二〇〇八年『掌編作品集　鹿笛』③
エリック・クラプトンを聴きながら　二〇一〇年『掌編作品集　鹿笛』⑤
人力車夫　二〇一〇年『鹿笛』32号
白骨と春景色　二〇〇七年『掌編作品集　鹿笛』②
慰問袋　二〇〇二年『しんぶん赤旗』
絹子の行方　二〇一八年『鹿笛』40号
二〇一九年『民主文学』7月号
コロナ禍の夏に　二〇二一年『鹿笛』43号
隣家の人々　二〇二二年『鹿笛』44号
二〇二三年『民主文学』4月号
誠太郎の判断　二〇二〇年『鹿笛』42号
二〇二一年『民主文学』10月号
巨艦の幻影　二〇一四年『鹿笛』36号
二〇一七年『民主文学』8月号

※『鹿笛』は、日本民主主義文学会奈良支部の支部誌です。
『民主文学』に投稿する際には改稿しました。
※今回、作品集の出版にあたり、題名も含めて多少の修正を加えています。

〈著者略歴〉
倉園 沙樹子（くらぞの さきこ）
1956年生まれ。
奈良県在住。
元高校教師。
日本民主主義文学会会員。

巨艦《きょかん》の幻影《げんえい》

2023年8月20日　初版第1刷発行

著　者　倉園沙樹子
発行者　浜田和子
発行所　株式会社 本の泉社
〒112-0005　東京都文京区水道2-10-9　板倉ビル2階
TEL：03-5810-1581　FAX：03-5810-1582
印刷：音羽印刷 株式会社
製本：株式会社 村上製本所
DTP：杵鞭真一

ISBN 978-4-7807-2246-8 C0093